E-Z DICKENS SUPERHELT BOG ÉN OG TO:

TATOVERINGSENGLEN: DE TRE

Cathy McGough

Stratford Living Publishing

HVAD LÆSERNE SIGER...

FIRE STJERNER - AMAZON-ANMELDER - FØRSTE BOG: DEN TATOVERINGSENGLEN

Da E-Z vågner op på hospitalet efter en tragisk ulykke, er hans forældre døde, og den 13-årige kan ikke bevæge sine tæer. Selv om han er bundet til en kørestol, opdager han, at han kan flyve - med vinger, der vokser ud af hans arme, hvor der burde være tatoveringer. Han er ikke overladt til sig selv i en mærkelig ny verden, for han har sin onkel Sam, som træder til for at opdrage ham, sammen med overnaturlige væsener, der dukker op, når man mindst venter det.

Jeg kan godt lide E-Z. Han er finurlig, og selv om en ulykke ødelagde hans drøm om at blive professionel baseballspiller, har han ikke ondt af sig selv og trækker læseren med sig. Hans attitude er opløftende (på trods af at han har vinger, uden at det er et ordspil). Læserne vil heppe på ham. Det er godt at se en handicappet karakter spille en central rolle i handlingen i stedet for at stå på sidelinjen og bidrage lidt til handlingen. Applaus til forfatteren. Jeg kan også godt lide konceptet med spøgelser, der giver E-Z særlige kræfter, men jeg ville ønske, at de var blevet mere udviklede som andre hovedpersoner. Ikke desto mindre er det en klog historie. Bogen vil appellere til unge teenagere. Det er godt gået.

FEM STJERNER - Amazon-anmelder - BOG TO: DE TRE

E-Z DICKENS SUPERHELT BOG TO: De tre af Cathy McGough er et fantastisk superhelteeventyr. Hovedpersonerne, E-Z, Lia og Alfred, tager dig med på et eventyr med overraskelser, du ikke forventer. Og hvad har ærkeenglene med deres mission at gøre? Find selv ud af det. Jeg nød virkelig plottet, skrivestilen og historien, som holdt mig i spænding indtil sidste kapitel.

Jeg anbefaler denne bog til alle, der kan lide superhelte, spænding, action, eventyr, teenagere, YA eller fiktion.

Ingrediensliste

Indvielse	XI
BOG 1:	XIII
TATOVERINGSENGLEN:	
PROLOGUE	XV
ÅRSAG	XIX
EFFEKT	XXIII
***	XXVII
***	XXX
***	XXXI
***	XXXV
KAPITEL 1	1
KAPITEL 2	11
KAPITEL 3	13
KAPITEL 4	15
***	19
***	21

***	23
***	27
KAPITEL 5	29
***	32
***	37
***	40
KAPITEL 6	42
***	53
KAPITEL 7	56
***	65
KAPITEL 8	68
KAPITEL 9	70
KAPITEL 10	72
***	77
***	80
***	82
KAPITEL 11	83
***	89
KAPITEL 12	91
KAPITEL 13	97
KAPITEL 14	103
KAPITEL 15	106
***	110

KAPITEL 16	111
***	116
KAPITEL 17	122
***	126
***	129
***	130
KAPITEL 18	134
KAPITEL 19	141
EPILOG	147
BOG 2: DE TRE	153
KAPITEL 1	155
***	162
KAPITEL 2	165
***	169
KAPITEL 3	170
KAPITEL 4	173
***	176
KAPITEL 5	178
KAPITEL 6	182
KAPITEL 7	188
KAPITEL 8	192
KAPITEL 9	198
KAPITEL 10	202

KAPITEL 11   208

KAPITEL 12   213

KAPITEL 13   219

***   228

***   230

KAPITEL 14   234

KAPITEL 15   239

KAPITEL 16   247

KAPITEL 17   250

KAPITEL 18   256

KAPITEL 19   259

KAPITEL 20   262

KAPITEL 21   268

KAPITEL 22   272

***   273

KAPITEL 23   279

KAPITEL 24   282

KAPITEL 25   287

***   298

KAPITEL 26   300

TAK!   307

OM FORFATTEREN   309

KOMMER SNART!   311

Indvielse

For Dorothy, der troede.

BOG 1:

TATOVERINGSENGLEN:

PROLOGUE

Det første væsen fløj op på E-Z's bryst og landede med hagen skudt frem og hænderne på hofterne. Han drejede en gang med uret. Han drejede hurtigere, og der kom en sang ud af hans vingers flagren. Sangen var en lav stønnen. En trist sang fra fortiden, der fejrede et liv, som ikke var mere. Væsnet lænede sig tilbage med hovedet hvilende mod E-Z's bryst. Drejningen stoppede, men sangen fortsatte med at spille.

Det andet væsen sluttede sig til og udførte det samme ritual, mens det drejede mod uret. De skabte en ny sang uden bip-bip og zoom-zoom. For når de sang, var der ikke brug for onomatopoietik. Det var det til gengæld i den daglige samtale med mennesker. Denne sang overlejrede den anden og blev en glad, højlydt fest. En ode til kommende ting, til et liv, der endnu ikke er levet. En sang for fremtiden.

En stråle af diamantstøv sprang ud af deres gyldne øjenhuler, da de vendte sig i perfekt synkronisering. Diamantstøvet sprøjtede fra deres øjne på E-Z's sovende krop. Udvekslingen fortsatte, indtil den dækkede ham med diamantstøv fra top til tå.

Teenageren fortsatte med at sove trygt. Indtil diamantstøvet gennemborede hans kød - så åbnede han munden for at skrige, men der kom ingen lyd ud.

»Han vågner, bip-bip.«

»Løft ham, zoom-zoom.«

Sammen løftede de ham op, da han åbnede sine glasagtige øjne.

»Sov mere, bip-bip.«

»Føl ingen smerte, zoom-zoom.«

De to væsner vuggede hans krop og tog hans smerte ind i sig.

»Rejs dig op, bip-bip,« befalede han.

Og kørestolen rejste sig op. Den placerede sig under E-Z's krop og ventede. Da der kom en bloddråbe, fangede stolen den. Absorberede den. Fortærede det - som om det var en levende ting.

I takt med at stolens kraft steg, blev den også stærkere. Snart kunne stolen holde sin herre i luften. Det gjorde det muligt for de to væsener at fuldføre deres opgave. Deres opgave med at forene stolen og mennesket. At binde dem til evig tid med kraften fra diamantstøv, blod og smerte.

Mens teenagerens krop rystede, helede sårene på hans hud. Opgaven var fuldført. Diamantstøvet var en del af hans essens. Derfor stoppede musikken.

»Det er gjort. Nu er han skudsikker. Og han har superstyrke, bip-bip.«

»Ja, og det er godt, zoom-zoom.«

Kørestolen vendte tilbage til gulvet og teenageren til sin seng.

»Han vil ikke kunne huske det, men hans rigtige vinger vil begynde at fungere meget snart, bip-bip.«

»Hvad med de andre bivirkninger? Hvornår begynder de, og vil de være mærkbare zoom-zoom?«

»Det ved jeg ikke. Han kan få fysiske forandringer ... det er en risiko, der er værd at tage for at mindske smerten, bip-bip.«

»Enig zoom-zoom.«

ÅRSAG

Alle familier har uoverensstemmelser. Nogle skændes om hver eneste lille ting. Familien Dickens var enige om det meste. Musik var ikke en af dem.

»Kom nu, far,« sagde 12-årige E-Z. »Jeg keder mig, og de spiller en hel Muse-weekend på satellitten lige nu.«

»Har du ikke taget dine hovedtelefoner med?« spurgte hans mor Laurel.

»De ligger i min rygsæk i bagagerummet.« Han sukkede.

»Vi kan altid stoppe og hente dem ...«

Martin, drengens far, som kørte, tjekkede tiden. »Jeg vil gerne nå frem til hytten i bjergene, inden det bliver mørkt. Muse har det fint med mig. Desuden er vi der snart.«

Laurel drejede på satellitanlægget i deres splinternye røde cabriolet. Hun tøvede et øjeblik på Classic Rock. Speakeren sagde: »Næste nummer er Kiss-hymnen I Wanna Rock N Roll All Night. Rør ikke ved den knap.«

»Vent, det er en god sang!« råbte drengen.

»Hvad, ikke mere Muse?« spurgte Laurel, mens hun holdt hånden på skiven.

»Efter Kiss, okay?«

»Så bliver detKiss,« sagde Martin, mens han tændte for vinduesviskerne. Det regnede ikke endnu, men tordenen bragede. Kviste og andet affald piskede ind og ud af deres bil, mens de kørte op ad bjerget.

Laurel nøs og satte et bogmærke på sin side. Hun lagde armene over kors og rystede. »Den vind hyler virkelig. Har du noget imod, at vi slår kalechen op?«

»Jeg stemmer ja,« sagde E-Z og fjernede kviste fra sit blonde hår.

THWACK.

Der var ikke tid til at skrige - da musikken døde.

Drengens ører ringede stadig efter lyden kombineret med eksplosionen af fire airbags. Blodet dryppede ned ad hans pande, da han rørte ved det, der stod på hans ben: et træ. Blodet samlede sig i og omkring træet. Han kørte sin finger langs træets stamme. Det føltes som hud; han var træet, og træet var ham.

»Mor? Far?« hulkede han, mens brystet hævede sig. »Mor? Far? Vær sød at svare!«

Han havde brug for at tilkalde hjælp. Hvor var hans telefon? Sammenstødet havde kastet den væk. Han kunne se den, men den var for langt væk til, at han kunne nå den. Eller var den? Han var catcher, og nogle sagde, at hans kastearm var som gummi. Han koncentrerede sig, strakte sig og strakte sig, indtil han fik fat i den.

Signalet var stærkt, da hans blodige fingre trykkede 9-1-1, og så blev forbindelsen afbrudt. For at de kunne finde ham, måtte han bruge den nye forbedrede tjeneste. Han skrev E9-1-1. Det gav myndighederne tilladelse til at få adgang til hans position, telefonnummer og adresse.

»Alarmcentralen. Hvad er din nødsituation?«

»Hjælp! Vi har brug for hjælp! Jeg beder jer. Mine forældre!«

»Fortæl mig først, hvor gammel du er? Hvad hedder du?«

»Jeg er tolv år. De kalder mig E-Z.«

»Bekræft venligst din adresse og dit telefonnummer.«

Det gjorde han.

»Hej E-Z. Fortæl mig om dine forældre. Kan du se dem? Er de ved bevidsthed?«

»Jeg kan ikke se dem. Et træ faldt ned på bilen, på dem og på mine ben. Hjælp mig. Jeg beder jer.«

»Vi får din position nu.«

E-Z lukkede øjnene.

»E-Z?« Højere, »E-Z!«

Drengen kom til sig selv. »Jeg, undskyld, jeg...«

»Vi sender en helikopter. Prøv at holde dig vågen. Hjælpen er på vej.«

»Tak,« hans øjne faldt sammen, han tvang dem op. »Jeg må holde mig vågen. Hun sagde, jeg skulle holde mig vågen.« Alt, hvad han ønskede, var at sove, sove for at gøre en ende på al smerten.

Over ham flimrede to lys, et grønt og et gult, foran hans øjne. Et øjeblik troede han, at han så små vinger baske, mens de to objekter svævede.

»Han har det skidt,« sagde den grønne og bevægede sig ind for at se nærmere på ham.

»Lad os hjælpe ham,« sagde den gule og svævede højere.

E-Z løftede sin hånd for at slå på de flimrende lys. En høj lyd gjorde ondt i hans ører.

»Er du enig i at hjælpe os?« sang lysene.

»Ja, det gør jeg. Hjælp mig.«

Så blev alt sort.

EFFEKT

O m morgenen var E-Z'sonkel på hospitalet, da han vågnede. Drengen stillede ikke spørgsmålet - hvor hans forældre var - fordi han ikke ville høre svaret. Hvis han ikke vidste det, kunne han lade som om, de havde det godt. At de ville komme ind på hans værelse og kaste deres arme om ham hvert øjeblik. Men i sit baghoved vidste han, ja, han troede faktisk, at de var døde. Han forestillede sig, hvordan han ville kaste dynen tilbage og løbe hen til dem, og de ville komme sammen i et gruppekram og græde over, hvor heldige de var. Men vent lidt, hvorfor kunne han ikke vrikke med tæerne? Han prøvede igen og koncentrerede sig, men der skete ikke noget.

Sam, som kiggede på, sagde: »Der er ingen ukompliceret måde at fortælle dig det på,« alt imens han kæmpede mod et hulk.

»Mine ben,« sagde E-Z, «jeg kan ikke mærke dem.«

Onkel Sam klemte sin nevøs hånd. »Dine ben ...«

»Åh, nej. Du må ikke fortælle mig det. Du skal bare ikke sige det.«

Han vristede sin hånd fri af sin onkel. Han dækkede sit ansigt og skabte en barriere mellem sig selv og verden, mens tårerne trillede ned ad hans kinder.

Onkel Sam tøvede. Hans nevø græd allerede, sørgede allerede, og alligevel var han nødt til at fortælle ham om sine forældre. Der var ingen nem måde at sige det på, så han sprang ud i det: »Dine forældre. Min bror og din mor ... de klarede den ikke.«

At vide og at høre ordene var to forskellige ting. Det ene gjorde det til et faktum. E-Z kastede hovedet tilbage og hylede som et såret dyr, han rystede og havde lyst til at løbe væk, hvor som helst. Bare væk.

»E-Z, jeg er her for dig.«

»Nej! Det er ikke sandt. Du lyver for mig. Hvorfor lyver du for mig?« Han kastede sig rundt, knyttede næverne og hamrede dem ned i madrassen, mens han rasede og rasede uden tegn på at stoppe.

Sam trykkede på knappen ved siden af sengen. Han forsøgte at berolige ham, men E-Z var ude af kontrol, slog og bandede. To sygeplejersker kom til; den ene satte nålen i, mens den anden sammen med Sam forsøgte at holde ham i ro, og han hviskede blidt, at alt nok skulle gå.

Sam så til, mens hans nevø - i drømmeland, eller hvor han nu var - fik et smil frem. Han værnede om det smil og tænkte, at der ville gå et stykke tid, før han så et igen i sin nevøs ansigt. Det ville blive en lang og vanskelig vej at gå. Hans nevø ville blive nødt til at se den dag i øjnene, hvor hans liv faldt fra hinanden. Når han havde gjort det, kunne han kæmpe, og sammen kunne de opbygge et helt nyt liv for ham. Nyt - anderledes - ikke det samme. Intet ville nogensinde blive det samme igen.

Alt sammen fordi de var på det forkerte sted på det forkerte tidspunkt. Naturens ofre: et træ. Et træ, som blev naturens våben på grund af menneskelig forsømmelse. Træstrukturen havde været død, og rødderne over jorden havde kæmpet om opmærksomheden i årevis. Og da de fortalte ham, at det var blevet markeret med et X for at blive fældet i foråret, havde han lyst til at skrige.

I stedet ringede han til den bedste advokat, han kendte. Han ville have, at nogen skulle betale - betale regningen for to liv, der var blevet afbrudt for tidligt, og for hans nevøs knuste ben og liv.

Men hvad var pointen? Intet kunne ændre fortiden - men i fremtiden ville han hjælpe sin nevø med at finde sin vej. I det øjeblik formulerede Sam en plan.

Sam lignede en voksen udgave af Harry Potter (minus arret.) Som E-Z's eneste levende slægtning ville han tage sig af sin nevø. En rolle, han tidligere havde forsømt. Han ville forsøge at være som sin storebror Martin - ikke at erstatte ham.

Han rystede de undskyldninger af sig, som boblede op indeni. De forsøgte at få ham til at bruge arbejdet til at fritage ham for ansvar. Han ville gå sin vej, slette alle forpligtelser. Så kunne han holde op med at bebrejde sig selv. Hade sig selv for al den tabte tid.

Mens hans nevø sov videre, ringede han til direktøren for sit softwarefirma. Som en dygtig seniorprogrammør i toppen af sit felt håbede han, at de ville nå frem til et kompromis. Han fortalte dem, hvad han ville gøre.

»Selvfølgelig, Sam. Du kan arbejde på afstand. Intet vil ændre sig. Du gør, hvad du skal gøre. Vi er sammen med dig. Familien kommer først - altid.«

Da han afbrød forbindelsen, vendte han tilbage til sin nevøs seng. Indtil videre ville han flytte ind i familiens hjem, så E-Z kunne blive i nærheden af sine venner og sin skole. Sammen ville de samle stumperne igen og genopbygge hans liv. Hvis han altså ikke flippede helt ud. Som ungkarl havde han stort set ingen erfaring med børn - og slet ikke med teenagere.

$$* * *$$

Efter at have forladt hospitalet - tvunget af skæbnen - havde de intet andet valg end at skabe et bånd, der gik ud over blodet.

E-Z strittede imod og benægtede, at han kunne gøre det hele selv. Til sidst havde han ikke andet valg end at tage imod den hjælp, der blev tilbudt.

Sam trådte til - var der for ham - som om han vidste, hvad hans nevø havde brug for, før han spurgte.

Og han var der for E-Z på den næstværste dag i hans liv - da han fik at vide, at han aldrig ville komme til at gå igen.

»Kom ind,« sagde Dr. Hammersmith, en af de bedste ortopædiske neurologkirurger.

I sin kørestol kom E-Z ind, efterfulgt af Sam.

Hammersmith var berømt for at reparere det, der ikke kunne repareres, og han ville reparere ham. Ved tidligere konsultationer havde han lovet den unge mand, at han ville komme til at spille baseball igen.

»Jeg er ked af det,« sagde Hammersmith. Efter et par sekunders ubehagelig tavshed udfyldte han den ved at blande nogle papirer.

»Hvad er det helt præcist, du er ked af?« spurgte E-Z og skubbede af alle kræfter for at komme videre i sit sæde. Det lykkedes ikke, så han blev siddende, hvor han var.

»Det, han bad om,« sagde Sam og bevægede sig ubesværet fremad i sædet.

Hammersmith rømmede sig. »Vi håbede, at lammelsen ville være midlertidig, eftersom alt fungerede normalt. Det var derfor, jeg sendte dig til flere prøver og foreslog noget fysioterapi. Der er ingen tvivl nu, jeg er ked af at sige det, E-Z, men du kommer aldrig til at gå igen.«

»Hvordan kan du gøre det mod ham?« spurgte Sam.

Det endegyldige i hans ord sank ind. »Få mig ud herfra, onkel Sam!«

»Vent,« sagde Hammersmith, ude af stand til at se dem i øjnene. »Jeg bad om hjælp fra kolleger over hele verden. Deres konklusion var den samme.«

»Mange tak.«

»E-Z, det er på tide, at du kommer videre. Jeg vil ikke give dig flere falske forhåbninger. «

Sam rejste sig og lagde hænderne på kørestolens håndtag.

»Vi får en anden mening og en tredje og en fjerde!«

»Det kan du gøre,« sagde Hammersmith, «men det har vi allerede gjort. Hvis der var noget nyt derude - noget, vi kunne udnytte - så ville vi gøre det. Tingene kan ændre sig i din levetid, E-Z. Der sker fremskridt inden for stamcelleforskning. I mellemtiden vil jeg ikke have, at du lever dit liv på grund af hvis'er og måske'er.«

Så henvendte han sig til Sam,

»Lad ikke din nevø spilde sit liv. Hjælp ham med at genopbygge og komme tilbage til de levendes land. Og jeg er ked af at sige det, men vi skal snart have kørestolen tilbage - det ser ud til, at vi har lidt af en mangelvare. Hvis du ikke har noget imod at lave andre aftaler.«

»Fint,« sagde Sam, mens de forlod Hammersmiths kontor uden at tale sammen. Han lagde kørestolen ind i bagagerummet, spændte deres sikkerhedsseler og startede bilen.

»Det skal nok gå.«

E-Z, som havde tårer trillende ned ad kinderne, tørrede dem væk. »Jeg er ked af det.«

»Du behøver aldrig at undskylde over for mig, knægt, for at vise dine følelser.«

Sam slog næverne ned i rattet og kørte ud af parkeringspladsen med hvinende dæk.

De kørte videre uden at tale sammen et øjeblik, så rakte han over og tændte for radioen. Det brød tavsheden mellem de to og gav E-Z mulighed for at græde ud uden at føle sig selvbevidst.

Da de drejede ind i indkørslen derhjemme, var de rolige og sultne. Planen var at bingewatche et par programmer og bestille pizza.

Et par dage senere ankom en helt ny kørestol.

$$* * *$$

To lys:etgult og et grønt blinkede i nærheden af E-Z's nye kørestol.

»Den her duer ikke, bip-bip.«

»Jeg er enig, den duer slet ikke. Han har brug for noget lettere, stærkere, brandsikkert, skudsikkert og absorberende, zoom-zoom.«

»Du-ved-hvem sagde, at vi ikke skulle spilde tiden - så lad os gøre det, før mennesket vågner, bip-bip.«

Lysene dansede rundt om kørestolen. Den ene udskiftede metallet og den anden dækkene. Da de var færdige med processen, så stolen ud som før, men det var den ikke.

E-Z hviskede i søvne.

»Lad os komme ud herfra! Bip-bip!«

»Lige bag dig! Zoom zoom!«

Og det gjorde de, mens den lille sov videre.

$$* * *$$

Et år senere syntes E-Z, at onkel Sam altid havde været der. Ikke at han havde erstattet sine forældre. Nej, det ville han aldrig kunne gøre, faktisk ville han ikke prøve - men de kom godt ud af det med hinanden. De var venner. De var mere end det, de var familie. Den eneste familie, den trettenårige havde tilbage i verden.

»Jeg vil gerne takke dig,« sagde han og forsøgte ikke at få tårer i øjnene.

»Du behøver ikke at takke mig, knægt.«

»Men det gør jeg, onkel Sam, uden dig ville jeg have kastet håndklædet i ringen.«

»Du er lavet af stærkere stof end det.«

»Nej, det er jeg ikke. Siden ulykken er jeg blevet bange, jeg mener virkelig bange. Jeg har haft mareridt.«

»Vi bliver alle bange; det hjælper, hvis du taler om det. Jeg mener, hvis du vil tale med mig om det.«

»Det sker nogle gange om natten - når du sover. Jeg vil ikke vække dig.«

»Jeg er ved siden af, og væggene er ikke så tykke. Bare råb efter mig, så kommer jeg. Det har jeg ikke noget imod.«

»Tak, jeg håber ikke, jeg får brug for det, men det er godt at vide.«

De gik tilbage til at se fjernsyn og talte aldrig om det igen.

Indtil en nat, hvor E-Z vågnede skrigende, og Sam som lovet var der.

Han tændte lyset. »Nu er jeg her. Er du okay?«

E-Z klamrede sig til sengekanten som en, der var ved at falde ud over en klippe. Han hjalp ham tilbage på madrassen.

»Har du det bedre nu?«

»Ja, tak.«

»Har du lyst til at tale om det? Jeg kan lave noget kakao.«

»Med skumfiduser?«

»Det siger sig selv. Jeg er straks tilbage.«

»Okay.« E-Z lukkede øjnene et øjeblik, og de høje lyde begyndte igen. Han holdt sig for ørerne og betragtede de gule og grønne lys, som dansede for hans øjne. Han fjernede sine hænder og hørte sin onkels bare fødder, mens de klaskede hen ad gangen.

»Værsgo,« sagde Sam og stak et krus varm kakao i hånden på sin nevø. Han parkerede sig selv i kørestolen, hvor han nippede og sukkede.

Med sin venstre hånd slog E-Z ud i luften og var lige ved at spilde sin drink.

»Hvad laver du?«

»Kan du ikke høre det? Den øresønderrivende lyd?«

Sam lyttede intenst, men ingenting. Han rystede på hovedet. »Hvis du hører noget mærkeligt, hvorfor prøver du så at slå det væk?«

E-Z fokuserede på sin varme drik og slugte så en mini-marshmallow. »Så kan du vel ikke se lysene?«

»Lysene? Hvilken slags lys?«

»To lys: et grønt og et gult. På størrelse med enden af din finger. Her on and off - siden ulykken. Piercer mine ører og blinker foran mine øjne. Irriterer mig.«

Sam gik hen til hovedgærdet og så på det fra sin nevøs perspektiv. Han forventede ikke at se noget - og det gjorde han selvfølgelig heller ikke - det var for at berolige ham. »Nej, men fortæl mig mere, så jeg bedre kan forstå, hvordan det startede.«

»Ved ulykken så jeg to lys, et gult og et grønt, og du må ikke grine, men jeg tror, de talte til mig. Det er derfor, jeg har haft mareridt.«

»Hvilken slags lys? Mener du ligesom julelys?«

»Øh, nej, ikke som julelys. Det er ingenting. De er væk nu. Sikkert posttraumatisk stresslidelse eller et flashback.«

»PTSD eller et flashback er to vidt forskellige ting. Jeg spekulerer på, om du skulle tale med nogen. Jeg mener nogen ud over mig.«

»Mener du som mine venner?«

»Nej, jeg mener en professionel.«

POP.

POP.

De var tilbage igen. Blinkede foran hans næse og gjorde ham skeløjet. Han holdt sig tilbage. Forsøgte ikke at slå dem væk. Da Sam tog sin kop med den ene hånd og mærkede sin pande med den anden, slog han ud i luften. »Gå væk fra mig!«

Sam så på, mens hans nevø frøs til is som en isskulptur på vinterfestivalen. Sam knipsede med fingrene foran øjnene på ham, men der kom ingen reaktion. E-Z sukkede og lænede sig tilbage, tog en dyb indånding, og i løbet af få sekunder snorkede han som en soldat. Sam trak dynen op. Han kyssede sin nevø på panden og gik tilbage til sit værelse. Til sidst faldt han i søvn.

Næste dag foreslog Sam, at E-Z skrev sine følelser ned, måske i en dagbog. I mellemtiden ville han forhøre sig om muligheden for at booke en tid hos en professionel.

»Mener du en psykiater?«

»Eller en psykolog. Og i mellemtiden skal du skrive det ned. Når du ser dem, hvordan de ser ud - registrer observationerne.«

»En dagbog, jeg mener, hvem ligner jeg, Oprah Winfrey?«

»Nej,« sagde Sam. »Knægt, du har mareridt, hører høje lyde og ser lys. Det kan være tegn på, som du sagde, PTSD eller noget medicinsk. Jeg er nødt til at undersøge det og tale med din læge for at få hans råd. I mellemtiden kan det hjælpe at skrive dine tanker ned og føre dagbog. Masser af mænd har skrevet dagbog eller ført dagbog.«

»Nævn en, hvis navn jeg kan genkende?«

»Lad os se, Leonardo da Vinci, Marco Polo, Charles Darwin.«

»Jeg mener en fra dette århundrede.«

»Du har allerede nævnt Oprah.«

✳✳✳

E-Z's mentale helbred blev bedre efter et par sessioner med en terapeut/rådgiver. Hun var sød og dømte ikke teenageren, som han var bange for, at hun ville gøre. I stedet kom hun med forslag og specifikke strategier til at berolige og hjælpe ham. Hun foreslog også, ligesom hans onkel Sam, at han skulle skrive det hele ned - i en dagbog.

I stedet skrev han en novelle til en skoleopgave inspireret af sin mors yndlingsfugl: en due. Da han fik 12 for sin opgave, meldte hans lærer hans historie til en skrivekonkurrence i hele provinsen. Først var han ked af, at hun havde tilmeldt hans historie uden at spørge ham. Men da han vandt, blev han utrolig glad. Siden da har hans lærer tilmeldt hans historie til en landsdækkende konkurrence.

Mens hans nevø fordybede sig i skrivekunsten, begyndte Sam på en ny hobby: slægtsforskning. En aften, da de spiste middag, udbrød han:

»Nu hvor du har skrevet en novelle og haft lidt succes, skulle du måske prøve at skrive en roman.«

»Mig? En roman? Aldrig i livet.«

»Du har forfatterblod i årene,« afslørede onkel Sam. »Ved at spore vores historie har jeg opdaget, at du og jeg er i familie med den eneste ene Charles Dickens.«

»Så burde DU måske skrive en roman.« Han grinede.

»Det er ikke mig, der har en prisbelønnet novelle.«

De grønne og gule lys blinkede over hans tallerken. I det mindste kunne han ikke høre den høje lyd fra Uncle Sam.

».... Når alt kommer til alt, er du og jeg fætre på tværs af tiden med Charles Dickens. Se på alt det, du har overvundet. Du er en fantastisk dreng - hvad har du at miste?«

Hans navn er Ezekiel Dickens, og dette er hans historie.

KAPITEL 1

I de første tretten år af sit liv var han kendt under flere navne. Ezekiel, hans fødenavn. E-Z, hans kælenavn. Catcher på sit baseballhold. Forfatter af noveller. Søn til sine forældre. Nevø til sin onkel. Hans bedste ven. Nu havde de et nyt navn til ham.

Ikke at han havde noget imod »c«-ordet. Faktisk var der nogle af alternativerne, han foretrak mindre. Som de kommentarer, nogle mennesker sagde, fordi de troede, de var politisk korrekte. »Åh, der er drengen, som sidder i kørestol.« De sagde det, mens de pegede på ham - som om de troede, at han også var hørehæmmet. Eller de sagde: »Jeg er ked af at høre, at du nu er kørestolsbruger.« Det fik ham til at krympe sig. Men det, der sendte ham ud over kanten, var: »Nå, det er dig, der bruger kørestol nu.« At se nogen, især en yngre person i kørestol, fik nogle mennesker til at føle sig utilpas. Hvis de havde det sådan, hvorfor skulle de så sige noget?

Det vækkede et gammelt minde. Et minde om hans forældre, der så filmen Bambi i fjernsynet en regnfuld lørdag eftermiddag. Mor lavede sine berømte popcornkugler. De havde sodavand, M&Ms, skumfiduser og fars favorit Twizzlers. Kaninen Thumper sagde: »Hvis du ikke kan sige noget pænt, så lad være med at sige noget som helst.« Da Bambis mor døde, var det første gang, han nogensinde havde set sin mor og far græde over en film. Fordi han var så chokeret over deres opførsel, fældede han ikke selv en tåre.

Nogle af bøllerne i skolen kaldte ham »trædreng«. Nogle få var medspillere, som engang havde set op til ham, da han var kongen bag pladen. Han hadede referencen til trædrengen. Han havde ikke ondt af sig selv (ikke det meste af tiden), og han ønskede heller ikke, at nogen skulle have ondt af ham.

Da det blev tid til at vende tilbage til skolen den allerførste dag, gjorde han det med hjælp fra sine venner. PJ (forkortelse for Paul Jones) og Arden støttede og skubbede ham efter behov. De blev snart kendt som The Tornado Trio. Mest fordi der opstod kaos, uanset hvor de gik hen. Det var der, E-Z lærte at forvente det uventede.

Så da hans venner kom forbi en morgen for at hente ham til skole et par måneder senere - og så sagde, at de ikke skulle med - blev han ikke særlig overrasket. Da de sagde, at de skulle give ham bind for øjnene, var det ikke forventet.

På bagsædet spurgte han. »Hvor skal vi hen?« Intet svar. »Kommer jeg til at kunne lide det?«

»Ja,« sagde hans venner.

»Hvorfor så kappe og dolk?«

»Fordi det er en overraskelse,« sagde PJ.

»Og du vil sætte mere pris på det, når vi er der.«

»Jeg kan jo ikke løbe væk.« Han hånede.

Ardens mor parkerede. »Tak mor,« sagde han.

»Ring til mig, når du har brug for, at jeg henter dig,« sagde hun.

De to venner hjalp E-Z op i hans kørestol, og så kørte de.

»Er det bare mig, eller virker den her stol lettere, hver gang vi tager den ud?« spurgte Arden.

»Det er dig!« svarede PJ.

Mens de bevægede sig hen over det ujævne terræn, kunne E-Z lugte nyslået græs. Da hans venner tog bindet af for øjnene, var han på baseballbanen. Han fik tårer i øjnene, da han så sine tidligere holdkammerater, modstanderholdet og træner Ludlow. De var i fuld uniform og stillede sig op langs den nykridtede baseline.

»Velkommen tilbage!« jublede de.

E-Z børstede tårerne væk med sit ærme, mens stolen bevægede sig tættere på banen. Siden ulykken havde fjernet hans drøm om at spille professionel baseball, havde han undgået spillet. Med en klump i halsen var han så fyldt med følelser, at han ikke kunne få vejret.

»Han er målløs,« sagde PJ og gav Arden et puf med albuen.

»Det er første gang.«

»Tak, venner. I tog ikke fejl af, at det var en overraskelse.«

»Vent her,« sagde hans venner.

E-Z blev ladt alene tilbage for at nyde udsigten til baseballbanen. Det sted, der engang havde været hans yndlingssted på jorden. Han fik tårer i øjnene igen, da han så det grønne græs skinne i sollyset. Han tørrede dem væk, da hans venner kom tilbage med en taske med udstyr.

Arden lænede sig frem: »Overraskelse, makker, du skal fange i dag!«

»Hvad mener du med det? Jeg kan ikke spille i den her!« sagde han og bankede sine hænder på kørestolens arme.

»Se her, mens vi klæder dig på,« sagde PJ, mens han gav ham sin telefon og trykkede på play.

E-Z så forbløffet til, mens spillere som ham kom ind på baseballbanen. Han kiggede nærmere på deres stole, som havde modificerede hjul. En spiller rullede op til pladen, ramte bolden og zoomede rundt om baserne.

»Wow! Det er fantastisk!«

»Hvis de kan gøre det, så kan du også!« sagde Arden, mens han satte knæbeskytterne på sin vens ben, og PJ satte brystbeskytteren på. På vej ud på banen kastede hans venner catcherens maske og hans handske til ham.

»Slå til!« kaldte træner Ludlow.

Kasteren kastede den første hurtige bold lige i zonen, og han greb den.

Det andet kast var en pop up. E-Z gik efter den, zoomede over, løftede sig op. Rækker ud. Han overraskede endda sig selv, da han greb den. De havde ikke lagt mærke til det, men han havde løftet sig op. Hans bagdel havde forladt stolesædet, og han havde ingen anelse om, hvordan han havde gjort det.

»Wow,« sagde PJ, «det var en fremragende fangst.«

»Ja, du ville nok have misset den, hvis det ikke havde været for stolen.«

E-Z smilede og fortsatte med at spille. Da spillet var slut, havde han det godt. Normal. Han takkede gutterne for at have fået ham i gang igen.

»Næste gang slår du,« sagde PJ.

E-Z spottede, da Ardens mor kørte dem gennem drive-in og tilbage til skolen. Hvis de skyndte sig, ville de nå det, inden deres næste time begyndte. Eleverne stimlede sammen på gangene, mens han rullede hen til sit skab. Hans klassekammerater hørte dækkenes klaskende lyd på linoleumsgulvet - og de skilte sig ud.

E-Z havde været det første barn, der skulle have kørestolsadgang på sin skole, men han var allerede en legende, før han mistede brugen af sine ben. Det havde krævet meget af ham at bede om hjælp, men da han først gjorde det, fik han den. Han havde allerede deres respekt som atlet, han havde vundet en masse trofæer selv og som en del af holdet. Han havde brug for at vinde deres respekt igen som sit nye jeg.

Efter kampen vendte de tilbage til skolen og afsluttede dagen. Da det kun havde været en halv dag, var E-Z ret træt, da Ardens mor og hans venner satte ham af efter skole.

Efter at have takket dem gik han ind.

»Jeg er hjemme, onkel Sam.«

»Det kan jeg se, har du haft en god dag,« sagde Sam.

»Ja, det var en god dag.« Han strakte sig og gabte.

»Kom, jeg skal vise dig noget. Jeg har noget at vise dig. En overraskelse.«

»Ikke endnu en,« sagde E-Z, mens han fulgte sin onkel ned ad gangen. Han passerede først til højre, hans forældres værelse, som en dag skulle være gæsteværelse. Indtil da var det præcis, som de havde efterladt det - og sådan ville det forblive, indtil E-Z besluttede noget andet.

Af og til tilbød onkel Sam at hjælpe ham med at gennemgå værelset, men hans nevø sagde altid det samme.

»Jeg gør det, når jeg er klar.«

Sam gik modvilligt med til det. Han var fast besluttet på, at hans nevø skulle komme videre. Dette var det første skridt mod det mål. Siden da havde han talt med sin rådgiver, som sagde, at Sam skulle opmuntre E-Z til at tale mere om sine forældre. Hun sagde, at hvis han gjorde dem til en del af sin hverdag, ville det hjælpe ham til at komme sig hurtigere. De fortsatte hen ad gangen, forbi badeværelset, og stoppede ved kassen eller opbevaringsrummet.

»Ta-dah!« sagde onkel Sam, mens han skubbede ham ind.

E-Z var målløs, da han så det nyligt forvandlede kontor. I midten foran vinduet, der vendte ud mod haven, stod et skrivebord. På det stod en splinterny gaming-pc og et lydsystem. Han skubbede sin stol ind under skrivebordet - det passede perfekt - og lod fingrene løbe hen over tastaturet. I nærheden stod en printer, en stak papir og en skraldespand - alt sammen inden for rækkevidde.

Til venstre for ham stod en bogreol. Han rullede sig tættere på. Den første hylde indeholdt bøger om at skrive og klassikere. Han genkendte flere af sine forældres favoritter. Den anden indeholdt trofæer, herunder prisen for hans forfatterskab. Den tredje og fjerde indeholdt alle hans yndlingsbøger fra barndommen. De to nederste hylder var tomme. Hans øjne løb hen til toppen af bogreolen, og han måtte rykke stolen tilbage for at se, hvad der var deroppe.

Sam kom ind i rummet ved siden af ham. Han lagde en hånd på sin nevøs skulder.

»De der, jeg var ikke sikker på, om det var for tidligt. I...«

Den store detalje: et familiefoto. En tåre trillede ned ad hans kind, da han huskede dagen for fotograferingen. Det var i et lille fotostudie i centrum. De var alle klædt ud. Far i sit blå jakkesæt. Mor i sin nye blå kjole med et rødt tørklæde bundet om halsen. Han i sit grå jakkesæt - det samme, som han havde på til deres begravelse.

Han kæmpede mod et hulk, da han huskede opstillingen i fotografens studie. Studiet indeholdt alt, hvad der hørte julen til - selv om det kun var juli. Han smilede, da han tænkte på den billige julepynt og den falske pejs. Uger senere kom kortet med posten, men for hans forældre blev det aldrig jul. Han vendte sin stol mod udgangen og gik ned ad gangen med sin onkel i hælene.

»Jeg ved, at det vil tage tid. Jeg er ked af, hvis jeg gik for langt for tidligt, men der er gået over et år, og vi, mig selv og din rådgiver, mente, at det var på tide.«

E-Z fortsatte med at gå. Han ønskede at komme væk. At flygte ind på sit værelse og lukke verden ude, men så kom han i tanke om noget. Noget afgørende. Hans onkel kunne ikke have kendt fotografiets historie. Hvis han havde vidst det, ville han ikke have lagt det der. Efter alt det, han havde gjort for ham, skyldte han ham en forklaring. Han stoppede op.

»Vi har aldrig brugt det, det var til vores julekort, men de nåede aldrig frem til jul.«

»Det må du undskylde. Det vidste jeg ikke.«

»Det ved jeg godt, men det gør det ikke mindre smertefuldt.«

Udmattet både fysisk og mentalt bevægede han sig tættere på sit værelse. Hans indre dialog fortsatte med positiv forstærkning. Han blev mindet om, at alt ville se bedre ud i morgen. For det gjorde det næsten altid.

»Det var meningen, at det skulle være et sted, hvor du kunne skrive. Husk, at du er en prisbelønnet forfatter nu, og du har forfatterblod i årene.«

Han var næsten på sit værelse - hvorfor havde hans onkel ikke ladet ham slippe væk? Hans temperament blussede op.

»Jeg har skrevet en novelle, men det betyder ikke, at jeg kan skrive mere eller har lyst til det. Du siger, at jeg har Charles Dickens' blod i årerne, men det, jeg vil, er at være catcher for L.A. Dodgers. Bare fordi de kalder mig »trædreng«, betyder det ikke, at jeg skal nøjes. Hvorfor skulle jeg nøjes?«

»Jeg ville ønske, at du ikke ville lade dem komme ind i dit hoved.«

»Jeg er en trædreng! Hvis det ikke var for det skide træ!« udbrød han, mens han gjorde en brat drejning og slog sin albue mod væggen. Hans ikke så sjove, sjove knogle gjorde vildt ondt.

»Er du okay?«

E-Z gryntede et svar og fortsatte ind på sit værelse. Han havde planlagt at smække døren bag sig. I stedet blev han klemt halvt ind og halvt ud af døråbningen. Så låste hjulene på hans stol.

»FRICK!«

Sam slap stolen uden at sige et ord. Han lukkede døren på vej ud.

E-Z tog et par ubrydelige ting og smed dem op mod væggen. For at berolige sig selv visualiserede han sine forældre, der fortalte ham, hvor stolte de var af ham. Det savnede han. Men hvis hans far var her nu, ville han skælde ham ud for at være sådan en møgunge. Hans mor ville også skælde ham ud, men på en mere venlig og blid måde. Han tørrede tårerne væk. Mærkede skammens stik, og hans krop sank sammen af ren og skær udmattelse i kørestolen.

Onkel Sam spurgte gennem den lukkede dør: »Er du okay?«

»Lad mig være i fred!« Svarede E-Z. Selv om han havde brug for hans hjælp. Uden ham kunne han ikke komme i sin pyjamas eller i seng. Han ville være nødt til at sove i stolen i sit tøj. Inderst inde kendte han altid sandheden. Hvis han holdt op med at bekymre sig, ville alle andre også holde op med at bekymre sig. Så ville han virkelig være helt alene.

Han kørte stolen hen til vinduet og kiggede ud på nattehimlen. Musik. Det havde været den eneste ting, der virkelig forbandt dem som familie. Selvfølgelig var de uenige om musikgenrer, men når der kom en god sang i radioen, lagde de det til side.

En skabagtig sort kat gik hen over plænen. Hans mor havde altid ønsket, at de skulle tage til New York og se Cats på Broadway. Han ville ønske, at de var taget af sted sammen. Skabt et minde. Nu ville de aldrig gøre det. Den sang, noget med minder, fik ham til at række ud efter sin telefon. Han valgte en hård rock-hymne og skruede op for lyden. Brugte sine næver til at slå takten på stolens armlæn, mens han råbte og skreg teksten ud.

Indtil han rockede så hårdt, at han rullede ud af stolen og ramte gulvet. Da han så sit værelse fra grunden, havde han først lyst til at græde. I stedet begyndte han at grine og kunne ikke stoppe igen.

»Er du okay derinde?« Spurgte Sam.

»Øh, jeg kunne godt bruge din hjælp.« Han havde ondt i maven af at grine så meget.

Sams første reaktion var alarm - da han så sin nevø ligge på gulvet og holde sig for maven. Da han indså, at han holdt sig for munden af grin, faldt han sammen på gulvet ved siden af ham.

Senere, da Sam skulle gå, sagde han: »Du skal nok klare den, knægt.«

»Vi skal nok klare den.«

Det var der, de lavede en pagt om at få tatoveringer.

KAPITEL 2

»Sorry, jeg kan ikke spille baseball med jer i dag.«

»Kom nu,« sagde Arden. » Så dårlig var du heller ikke sidste gang.«

»Skrid,« svarede E-Z. Han satte farten op for at møde sin onkel og kolliderede med Mary Garner, Head Cheerleader.

»Åh, undskyld, Mary.«

Det var første gang, han havde set hende siden ulykken. Han kiggede op, da hendes hår faldt ned som et gardin over hans øjne: Det duftede af kanel og honning.

»Idiot,« sagde hun. »Se dig for, hvor du går.«

Hun bakkede og marcherede væk. Hendes følge fulgte efter.

Han smilede og drejede nakken for at se på hende. Hans venner kom ved siden af og gjorde det samme. Arden fløjtede.

Hun kiggede sig over skulderen og vendte fuglen i deres retning.

»Gud, hvor er hun fantastisk,« sagde PJ.

»Hun er lækker,« sagde Arden.

»Meget.«

Da de forlod skolen, spurgte PJ: »Så fortæl os, hvorfor du ikke vil spille i dag.«

»Ja, hjælp os med at forstå,« sagde Arden, trak på smilebåndet og krydsede øjnene. »Vi er ubrugelige uden dig.«

»Hør her, onkel Sam og jeg har lavet en pagt. At gøre noget sammen - noget stort - efter skole i dag.«

Hans venner lagde armene over kors og blokerede for hans stol.

»Du har stadig tænkt dig at udelukke os - og du vil ikke engang fortælle os hvorfor?« sagde den rødhårede PJ.

»Du er en total idiot.«

»Det ville vi aldrig gøre mod dig.«

De gik væk og satte tempoet op.

E-Z accelererede, men det var ikke nok. »Vent! Vi skal have tatoveringer!«

Hans venner stoppede op.

»Jeg får en tatovering til minde om min mor og far - duevinger, en på hver skulder.«

»Vi kommer med dig!«

»Jeg troede, I ville synes, jeg var sentimental.«

De fortsatte med at gå uden at tale sammen i et stykke tid.

»Onkel Sam møder mig på tatoveringsstedet.«

KAPITEL 3

D a Samsåsin nevø sammen med sine venner, blev han overrasket.

»Jeg troede, at denne pagt var mellem os, altså en hemmelighed?«

»Drengene ville tage mig med til en kamp - jeg var nødt til at fortælle dem det.«

»Okay, det er fair nok. Men jeg har ikke for vane at stå i stedet for deres forældre eller give tilladelse på deres forældres vegne.« Og så til PJ og Arden: »Jeg har det fint med, at I er her, men det er kun jeres forældre, der kan godkende jeres tatoveringer.«

»Vent!« sagde PJ. »Jeg har aldrig tænkt på, at vi skulle have tatoveringer.«

»Mine vil helt sikkert sige nej,« sagde Arden. Hans forældre havde problemer, og det udnyttede han til fulde. Han lod, som om deres konstante skænderier ikke generede ham det meste af tiden. Af og til, når han ikke kunne holde det ud længere, søgte han tilflugt hos en ven.

»Også min.« PJ var den ældste og havde to søstre på fem og syv år. Hans forældre opfordrede ham til at være et godt eksempel, og det gjorde han for det meste. Ved at fokusere på en fremtid inden for sport holdt han sig selv på sporet.

Teenagerne delte et lightbulb-øjeblik og gav hinanden high fives.

»Hvad?« spurgte Sam.

»Vi fortæller dem, hvorfor E-Z gør det, og at vi vil have tatoveringer for at støtte ham,« sagde PJ.

Arden nikkede.

»Vent lige et øjeblik. Så I to idioter vil bruge mine forældres død som en undskyldning for at blive tatoveret?«

Sam åbnede munden, men ordene undslap ham.

PJ og Arden var røde i hovedet og stirrede på fortovet.

E-Z lod dem slippe af krogen. »Det er fint med mig.«

Sam lukkede munden, mens han og de to drenge dannede en halvcirkel omkring kørestolen.

»Lov mig dog én ting - ingen sommerfugle tilladt.«

»Hey, hvad har I imod sommerfugle?« spurgte Sam.

KAPITEL 4

For at gøre en lang historie kort overtalte PJ og Arden deres forældre til at lade dem få tatoveringer.

»Jeg kommer om et øjeblik,« sagde tatovøren og kiggede på dem alle fire. Overfor spejlet stod en kraftig mandlig kunde, som var ved at føje endnu en tatovering til sin samling af mange. Den nye var mellem hans tommel- og pegefinger. »Er du Sam?« spurgte manden, der lavede tatoveringen.

Sam fik lidt ondt i maven, for han havde læst, at hånden var et af de mest smertefulde steder at blive tatoveret. »Ja, jeg talte med dig i telefonen. Det er min nevø E-Z og hans venner PJ og Arden.«

»Vil I alle fire have tatoveringer i dag? For jeg havde kun forventet to af jer.«

»Det må du undskylde. Vi kan lave en ny aftale, hvis det er nødvendigt, eller jeg kan få min lavet en anden dag,« sagde Sam håbefuldt.

»Heldigvis kommer min datter snart og hjælper mig. Så velkommen til Tattoos-R-Us. Du kan vente derovre. Tag dig et glas vand. Der er også nogle brochurer, som du måske gerne vil se. Det kan hjælpe dig med at beslutte, hvor du vil have din tatovering. Hvert område på kroppen har en smertetærskel.« Den kraftige fyr, der blev tatoveret, fniste.

»Tak,« svarede Sam, mens de bevægede sig mod venteområdet. Da de satte sig i en sofa, gav hans hoppende knæ PJ og Arden myrekryb. De krydsede rummet og kiggede på opslagstavlen. For at berolige sine nerver plaprede Sam løs. »Jeg tjekkede dem på internettet, de har været i gang i 25 år, og den mand, vi talte med, er ejeren. De har et fremragende omdømme hos Better Business Bureau. Og der er masser af femstjernede anmeldelser på deres hjemmeside.«

Alles øjne vendte sig, da en markant kvinde klædt i goth-lignende tøj kom ind i lokalet. Hun var i trediverne og efter hendes træk at dømme ejerens datter. Hun havde tatoveringer på alt synligt kød og sporadiske piercinger alle andre steder.

»Undskyld, jeg kommer for sent,« sagde hun og rørte sin far på skulderen. Hun kastede et blik på venteområdet og hviskede noget til ham. Hun strålede med et stort smil og vendte sig mod kunderne.

»Hej, jeg hedder Josie.« Hun rakte hånden frem og gav hånd til dem alle sammen. »Det er Rocky derovre. Han er ejeren, og jeg er hans datter.«

»Jeg hedder Sam, og det er min nevø E-Z og hans to venner, PJ og Arden.« Han faldt i stedet for at sætte sig ned igen.

Josie hentede et glas vand til ham.

E-Z tænkte på, hvor ondt piercingen på hendes tunge måtte have gjort, og så sagde han til sin onkel: »Det behøver du ikke.«

»Kalder du mig en kylling?« sagde han, og hele hans krop rystede, da Josie gav ham glasset i hånden. Da han løftede det mod sine læber, spildte han lidt vand.

»I er tatoveringsjomfruer, ikke?« spurgte Josie.

E-Z syntes, hun havde en sød stemme, som Stevie Nicks, hans fars yndlingssangerinde fra Fleetwood Mac, der sang om heksen Rhiannon.

De behøvede ikke at svare, for deres tavshed sagde det hele.

»Du er i gode hænder hos Rocky. Han er den bedste tatovør i byen. Det kommer til at gøre ondt, drenge. Ja, det vil gøre ondt. Men det er den slags smerte, som John Cougar synger om. Du ved - Hurts So Good.«

Sam skar en grimasse. »Hvor ondt gør det egentlig?«

»Det afhænger af din smertetærskel - og hvor du vælger at få det. Der er en brochure derovre, som kortlægger de forskellige områder af kroppen og giver en smertevurdering.«

E-Z følte, at hans ansigt blev varmt, og hans venners hudfarve havde en lignende nuance. Han kiggede i Sams retning og lagde mærke til hans hudfarve, som havde ændret sig til et grønligt skær.

Josie fortsatte. »Efter din første tatovering bliver du måske glad for den og vil have flere.«

Sam rejste sig, og hans krop dirrede af frygt.

»Han har måske brug for lidt frisk luft,« sagde E-Z og fik sin onkel til at gå mod døren.

Udenfor gik Sam op og ned ad fortovet, mens hans hjerte hamrede, som om det var ved at springe ud af brystet på ham. »Jeg ville ønske, at jeg røg.«

»Jeg sætter pris på, at du kom herned sammen med mig, det gør jeg, men helt ærligt, du behøver ikke at gøre det. Jeg ved godt, at vi indgik en pagt, og at det er noget, jeg vil gøre - til minde om min mor og far - men du skylder mig ikke noget. Hvorfor går vi ikke en tur og tager en kop kaffe, og så skriver vi til dig, når vi er færdige, okay?«

»Jeg sagde, at jeg altid ville være der for dig. Jeg er her for dig nu. Jeg hader nåle. Og øvelser. Jeg troede, jeg kunne gøre det, men nu indser jeg, at frygten er stærkere, end jeg er. Jeg er sådan en tøsedreng.«

»Du har altid været der for mig, onkel Sam. Du behøver ikke at bevise det for mig, for nogen, ved at få en tatovering, du ikke engang vil have. Gå nu ud herfra. Jeg ringer til dig, når vi er færdige.« Han kørte sig selv op ad rampen igen, mens hans venner stillede sig i kø bag ham. Han kiggede på Sam over skulderen. Den stakkels fyr var stiv som en statue.

»Jeg skal nok klare mig. Smut så med dig.«

Sam grinede. »Men før jeg går, må du hellere give mig det brev, jeg skrev i går aftes, så jeg kan tilføje PJ's og Ardens navne. For uden min tilladelse er der ingen af jer, der får tatoveringer.«

»Godt tænkt,« sagde E-Z, mens han rakte sedlen ned ad linjen. Nu underskrevet kom den op igen. Han puttede den i lommen, og de gik ind, hvor Josie ventede.

»Okay, du er den næste. Hvis du har tænkt dig at pisse i bukserne, skal jeg vise dig, hvor toilettet er nu.«

»Rend mig,« sagde E-Z, mens han kørte sin stol i stilling.

✳✳✳

M ensRocky gjorde sig færdig ved disken, rakte Josie E-Z en bog med tatoveringer.

»Jeg ved det allerede uden at kigge. Jeg vil gerne have en duevinge på hver skulder.« Der var de igen, de grønne og gule lys. Han ville så gerne slå dem væk, men han ville ikke have, at Josie også skulle tro, at han var skør.

Josie bladrede i bogen. »Er det dem, du havde i tankerne?«

Han nikkede og så hende i spejlet, mens hun vaskede sine hænder og tog et par sorte handsker på. Hun tog blækkopperne ud af den sterile emballage og satte dem på bordet.

»Har du en seddel fra dine forældre eller din værge? Jeg går ud fra, at du ikke er 18 år?«

E-Z smilede og rakte hende sedlen.

»Alt ser fint ud. Nu til vigtigere ting. Har du en behåret ryg?« Hun smilede. »Hvis du har, bliver vi nødt til at rense og barbere den først. Jeg mener hele din ryg.«

»Helt sikkert ikke.«

Lyden af hans venners fnisen fra venteområdet fik også ham til at smile. I mellemtiden forsvandt Josie ind i baglokalet, og der lød musik. Et øjeblik Another Brick in the Wall, så ingen musik.

»Hey, hvorfor gjorde du det?« spurgte han.

»Jeg afskyr alt med Pink Floyd.« Hun fortsatte med at sætte tingene op.

»Det kan du ikke sige, medmindre du aldrig har lyttet til Dark Side of the Moon.«

»Jeg har lyttet, det var noget lort,« sagde hun, mens hun trak hans skjorte over hovedet på ham. »Åh!«

POP.

POP.

Og de to lys forsvandt.

Rocky gik over og stillede sig ved siden af hende. »Hvad pokker?«

»Ja, hvad pokker,« sagde Josie.

Det fik PJ og Arden til at komme.

»Jeg forstår det ikke, E-Z. Hvorfor skulle du lyve?«

»Selvfølgelig ville han ikke lyve - E-Z lyver aldrig,« sagde Arden.

»HVAD!?« spurgte E-Z og forsøgte at manøvrere sin stol, så han kunne se, hvad de så. »Lyve? Om hvad? Fortæl mig, hvad det end er. Jeg kan tage det.«

Josie spurgte: »Hvorfor løj du om, at du var tatoveringsjomfru?«

✳ ✳ ✳

»Det gjordejeg ikke!« E-Z stammede og havde ingen anelse om, hvad hun mente.

»Vent lidt,« sagde Arden. »Kom nu, hvis du løj, må du have en god grund.«

»Spillet er ude!« sagde PJ. »Men han kan ikke have fået dem uden en voksens tilladelse.«

Rocky tog et håndspejl og placerede det, så E-Z kunne se, hvad de så. To tatoveringer, den ene på hans højre skulder og den anden på hans venstre. Vinger.

»Hvad i alverden?«

»Han fortalte mig, at han ville have vinger,« sagde Josie. »Jeg troede, du var en sød dreng.«

»Det er jeg også! Helt ærligt, så aner jeg ikke, hvordan de er havnet der, og det er ikke den slags vinger, jeg ville have. Jeg ville have duevinger. De her ligner mere englevinger.«

»Kom nu, kammerat,« sagde Rocky. »De er lavet af en professionel. For et stykke tid siden. Og det er ganske enestående englevinger. Mine komplimenter til den, der har lavet dem. Sig til dem, at de skal komme til mig, hvis de nogensinde leder efter et job.«

»Jeg sværger, at jeg ikke har fået tatoveringer. Det er første gang, jeg nogensinde har været på et tatoveringssted. Spørg min onkel. Han vil bakke mig op. Han ved det.«

»Intet af det her giver mening,« sagde Arden.

Rocky rystede på hovedet. »Indrøm det i det mindste, knægt.«

»Vil I to have tatoveringer?« spurgte Josie med hænderne på hofterne.

»Nej,« svarede de.

»Mænd er nogle løgnere,« sagde Josie, da de lukkede døren bag sig.

»Glem det, skat, det er alligevel på tide, at vi spiser aftensmad,« og så satte han LÅST-skiltet på døren.

$$* \quad * \quad *$$

Sam vendte tilbage og så de tre drenge vente uden for studiet. Deres kropssprog var mærkeligt. Den rødhårede PJ havde armene over kors, mens den olivenhudede Arden havde hænderne på hofterne. I mellemtiden var hans nevø tæt på at græde.

»Gudskelov, onkel Sam, gudskelov, at du er tilbage.«

Han skyndte sig tættere på. »Åh nej, var det forfærdeligt smertefuldt? Det bliver bedre om et par dage. Det skal nok blive godt igen. Lad mig nu se.« Han fløjtede, da hans nevø lænede sig frem, så han kunne løfte hans skjorte. »Det må sgu have gjort ondt.«

»Det gjorde de sikkert,« sagde PJ.

»Da han fik dem første gang.«

»Første gang? Hvad?«

»Han havde dem allerede, da hun tog hans skjorte af.«

»Det, vi ikke kan finde ud af, er, hvordan?«

»Hvad mener du med det? Jeg kan forsikre dig om, at han ikke havde dem i går.«

»Jeg sagde jo, at Uncle Sam ville bakke mig op.« Hvis de ikke troede på ham, ville de tro på hans onkel, men hvorfor skulle de tro, at han ville lyve om det? De vidste, at han ikke var en løgner.

»Ifølge Rocky har han haft de her ting i et stykke tid.«

»Kan du se, hvordan de er helet op?« sagde PJ. »Rocky og Josie var irriterede, og det har de al mulig grund til at være, eftersom E-Z virkede lige så overrasket som os over at se dem.«

»Og I to,« spurgte Sam, »hvordan gik det med jeres tatoveringer?«

»Vi besluttede os for ikke at gøre det,« sagde PJ.

»Det føltes ikke rigtigt.«

Sam sagde: »Fortæl os, hvad der skete. Forklar dig, for jeg kan ikke finde hoved og hale i det.«

»Det kan jeg ikke. Onkel Sam, du ved, at de ikke var der i går. Jeg har ingen forklaring. Det eneste, jeg vil, er at komme hjem.« Han begyndte at bevæge sig, klimprede på stolens hjul, hurtigere, hurtigere og endnu hurtigere. Han ville væk, hvor som helst hen. Hvis de ikke troede på ham, så til helvede med dem.

Da han nærmede sig enden af gaden, skiftede lyset fra grønt til rødt. En lille pige var allerede i gang med at krydse gaden. Hun trådte ud over kantstenen, da en autocamper rundede hjørnet. Hans kørestol løftede sig fra jorden og skød mod hende. Han rakte ud og greb fat i hende. Lige i tide til at redde hende fra at komme ind under bilens hjul.

Nu var hun uden for fare, kørestolen landede igen, og han bar hende i sikkerhed. Foran ham stod en hvid svane, der var større end normalt. Den vendte tommelfingeren op med sin vinge og fløj så væk.

»Svane,« sagde den lille pige, mens han så sig om efter sine forældre.

E-Z benyttede lejligheden til at smelte ind i mængden og forsvinde rundt om hjørnet, så slog han hårdere på egerne af sine hjul, end han nogensinde havde gjort før, og snart var han et par gader væk.

»Så du det?« udbrød Arden, da han standsede ved hjørnet. »Av,« sagde han, da kvinden bag ham stødte ind i ham. »Av,« hørte han bag sig, andre fodgængere bag ham stødte sammen.

PJ holdt stand, da fyren bagved kørte ind i ham. Til Arden sagde han: »Ja, jeg så det ... men jeg er ikke sikker på, hvad jeg så. Tatoveringsvingerne var én ting, det her var ... hvad? Et mirakel?«

»Det var en optisk illusion,« sagde Sam, da hans telefon vibrerede. Det var en besked fra E-Z, som bad ham hente ham så hurtigt som muligt nær isenkræmmerens parkeringsplads. »E-Z har brug for mig, kan I to komme hjem igen?«

»Selvfølgelig, ikke noget problem, Sam.«

»Jeg håber, han er okay.«

Sam gik tilbage til bilen og forsøgte at holde hovedet koldt, mens han prøvede at finde ud af, hvad der lige var sket.

Ingen af drengene havde lyst til at tale om det, de havde set - E-Z's kørestol i luften.

»Så du det?« hviskede andre bag dem, mens en menneskemængde samlede sig.

»Jeg ville ønske, jeg havde haft min telefon klar,« sagde en kvinde.

En anden kvinde med mikrofon og kamera skubbede sig frem til fronten. Da lyset skiftede, krydsede hun vejen efterfulgt af et par i tårer - de små pigers forældre. Bag dem stod føreren af autocamperen.

»Gudskelov, du var der,« råbte han. »Jeg så hende ikke. Du er en helt, knægt. Tak skal du have.«

»Mor!« råbte barnet, da hendes mor trak hende ind i sine arme. Hun og hendes mand krammede hende tæt, mens journalisten rykkede ind, og kameraoperatøren optog øjeblikket.

I nærheden sad manden, som næsten havde ramt hende, og hulkede. Journalisten og fotografen talte med ham. »Han reddede hende og mig. Drengen, drengen i kørestolen.«

De forsøgte at finde ham, men han var væk. Han gemte sig som en kriminel. Ventede på, at Uncle Sam skulle komme og redde ham. Prøvede at forstå, hvad der var sket. Prøvede ikke at flippe ud.

Tilbage på gerningsstedet udslettede to lys, et grønt og et gult, tankerne hos alle i nærheden. Derefter ødelagde de alle optagelser.

»Hvad laver vi her?« spurgte journalisten.

»Ingen anelse,« svarede kameramanden.

På vej hjem følte E-Z sig på en måde som en helt. Men han vidste, at den virkelige helt var stolen; hans kørestol, som havde taget flugten.

E-Z Dickens var en tatoveringsengel.

✳ ✳ ✳

"**I** flew Uncle Sam. I really flew."

Sam pulled into the driveway and parked.

"You saw it, right? You saw me rescue that little girl. I couldn't have made it on time, and my wheelchair knew it and lifted off the ground and sped toward her."

"Yes, I saw it. It was exceptional. I mean the way you saved that little girl from harm. But your chair didn't lift off. It was momentum, propelling you forward. With the adrenalin rush and how fast you had to move to get there, it felt like you were flying – but you weren't."

"I flew. The chair left the ground."

"E-Z come on. You know and I know there was no flying. You must know that. I mean, what do you think you are? A fricking angel?"

Sam got out of the car, pulled the wheelchair from the trunk, and came around to help his nephew into it. As he did, E-Z's right shoulder scraped against the edge of the door, and he cried out in pain.

"Water!" he screamed. "It feels like I'm going up in flames."

Sam ran to the kitchen and returned with a bottle of water.

E-Z dumped it on his shoulder. It eased up a little, then his other shoulder felt like it was on fire. He poured the rest of the bottle onto it. Sam pushed him into the house, while E-Z tried to rip his shirt off. Sam helped him pull it over his head.

"Oh no!" Sam shouted, covering his nose. His nephew's shoulder blades now looked and smelled like charred barbecue meat. He hurried into the kitchen for more water.

On the way E-Z screamed and kept on screaming, until he blacked out.

KAPITEL 5

Det var mørkt, og han var helt alene, kun skyggen fra månen bredte sig over ham på himlen.

Hans arme var krydset over brystet, som han havde set døde kroppe stå ved en begravelse med åben kiste. Han rystede dem ud. Nu slappede han af og lagde dem på armlænene på sin kørestol, men opdagede, at han ikke sad i den. Han var bange for at vælte og krydsede armene over brystet igen. Men vent, han væltede ikke, da han løsnede dem før - han gjorde det igen og forblev oprejst.

E-Z holdt den ene arm fast mod brystet, mens den anden, den højre, rakte så langt ud, som den kunne. Hans fingerspidser fik kontakt med noget køligt og metallisk. Med sin venstre arm gjorde han det samme og fandt igen metal. Han lænede sig frem og rørte ved væggen foran sig og gjorde det samme bag sig. Da han bevægede sig rundt, flyttede sædet under ham sig, og det gav og tog som et affjedringssystem. Det var dette system, der holdt ham oprejst, eller var det?

PFFT.

Lyden af tåge, der strømmer op i luften. Den var varm, skærpede hans lugtesans og badede ham i en buket af lavendel og citrus.

Han faldt i en dyb søvn, hvor han drømte drømme, som ikke var drømme, for de var minder. Ulykken - den skete igen og igen - i loop. Han kastede hovedet tilbage og hylede.

»Et øjeblik, tak,« sagde en kvindestemme.

Det var en robotstemme, som man hører på en optagelse, når der ikke er et menneske til stede.

Han var for bange for at falde i søvn igen og spurgte: »Hvem er der? Hvor er jeg? Hvor er jeg?«

»Du er her,« sagde stemmen og fniste. Latteren rungede i den silolignende beholder og hamrede i hans ører, mens den kom og gik.

Da den stoppede, besluttede han sig for at bryde ud. Han brugte alle sine kræfter på at strække armene ud og skubbe. Det føltes godt. At gøre noget, hvad som helst - til at begynde med - indtil klaustrofobien tog overhånd.

PFFT.

Sprayen, der denne gang var tættere på, ramte ham lige i øjnene. Citronsyren sved, og tårerne piblede frem, som om han havde hakket et løg, og han rejste sig op.

Men vent lige lidt...

Han faldt ned igen. Han vrikkede med tæerne. Han gjorde det igen. Han strakte sit højre ben ud. Så hans venstre ben. De virkede. Hans ben arbejdede. Han løftede sig op...

En stemme, denne gang en mand, sagde: »Bliv venligst siddende.«

Han klemte sig selv på højre lår og derefter på venstre. Hvem havde troet, at et knib eller to kunne føles så godt?

Ingen kunne stoppe ham. Så længe han kunne bruge sine ben, ville han rejse sig igen.

Der var en lyd over ham, som om en elevator bevægede sig. Lyden blev højere. Han kiggede op. Siloens loft var på vej ned. Det blev større og større. Til sidst stoppede det helt op.

»Sæt dig ned,« forlangte mandestemmen.

E-Z rejste sig op, men loftet kom længere og længere ned - indtil han ikke længere kunne stå. Han sad tålmodigt og ventede på, at det skulle trække sig tilbage som en elevator, der stiger til tops - men det rørte sig ikke.

PFFT.

»Luk mig ud!«

»Tilsæt laudanum,« sagde kvindestemmen.

Væggene holdt en pause og sprøjtede så en ekstra lang dosis ud.

PPPFFFTTT.

Det var den sidste lyd, han hørte.

✳ ✳ ✳

Tilbage i sin seng - og spekulere på, om han havde mistet forstanden og forestillet sig hele silohændelsen var E-Z. Det føltes virkeligt, det lugtede virkeligt. Og de to stemmer - hvorfor viste de sig ikke? Han kløede sig i hovedet og så to lys foran sine øjne. Som før var det ene grønt, og det andet var gult.

»Hallo?« hviskede han, da en højlydt klynken som en myggesværm overfaldt ham. Han kastede sin højre hånd tilbage og slog til med et kraftigt slag. Men inden den ramte, stivnede han med hånden i luften. Hans øjne blev blanke som en hypnotiseret kylling.

POP.

POP.

Lysene forvandlede sig til to væsener. De skubbede hver især til en skulder, og E-Z faldt ned på puden, hvor han lukkede øjnene og sov.

»Vi bør gøre det nu, bip-bip,« sagde det tidligere gule lys.

»Lad os først sikre os, at han sover, zoom-zoom,« sagde det tidligere grønne lys.

»Okay, lad os komme i gang med arbejdet, bip-bip.«

»Har vi hans samtykke, zoom-zoom?«

»Han sagde, at han ville, men han kan ikke huske det. Jeg er bange for, at det ikke er en bindende aftale. Det er måske kun en delaftale, og du-ved-hvem hader delaftaler. For ikke at tale om, at de menneskelige partialer ville blive fanget mellem bip-bip.«

»Ja, jeg holder for meget af ham til at lade ham blive en mellemting mellem zoom-zoom.«

»Kan lide har ikke noget med det at gøre. Glem ikke, hvad der skete med svanen. For ikke at nævne - hvorfor siger mennesker, hvad de ikke skal nævne, før de nævner, hvad de ikke vil sige?« Uden at vente på svar. »Vi ville være i knibe, og du-ved-hvem ville blive meget vred bip-bip.«

»Men mennesket har allerede sine tatoverede vinger. Retssager begynder ikke, før forsøgspersonen har sagt ja.« Hun knipsede med fingrene, og en bog dukkede op. Hun baskede med vingerne og skabte en brise, som vendte siderne. »Se her, der står, at vingerne først installeres, EFTER at forsøgspersonen er blevet godkendt. Så da han sagde ja, må det have beseglet aftalen zoom-zoom.« Hun løftede armene, og bogen fløj op, som om den skulle ramme loftet, men i stedet forsvandt den igennem det.

De fløj, en landede på E-Z's skulder og en på hans hoved.

»Det var ikke mig, der gjorde det,« sagde han uden at åbne øjnene.

»Sov mere, zoom-zoom,« sagde hun og rørte ved hans øjne.

»Shhhh, bip-bip.«

»Mor, kom tilbage. Vær sød at komme tilbage!«

»Han er meget rastløs, zoom-zoom.«

»Han drømmer, bip-bip.«

E-Z åbnede munden og snorkede som en elefantunge. Brisen holdt dem oppe - de behøvede ikke at baske med vingerne. De fniste, indtil han lukkede munden. Det sendte dem ud i frit fald. Ved at baske voldsomt med vingerne kom de hurtigt op igen.

»Åh nej, han skærer tænder, bip-bip.«

»Mennesker har mærkelige vaner, zoom-zoom.«

»Dette menneskebarn har været igennem nok. Ved at give ham disse rettigheder vil han føle mindre smerte, bip-bip.«

Det første væsen fløj op på E-Z's bryst og landede med hagen skudt frem og hænderne på hans hofter. Væsnet drejede en gang med uret. Det drejede hurtigere, og fra vingernes flagren kom der en sang. Sangen var en lav stønnen. En trist sang fra fortiden, der fejrede et liv, som ikke var mere. Væsnet lænede sig tilbage med hovedet hvilende mod E-Z's bryst. Drejningen stoppede, men sangen fortsatte med at spille.

Det andet væsen sluttede sig til og udførte det samme ritual, mens det drejede mod uret. De skabte en ny sang uden bip-bip og zoom-zoom. For når de sang, var der ikke brug for onomatopoietik. Det var det til gengæld i den daglige samtale med mennesker. Denne sang overlejrede den anden og blev en glad, højlydt fest. En ode til kommende ting, til et liv, der endnu ikke er levet. En sang for fremtiden.

En stråle af diamantstøv sprang ud af deres gyldne øjenhuler. De vendte sig i perfekt synkronisering. Diamantstøvet sprøjtede fra deres øjne på E-Z's sovende krop. Udvekslingen fortsatte, indtil den dækkede ham med diamantstøv fra top til tå.

Teenageren fortsatte med at sove trygt. Indtil diamantstøvet gennemborede hans kød - så åbnede han munden for at skrige, men der kom ingen lyd ud.

»Han vågner, bip-bip.«

»Løft ham, zoom-zoom.«

Sammen løftede de ham op, da han åbnede sine glasagtige øjne.

»Sov mere, bip-bip.«

»Føl ingen smerte, zoom-zoom.«

De to væsner vuggede hans krop og tog hans smerte ind i sig.

»Rejs dig op, bip-bip,« befalede han.

Og kørestolen rejste sig op. Den placerede sig under E-Z's krop og ventede. Da der kom en bloddråbe, fangede stolen den. Absorberede den. Fortærede det - som om det var en levende ting.

I takt med at stolens kraft steg, blev den også stærkere. Snart kunne stolen holde sin herre i luften. Det gjorde det muligt for de to væsener at fuldføre deres opgave. Deres opgave med at forene stolen og mennesket. At binde dem til evig tid med kraften fra diamantstøv, blod og smerte.

Mens teenagerens krop rystede, helede sårene på hans hud. Opgaven var fuldført. Diamantstøvet var en del af hans essens. Derfor stoppede musikken.

»Det er gjort. Nu er han skudsikker. Og han har superstyrke, bip-bip.«

»Ja, og det er godt, zoom-zoom.«

Kørestolen vendte tilbage til gulvet og teenageren til sin seng.

»Han vil ikke kunne huske det, men hans rigtige vinger vil begynde at fungere meget snart, bip-bip.«

»Hvad med de andre bivirkninger? Hvornår begynder de, og vil de være mærkbare zoom-zoom?«

»Det ved jeg ikke. Han kan få fysiske forandringer ... det er en risiko, der er værd at tage for at mindske smerten, bip-bip.«

»Enig zoom-zoom.«

Udmattede puttede de to væsner sig ind til E-Z's bryst og faldt i søvn. Han vidste ikke, at de var der, og da han strakte sig om morgenen, faldt de ned på gulvet.

»Ups, undskyld,« sagde han til de bevingede væsener, før han vendte sig om og faldt i søvn igen.

***

» Erdu vågen?« spurgte Sam, før han åbnede døren en anelse. Hans nevø snorkede, men hans stol stod ikke, hvor han havde efterladt den, da han hjalp ham i seng. Han trak på skuldrene og gik tilbage til sit værelse, hvor han læste et par kapitler af David Copperfield. Timer senere vendte han tilbage til sin nevøs værelse.

»Banke, banke.«

»Øh, godmorgen,« sagde E-Z.

»Er det okay, at jeg kommer ind?«

»Ja, selvfølgelig.«

»Har du sovet godt?«

»Ja, det tror jeg.« Han strakte sig og lænede sig tilbage mod hovedgærdet.

»Hvordan er din stol kommet herover? Jeg troede, jeg havde parkeret den op ad væggen.«

Han trak på skuldrene.

»Og se lige armlænene - har du malet dem?«

Han lænede sig frem og så det røde skær, og igen trak han på skuldrene. »Hvad er der sket med mig?«

»Du besvimede. Hvad jeg ikke forstår er hvorfor. Du sagde, at det føltes, som om der var ild i dine skuldre.

Jeg søgte på nettet ud fra din beskrivelse, og der dukkede et homøopatisk middel op. Det er utroligt, hvad man kan finde der. Jeg blandede noget lavendelolie med vand og aloe i en sprayflaske og pumpede det direkte på din hud. De sagde, at det ville give dig øjeblikkelig lindring. Det var ikke for sjov, for du slappede af og faldt i søvn.«

»Tak, jeg har det meget bedre nu.« Han forsøgte at komme ud af sengen, men zzzzz'erne fløj rundt i hans hoved, som om han var Wile E. Coyote. »Jeg tror, jeg bliver i sengen lidt længere.«

»God idé. Vil du have noget?«

»Noget ristet brød? Med jordbærmarmelade?«

»Selvfølgelig, min dreng.« Han forlod værelset og sagde, at han snart ville være tilbage. Da han kom tilbage med maden på en bakke, forsøgte nevøen at spise, men kunne ikke holde noget nede.

»Måske bare noget vand.«

Sam kom med en flaske, som E-Z forsøgte at drikke af, selv om han ikke kunne holde det nede.

»Jeg tror, jeg vil fortsætte med at hvile mig.« Hans øjne forblev åbne og stirrede ud i luften. »Hvad er klokken?«

»Den er 5 om morgenen, og det er lørdag i dag. Du har været ude i tolv timer. Du skræmte mig.«

Forbindelsen, lavendel begge steder, virkede mærkelig på E-Z. Havde han oplevet en cross-over i det virkelige liv? Det var for meget af et tilfælde, hvis siloen virkelig eksisterede. Eller havde det været en drøm? Mere som et mareridt. Men hans ben fungerede inde i den metalbeholder. Han ville gå tilbage på et øjeblik - tage enhver risiko - for at kunne bruge sine ben igen.

»E-Z?«

»Øh, hvad? Jeg tror helt ærligt, at jeg gerne vil lukke øjnene og hvile mig lidt mere.«

Sam forlod rummet og lukkede døren bag sig.

E-Z gled ind og ud af bevidstheden, mens ulykken kørte i loop. Iført hvide vinger leverede Stevie Nicks det ledsagende soundtrack. I baggrunden hoppede to lys - et grønt og et gult - op og ned.

✳✳✳

I de næste par dage forsøgte han at sætte brikkerne sammen i sit hoved ved at lave en liste overfællestræk:

Hvide vinger - hvide vinger tatoveret på hans skuldre. Stevie Nicks havde hvide vinger i hans drøm.

Lavendel - Onkel Sam brugte lavendel og aloe til at lindre forbrændingerne. I siloen sprøjtede lavendel i luften for at berolige ham.

Gule og grønne lys. Han så dem efter ulykken og på sit værelse.

Kørestol - var fløjet, så han kunne redde den lille pige. Da han var catcher, havde hans bagdel forladt stolen, så han kunne gribe bolden.

Armlænene - var nu røde. Ingen lignende hændelser. Ingen forklaring.

Brændende fornemmelse på skuldrene/tatoveringer på skuldrene. Ingen forklaring.

Han troede ikke længere på Gud, ikke siden ulykken. Ingen gud ville lade et træ knuse hans forældre. De var gode mennesker, der aldrig gjorde nogen fortræd. Hvad der skete med hans ben, var underordnet. Enhver gud, der var noget værd, ville have grebet ind og stoppet det, før det skete.

Men hvis der var en gud, var han måske ude at spise frokost. Ja, det er rigtigt.

Der skete forandringer med hans krop, og han ville have svar. Inderst inde vidste han, at den eneste måde, han kunne få dem på, var ved at gå tilbage til den forbandede silo - hvis den eksisterede.

KAPITEL 6

Næsten morgen svævede E-Z i luften over sin seng, da hans vinger var vokset ud. På vej for at se på sine nye vedhæng i garderobespejlet var han lige ved at køre ind i væggen.

»Er alt i orden derinde?« Sam kaldte fra sit værelse ved siden af.

»Ja,« sagde han og fløj sidelæns, mens han beundrede sin nyfundne flyveevne. Fjerene fascinerede ham. Især den måde, de drev ham fremad på, som om de var ét med hans krop. Han følte sig mere som en fugl end som en engel og prøvede at huske, hvad han havde lært i skolen om ornitologi. Han vidste, at de fleste fugle havde primærfjer, måske ti. Uden de primære fjer kunne de ikke flyve. Han havde mere end ti primære fjer på sine vinger, og også flere sekundære. Han prøvede at dreje til venstre og derefter til højre for at vurdere sin manøvredygtighed. Han følte sig vægtløs og fløj rundt i sit værelse. Svævede over kørestolen - som han ikke længere havde brug for. Med disse vinger kunne han svæve over hele verden. Han lagde hænderne på hofterne som Superman og pegede i retning af døren. Han nåede frem, da Sam åbnede den.

»Du skræmte mig halvt ihjel!« sagde Sam og var lige ved at springe ud af sit gode skind.

Overrumplet forsøgte teenageren at bevare kontrollen over situationen. Han skiftede retning og ville gå hen til sengen. Men overgangen var ikke så let, som han havde håbet, og han kom i frit fald.

Sam løb efter kørestolen og flyttede den frem og tilbage for at holde den under sin nevø.

E-Z kom sig og gik op igen.

»Kom herned, lige nu!« råbte Sam og viftede med sine næver i luften.

Han fløj mod sengen og landede sikkert. Hans vinger lukkede sig som en musikløs harmonika. »Det var så sjovt. Jeg kan ikke vente med at flyve i skole.«

Sam faldt ned i sin nevøs stol. »Hvad var det for noget? Og tror du virkelig, at du kan flyve de tingester i skole? Du ville blive til grin.«

»De ville vænne sig til det, og i stedet for at kalde mig »trædreng« - kunne de kalde mig flyvedreng. Ja, det kan jeg godt lide.«

»Ud fra hvad jeg så, var det et ubehjælpsomt forsøg. Og fluedreng lyder latterligt.«

»Det var mit første forsøg. Jeg skal nok få styr på det.«

Sam rystede på hovedet, da nysgerrigheden tog overhånd og fik hans følelser til at flygte.

»Må jeg se nærmere på det? Jeg mener, uden at du stikker af?« spurgte han og rejste sig op, da E-Z vendte sin krop mod ham. »De er væk. Helt og aldeles. Jeg mener tatoveringerne. De er blevet erstattet af rigtige vinger - og du kan flyve. Åh nej!« Han satte sig ned, før han faldt.

»Jeg vågnede, vingerne kom ud, og før jeg vidste af det, fløj jeg.«

»Det er magi. Det må det være. Eller måske drømmer vi, du er i min drøm, eller jeg er i din, og snart vågner vi op og ...« Sam forsøgte at bevare roen for sin nevøs skyld, men indeni hamrede hans hjerte.

»Det er ikke en drøm.«

»Hvordan kom de ud? Var du nødt til at sige noget? Jeg mener, er der magiske ord, man skal sige?«

»Jeg kan ikke huske, at jeg sagde noget. Men jeg kunne vel godt prøve.« Han tænkte over det i et par sekunder og indtog en positur som Rodins Tænker. »Vent lidt, lad mig prøve noget.« Han svingede luften i en bevægelse uden tryllestav: »Autem!«

»Hvornår har du lært latin?«

»Der er en gratis app på min telefon.«

»Også mig, jeg er ved at lære fransk. Prøv en haut.«

»En haut!« Stadig ingenting. »Løft mig op! Qui exaltas me!« Irriteret lagde han armene over kors. »Det er vist godt, at du kom ind og så mig flyve, ellers ville du ikke have troet på mig!« Han spekulerede på, hvad PJ og Arden havde gang i - han havde ikke set dem i flere dage. Før han vidste af det, åbnede hans vinger sig, og han svævede over sin seng.

»Ro-ro,« sagde Sam, da vingerne trak sig tilbage, og E-Z ramte gulvet.

»Det ville have været et fedt tidspunkt for dig at tage min stol på.«

Sam smilede. »Lettere sagt end gjort. Det må du undskylde. Er du okay?«

»Jeg er ikke kommet til skade. Jeg mener fysisk, men mentalt, hvem ved?« Han grinede. »Har du noget imod at hjælpe mig op i min stol?«

Sam løftede ham op og satte ham sikkert i stolen. Da han lænede sig tilbage, sprang vingerne ud med fuld kraft i stedet for at trække sig helt tilbage. E-Z fløj op og fløj rundt som Klokkeblomst.

»Så det er sådan, det er, hva'?« sagde Sam.

»Jeg skal lige have styr på det - jeg ved ikke hvorfor - men ...«

»Når du er klar, så kom ned, og så går vi ud og spiser morgenmad. Jeg tager min bærbare med, og så kan vi lave noget research.«

»Øh, det er en god idé. Vi kunne tage på Ann's Cafe. Og jeg ville komme ned - hvis jeg kunne.« Vingerne trak sig tilbage, da E-Z var lige over hans kørestol. »Det kalder jeg service,« sagde han, mens han forsigtigt lod sig falde ned i stolen.

De sludrede, mens han klædte sig på. Så gik E-Z på toilettet, mens Sam gjorde sig klar.

Da de gik ud af huset og hen mod Anns Café, havde E-Z to tanker. For det første, at han savnede at komme der, og for det andet: »Jeg har ikke været der i evigheder. Ikke siden ...«

»Det ved jeg godt, knægt. Er du sikker på, at det ikke er for tidligt?«

Morgenmad på Ann's Café havde været en tradition for hans familie. Udover at den åbnede tidligt kl. 6, lå den i gåafstand. Indenfor var der private båse i kunstlæder med rødternede duge. Hans far sagde altid, at stedet havde et »langt ude«-tema. Musik fra tresserne spillede på jukeboksene - de havde sat dem op, så folk ikke behøvede at betale. Og plakater af Marilyn Monroe, James Dean og Marlon Brando fyldte væggene. Menuen var enorm med alt fra Club Sandwiches til Cheeseburgere og Fondue. Men hans personlige favoritter var de ekstra tykke shakes og æblepandekagerne.

Så snart hun så dem, kom ejeren Ann hen til dem. »Jeg har savnet dig.« Hun kastede armene om ham.

»Det er min onkel Sam, Ann.« De gav hinanden hånden. »Tak for kortet og blomsterne forresten, det var meget betænksomt.«

Hendes øjne blev fyldt med tårer. »Kom nu herover. Jeg har det perfekte bord til dig.«

Det stod i et stille hjørne, så han behøvede ikke at bekymre sig om, at hans stol skulle være i vejen for køkkenpersonalet eller gæsterne.

»Jeg laver din sædvanlige ret med det samme. Ved du, hvad du gerne vil have, Sam, eller skal jeg komme tilbage?«

»Hvad skal du have?«

»Æblepandekager a la mode. De er de bedste i verden, og Ann har altid ekstra sirup og kanel med.«

»Det lyder godt, men jeg tror, jeg vil have kedelig bacon og æg med svampe til.«

»Forstået,« sagde Ann. »Og skal du have en chokoladeshake?« Han nikkede. »Kaffe til dig, Sam? «

»Sort,« svarede han. »Og tak, fordi du byder mig så velkommen.«

»Enhver onkel til E-Z er velkommen her.«

Da Ann var gået ud for at hente drikkevarer, udbrød han: »Onkel Sam, jeg tror, jeg er ved at blive til en engel.«

»Du skal dø først,« sagde han, da Ann satte drinksene på bordet og gik tilbage mod køkkenet.

»Måske døde jeg i bilulykken. I et par minutter. Hvem ved, hvor lang tid det tager at blive en engel? I filmene kan den store mand, hvis du når til Perleporten, vende tingene om og sende dig lige herned igen. Hvis man altså tror på den slags - og det gør jeg ikke.«

»Det gør jeg heller ikke. Der findes ikke engle. Heller ikke djævle. Andet end inde i hver enkelt af os. Jeg mener, vi har alle det gode og det onde i os. Det er det, der gør os til mennesker. Med hensyn til det med at dø, så ville de have fortalt mig det, hvis de skulle genoplive dig. De sagde ikke noget om det.«

»Hvordan forklarer du så, at tatoveringerne pludselig dukkede op, og at de nu er blevet til rigtige vinger? Jeg havde dem ikke i går. Så hvad er der sket mellem i går og i dag? Ikke noget, der berettiger til at få nye vedhæng.«

»Ikke hvad du kan komme i tanke om,« sagde Sam. Han grinede.

E-Z stak en pandekage ud og proppede den i munden og lod siruppen løbe ned ad hagen. Ann gjorde sig umage.

»Du ser i hvert fald ikke særlig engleagtig ud i øjeblikket,« sagde Sam og tog en gaffelfuld røræg. »Mm, de her er virkelig gode.« Efter et par bidder mere stak han hånden ned i sin mappe og tog sin bærbare computer frem. Han klikkede på den og skrev »define angel«. Han vendte skærmen, så de kunne læse informationen, mens de spiste.

»Et sendebud, især fra Gud,« læste Sam, «en person, der udfører en mission for Gud eller opfører sig, som om han er sendt af Gud.«

»Handler som om,« gentog E-Z, mens han proppede flere pandekager i munden.

Sam læste: »En uformel person, især en kvinde, som er venlig, ren eller smuk. Du er ret smuk med dit blonde hår og dine blå øjne.«

»Hold kæft.«

»En konventionel repræsentation,« han holdt en pause. »Af et hvilket som helst af disse væsener afbildet i menneskelig form med vinger.« Sam tog endnu en slurk af kaffen, så Ann kunne nå at fylde hans kop op.

»I får fordøjelsesbesvær af at læse og spise på samme tid.«

E-Z grinede.

Sam sagde: »Nej, jeg arbejder med IT, så jeg er ret god til at multitaske.«

Ann fniste og gik sin vej.

»Hvad mener de med 'disse væsener'?« spurgte E-Z.

»Der står, at i middelalderens angelologi var englene inddelt i rækker. Ni ordener: serafer, keruber, troner, herredømme (også kendt som dominioner),« han holdt en pause og tog en slurk vand. Så fortsatte han: »Dyder, fyrstedømmer, ærkeengle og engle.«

»Hold da op! Prøv at sige dem ti gange hurtigt.« Han smilede. »Jeg anede ikke, at der var så mange slags engle.«

»Heller ikke jeg. Maden er så god, at jeg hele tiden tænker på, om vi drømmer.«

»Du mener, at du ville ønske, at vi drømte - og at mine vinger ville forsvinde?«

»De kunne forsvinde lige så hurtigt, som de kom.« Han rykkede den bærbare computer tættere på og skrev »Menneske får englevinger.« E-Z hånede, men lænede sig tættere på for at se, hvad der dukkede op. Sam klikkede på en videnskabelig artikel.

»Som jeg sagde, ingen beviser på englevinger. Det troede jeg heller ikke. Jeg tror, at den hændelse, du ved, da jeg reddede den lille pige, havde noget at gøre med, at de dukkede op. Det var en udløsende faktor, for det begyndte at brænde, lige da jeg kom hjem, og så, ja, du kender resten.«

»Hvordan går det med jer to her?« spurgte Ann.

»Jeg har bestilt to pandekager mere til dig, E-Z, som sædvanlig. Medmindre du kan spise mere?«

»Perfekt.«

»Og hvad med dig, Sam?«

»Bare en opfyldning,« sagde han og rakte sit tomme krus frem, som hun tog og kom tilbage med fyldt til randen. En klokke ringede i køkkenet, og hun gik ud for at hente pandekagerne.

E-Z hældte ahornsirup på dem efterfulgt af en klat smør. »Du er den bedste,« sagde han til Ann. Hun smilede og lod dem spise færdig.

Onkel Sam betragtede opmærksomt sin nevø. Han ville ønske, at han havde bestilt æblepandekager, men han var allerede mæt.

»Hvad?«

»Jeg ved det ikke, det er, som om dit ansigt lyser op som en engel på et juletræ, når du smager på maden.«

E-Z lagde sin gaffel fra sig. »Meget morsomt. Du er en rigtig komiker.«

Da de var færdige med at spise, spurgte Sam: »Så efter at have læst om engle, har du så skiftet mening? Jeg mener, tror du stadig, at du bliver til en? Og hvis ja, hvad vil du så gøre ved det?«

»Hvad mener du med DO? Jeg har vinger, så jeg kan lige så godt bruge dem.«

»Som jeg ser det, hvis du ikke bruger dem, hvis du benægter deres eksistens - så forsvinder de.«

E-Z rystede på hovedet. »Det er ikke en mulighed. Du så, hvad der skete. De kom ud, uden at jeg gjorde noget, og jeg har fortalt dig, at da jeg vågnede i morges, fløj jeg over min seng. Jeg svævede sgu.«

»E-Z, jeg tænker på fremtiden. Måske har du brug for at tale med nogen, vi har brug for at tale med nogen om det her.«

»Ulykken skete for over et år siden, rådgiveren sagde, at jeg har det fint. Desuden er alt det her nyt.«

»Det kan være forsinket. Noget kan have udløst det.«

»Lad os gennemgå fakta. For det første havde jeg tatoveringer, da jeg ikke fik tatoveringer. Nummer to: Min stol løftede sig fra jorden, og jeg reddede en lille pige - plus at jeg løftede mig fra mit sæde for at gribe en bold under en kamp. Det benægtede jeg indtil for nylig... Nummer tre: Tatoveringerne brændte som ind i helvede. Nummer fire, rigtige vinger dukkede op. Nummer fem: Jeg kan flyve. Lyder noget af det bekendt for dig? Jeg mener i andre tilfælde.«

»Det er det, jeg ikke forstår. Hvordan det kunne ske, men sindet er en enormt kraftfuld computer. Det er det, der adskiller os fra dyreriget, og det er derfor, mennesket har overlevet så længe. Jeg har hørt historier, hvor en person var i ekstrem fare, og hjælpen kom. Eller hvor en person var fanget under et køretøj - og en forbipasserende var i stand til at løfte bilen for at redde deres liv.«

»Det har jeg læst om; det kaldes hysterisk styrke - men jeg har aldrig hørt om et tilfælde, hvor der voksede vinger ud.«

»Måske dukkede vingerne op for at redde dig.«

»Fra hvad? For meget søvn?« grinede han. »De ville have været gode ved ulykken. Jeg kunne have fløjet mor og far hen for at hente hjælp i stedet for at vente der med en blodig træstamme på mig. At holde mig nede. Det er ikke noget mirakel. Jeg ved ikke, hvad det er, onkel Sam, jeg ved bare, at det er det.«

»Vi snakker sammen. Vurderer. Udveksler ideer. Prøver at finde svar.«

»Det ville være rart at få svar, men ... hvem ville være en ekspert, vi kunne spørge i denne situation?«

»Hvad med en minister eller en præst?«

E-Z rystede på hovedet. Han havde ikke været i en kirke siden sine forældres begravelse.

»Hvad har vi at miste?«

»Det er vel et forsøg værd, men... Åh, åh.«

»Hvad er det?«

»Jeg kan mærke, at noget skubber til mine skulderblade. Jeg er nødt til at gå, og vi kørte ikke hertil. Undskyld, jeg må skynde mig. Vi ses derhjemme.« Han skyndte sig ud af caféen og fortsatte, indtil hans vinger sprang ud af hans hættetrøje, og han lettede fra jorden. Hjemme indså han, at han ikke havde nogen nøgle, men han kunne ikke blive stående på verandaen - ikke med vingerne ude. Han prøvede på latin at få dem til at gå ind igen - men intet virkede. Så han fløj op og formåede at komme ind gennem sit soveværelsesvindue uden at blive set af nogen.

»E-Z!« kaldte Sam, da han kom hjem. »E-Z!«

»Jeg er heroppe.«

»Er du okay? Jeg kom så hurtigt, jeg kunne.«

»Kom ind og sæt dig. Ingen tegn på, at de trækker sig tilbage - endnu.«

Hun ser det åbne vindue. »Jeg går ud fra, at du er fløjet herop?«

»Ja, det var godt, jeg glemte at låse mit vindue i går aftes. Vi kan lige så godt fortsætte vores diskussion, indtil jeg kan gå ud igen.«

»Jeg kender en præst. Hvis nogen kan hjælpe, så er det ham.«

To timer senere, med musik i radioen, var de på vej til præsten. Hoziers Take Me to Church fyldte radiobølgerne. Tilfældigt? Det troede de ikke, og de sang med på teksten af fuld hals. Heldigvis kunne ingen høre dem med vinduerne oppe.

✱ ✱ ✱

D er var ingen adgang for kørestole til kirken, og der var mange trapper at gå op ad.

»Du går over i skyggen af det store egetræ, så finder jeg fader Hopper,« foreslår Sam.

»Er det hans rigtige navn?« E-Z grinede.

»Så vidt jeg ved. Du bliver her, og jeg er straks tilbage.«

»Det skal jeg nok.«

Teenageren tog sin telefon frem. Selv om han nød skyggen fra træet, gjorde den det umuligt at se sin skærm. Han flyttede sin stol og lagde mærke til en usædvanlig brummen i luften. En lyd, som så ud til at komme fra selve træet.

Han kiggede op og prøvede at finde ud af, om det var en fugl, da tonehøjden steg, og lydstyrken øgedes. Han satte sin telefon på lydløs. Lyden sluttede, og en ny lyd begyndte. Den var melodisk, hypnotiserende, og han faldt i en drømmeagtig tilstand.

Hans hoved hang forover, indtil en ny lyd fik ham til at vågne. Hvisken, der kom fra over hans hoved. Stemmer, der strømmede fra træets løv. Han lagde armene over kors, mens en kuldegysning gik gennem ham og fik hans vinger til at bryde fri. Før han vidste af det, løftede hans stol sig fra jorden. Han dukkede sig for grene, mens han steg ind i hjertet af det massive egetræ.

»Sæt mig ned!« befalede han.

Han fortsatte med at stige. Da hans lemmer ramte træet, dryppede blodet ned ad hans underarme og hoved.

»Stop! Din dumme...«

»Det var ikke særlig pænt, bip-bip,« sagde en lille høj stemme.

»Jeg synes, du sagde, at han var dejlig, når han var vågen, zoom-zoom,« sagde en anden stemme.

»Whoa!« sagde E-Z og forsøgte at tage sig sammen og undgå at flippe helt ud. Han tog et par dybe indåndinger. Beroligede sig selv. »Hvem, hvad og hvor er I?«

»Ja, hvem er vi, bip-bip.«

Igen dansede de samme lys, grønne og et gult, for hans øjne.

Nysgerrig sagde han: »Hej.«

Det gule lys forsvandt.

Et skrig.

Så forsvandt det grønne.

»Hvad i...? I to, hvad I end er, hold op med det der. Du skylder mig en forklaring. Jeg ved, at I har forfulgt mig. Kom ud og se mig i øjnene!«

POP.

En lille grøn englelignende ting landede på hans næse. En mærkelig utiltalende, næsten limburgeragtig stank bredte sig i hans retning. Han holdt sig for næsen.

»Goddag, E-Z, bip-bip,« sagde tingen med et buk.

Da den sagde hans navn, mistede han kontrollen over sine vinger. Han vaklede og svajede i luften som en fugl, der skal lære at flyve. Han ønskede, at hans vinger skulle komme ud igen, men de ignorerede ham. Han klamrede sig til stolens arme, mens han styrtede ned.

POP!

Nu var der to af dem. Hver tog fat i et af hans ører og sænkede ham og hans stol sikkert ned på jorden.

»Av,« sagde E-Z og gned sine ører, da præsten og hans onkel kom rundt om hjørnet. »Øh, tak, tror jeg.«

POP.

POP.

De to væsner forsvandt.

»E-Z, det her er fader Bradley Hopper, og han vil gerne hjælpe.«

Hopper rakte sin hånd frem, og E-Z gjorde det samme. Da deres kød blev forbundet, forsvandt teenageren.

Hopper og Sam blev stående side om side med blanke øjne. Begge stirrede ud i intetheden som to mannequiner i et butiksvindue.

KAPITEL 7

E-Z's fødder landede på jorden, og først blev han blændet af det hvide. Han satte den ene fod foran den anden, først gik han, så joggede han på stedet og brød så ud i fuldt løb. Han kastede sig ind i væggen og hoppede, som om han var i en hoppeborg.

POP

POP

Han var ikke længere alene. Foran ham stod to flervingede ting i blomster. Den ene var grøn, den anden gul. Da han kom tættere på, drejede deres vinger sig som et kalejdoskop omkring gyldne øjne.

Han rørte først ved kronbladene på den grønne blomst. Han havde aldrig set en helt grøn blomst før, og slet ikke en med øjne. De øjne, han genkendte fra deres møde før. Vingerne kildede hans finger, og den grønne blomst grinede. Han undgik at komme for tæt på med sin næse og forventede, at der ville komme en osteagtig lugt - men det gjorde der ikke.

Den anden blomst, den gule, havde flere kronblade end den anden. Kronbladene reagerede på hans berøring, som koraller, der bevæger sig i havet. De gyldne øjne på denne blomst havde markerede øjenvipper. Han lænede sig ind for at se nærmere.

Mens han fortsatte med at observere de to, fyldte et PFFT luften. Med den kom en kraftig og meget kvalmende stank, som fik ham til at føle sig utilpas. Han trak sig tilbage, holdt sig for næsen og tørrede stikket ud af øjnene.

Den gule blomst talte. »Mit navn er Reiki, og vi har bragt dig hertil, bip-bip.«

»Hvor er det lige, vi er? Og hvorfor virker mine ben?«

»Det er ligegyldigt hvor, E-Z Dickens, og hvorfor du er, som du er, bip-bip.«

Han krydsede rummet og samlede den gule blomst op med sin højre hånd og den grønne med sin venstre. WHOOSH! Denne gang ramte en skarp tåge ham, og han begyndte at nyse og blev ved med at nyse.

»Vær sød at sætte os ned, før du taber os, bip-bip.«

»Der er en kasse med lommetørklæder derovre, zoom-zoom.«

»Åh, undskyld.« Han lagde dem fra sig, samlede et lommetørklæde op - men han havde ikke længere brug for det. Han holdt afstanden og lænede ryggen mod en hvid væg.

»Vi har bragt dig hertil nu, bip-bip.«

»Jeg hedder forresten Hadz, zoom-zoom.«

»Fordi du havde brug for at vide det, bip-bip.«

»At du ikke må tale med præsten om dine vinger, zoom-zoom.«

»Faktisk må du ikke tale med nogen om noget som helst beep-beep.«

Han lagde hånden på væggen og gik, mens han tænkte. »For det første, hvorfor siger du bip-bip og zoom-zoom?«

Reiki og Hadz rullede med øjnene. »Har I ikke hørt om onomatopoietik?«

»Selvfølgelig har jeg det.«

»Så burde du vide det, bip-bip.«

»At det tilføjer spænding, action og interesse, zoom-zoom.«

»For at sikre, at læseren hører og husker, bip-bip.«

»Hvad du vil have dem til at vide, zoom-zoom.«

Han grinede. »Det er sandt, hvis du læser noget, men ikke nødvendigt i en samtale. Jeg husker, hvad Reiki siger, fordi han siger det, og jeg husker, hvad Hadz siger, fordi hun siger det. Jeg går ud fra, at den ene af jer er en pige og den anden en dreng - er det korrekt?«

»Ja,« bekræftede Hadz. »Jeg er en pige. Puha, jeg er glad for, at jeg ikke skal blive ved med at sige zoom-zoom.«

»Og jeg er en dreng. Jeg vil savne at sige bip-bip.«

»Du kan sige dem, hvis du vil, men det er lidt irriterende, og under en samtale kan gentagelserne være kedelige.«

»Vi vil ikke være kedelige!«

»Det ville ødelægge vores formål med at bringe jer hertil.«

»Okay,« sagde E-Z. »Så lad os vende tilbage til det, du sagde, før vi begyndte at tale om et litterært virkemiddel.« De nikkede. »Hvis jeg ikke kan fortælle nogen om, hvad der sker med mig, så er jeg alene om det her - hvad det så end er. Jeg reddede en lille pige. Jeg går ud fra, at det havde noget med dig at gøre?«

»Ja, du har ret i den antagelse, bip, ups, undskyld.«

»Jeg vil gerne vide, hvad det her er, og hvorfor det sker for mig?«

»Luk øjnene,« sagde Hadz.

»Det skal jeg nok, men ikke for sjov.«

Blomsterne fniste.

Hans fødder forlod jorden, og han landede i et andet rum. I dette rum blev han ligesom før først blændet af hvidt. Da hans øjne vænnede sig til omgivelserne, lagde han mærke til bøgerne. Hylder og hylder stablet med bøger til den store guldmedalje.

»Du skal ikke være bange,« sagde Hadz.

Han var ikke bange. Faktisk var han ekstatisk. For i dette rum kunne han ikke bare bruge sine ben, han kunne også mærke blodet pulsere gennem dem. Hans sanser blev skærpet; lugten af gamle bøger bredte sig i hans retning. Han indsnusede den søde prunus dulcis-parfume (sød mandel). Blandet med planifolia (vanilje) skabte den en perfekt anisole. Hans hjerte bankede, blodet pumpede - han havde aldrig følt sig mere levende. Han ønskede at blive her for evigt.

Inden i skoene gav hver tåbevægelse ham nydelse. Han huskede en leg, han plejede at lave som lille dreng. Han tog sine sko og sokker af og rørte ved hver tå, mens han sagde: »Denne lille gris gik på markedet.«

»Han er gået fra forstanden,« sagde Reiki, mens E-Z udbrød: «Wee!«

»Giv ham et øjeblik. Det her er et ret fantastisk sted.«

E-Z tog sine sokker på igen. Han gled rundt i rummet på de hvide gulve, der var blanke som en isflage. Han grinede, da han kastede sig ind i først den ene, så den anden væg, hoppede og landede på gulvet. Han kunne ikke holde op med at grine, før han lagde mærke til, at der skete noget mærkeligt med bøgerne over ham. Han rystede på hovedet, da en af dem fløj ned fra hylden og ned i hans hånd. Det var en bog af hans forfader, Charles Dickens. Bogen åbnede sig selv, bladrede igennem fra start til slut og fløj så tilbage til der, hvor den kom fra.

»Velkommen til englebiblioteket,« sagde Reiki.

»Wow! Bare wow! Så I to er altså engle?«

»Det har du ret i,« sagde Hadz. »Og I er her, fordi vi er blevet udpeget som jeres mentorer.«

»Udpeget? Udpeget af hvem? Gud?« spottede han.

Hadz og Reiki kiggede på hinanden og rystede på deres blomstrede hoveder.

»Vores formål.«

»Er at forklare dig din mission.«

»Også at vise dig vejen. At hjælpe dig,« sagde de i fællesskab.

»Mission? Hvilken mission?« Hans tanker forsvandt. I sit hoved hørte han temaet fra Mission Impossible. Så Tom Cruise blive sluppet ind i et computerrum via kabel. »Hey, vent lige lidt! I to var i mit værelse, var I ikke? Og I har fulgt efter mig siden ulykken.«

»Vi ventede på det rette tidspunkt til at præsentere os selv,« sagde Reiki. »Vi havde håbet at kunne gøre det på en mindre formel måde, men da du var....«

»... skulle tale med præsten, var vi nødt til at presse på.«

»I tog jer virkelig god tid. Jeg troede, jeg hallucinerede,« sagde han højere, end han havde lyst til.

POP.

Reiki forsvandt.

»Se nu, hvad du har gjort!« sagde Hadz.

POP.

De var væk, og han havde ingen anelse om, hvor, hvornår eller om de ville komme tilbage. Alligevel havde han ikke tænkt sig at spilde et minut. Han lagde sig på gulvet og tog tyve armbøjninger efterfulgt af lige så mange sprællemænd. Hans øjne sved af det skarpe lys, og han ønskede, at han havde nogle solbriller.

TICK-TOCK.

Et par solbriller dukkede op ud af den blå luft. Han tog dem på, mens hans mave knurrede. Han tog en selfie og tjekkede så tiden. Der skete noget underligt med uret. Det gik amok. Og tallene holdt aldrig op med at ændre sig. Hans mave knurrede igen.

TICK-TOCK.

En cheeseburger og pommes frites dukkede op, nu var hans hænder fulde. Han tænkte på en chokoladeshake med et maraschino-kirsebær på toppen.

TICK-TOCK.

En ekstra stor shake med et kirsebær på toppen kom frem på et hvidt bord, som ikke havde været der før. Eller havde det? Måske havde han ikke lagt mærke til det, fordi de begge var hvide.

Før han begyndte at spise, nød han duften af den og derefter smagen for hver bid. Det var, som om han aldrig havde spist en cheeseburger eller pommes frites før. Og kirsebærret smagte så sødt, efterfulgt af den chokoladeagtige chokolade. Han fortærede sit måltid stående. Mad smager altid bedre, når den indtages stående. Denne bestilling smagte så godt, at det var latterligt.

Da han var færdig, takkede han ikke nogen for måltidet. Så vendte han sin opmærksomhed mod biblioteket og en hvid stige, som han ikke havde lagt mærke til før. Bare det at tænke på den var nok til at få stigen til at bevæge sig tættere på ham, som om den gerne ville være til nytte. Han klatrede op, og den bevægede sig som en skive på et Ouija-bræt forbi hylde efter hylde med bøger. Så stoppede den.

Mens han klatrede op, læste han titlerne på bogryggene. Dem lige foran ham var af Charles Dickens, og hvert bind havde sit eget par vinger.

En fløj hen imod ham, A Christmas Carol. Den bladrede gennem et par sider for at vise ham, at det var en førsteudgave, udgivet den 19. december 1843. Mens den fortsatte med at flytte siderne, beundrede han illustrationerne. Hvor detaljerede de var, og så endda i farver. Og i baggrunden, bag Lille Tim og hans familie på en af tegningerne, var der noget, der bevægede sig. Øjne. To par. Hadz og Reiki! Han tabte næsten bogen. Da den havde vinger, gik den tilbage til sin plads på hylden. I mellemtiden mistede han balancen, faldt ned ad stigen og hang fast for livet. Da han var stabil igen, kom han gradvist ned og plantede fødderne solidt på jorden. Han undrede sig over, hvorfor hans vinger ikke var sprunget ud for at hjælpe ham. Her havde alle andre vinger, der fungerede, og englene havde faktisk flere par vinger. I verden derude fungerede hans ben ikke, og han havde vinger, som gjorde. Her, hvor han end var, virkede hans ben, men hans vinger var nu defekte.

Han kløede sig i hovedet. Hvis bare onkel Sam var her. Og alligevel kunne han ikke tale med ham. Det var forbudt. Men hvorfor ikke? Hvad kunne de gøre ved ham? Englene havde forfulgt ham siden ulykken. Han gik ud fra, at de var gode engle, eftersom de ikke havde gjort ham noget - endnu. Hjemve skyllede ind over ham som en kæmpebølge, der truede med at tage ham med i faldet.

»Jeg vil hjem!« råbte han, da hans telefon vibrerede. Før han nåede at låse den op ...

POP.

Reiki greb den og kastede den til...

POP.

Hadz, som kastede den mod den fjerneste hvide væg. Den hoppede, ramte gulvet og gik i stykker.

»Du skylder mig fire hundrede dollars for en ny telefon! Jeg håber, at I engle har kontanter.«

Hadz rakte over og slog E-Z i ansigtet med sin vinge. Fjerene kildede i stedet for at gøre ondt. »Nu skal du, E-Z Dickens, sætte dig her.« En hvid stol pressede sig mod bagsiden af hans ben og tvang ham til at sætte sig.

»Og hold op med at være en idiot,« sagde Reiki.

»Hold da op! Kan engle sige det? Hvilken slags engle er I egentlig? Engle under oplæring? Er det mig, der skal hjælpe jer med at gøre jer fortjent til jeres vinger?«

Det gik op for ham, at de allerede havde vinger. Faktisk flere par af dem. Så den pointe, han forsøgte at få frem, virkede ligegyldig, da de svævede over ham.

»Er det mig, der skal hjælpe dig, eller er det meningen, at du skal hjælpe mig? For hvis du er det, hvilket du sagde, du var, så gør du et forfærdeligt stykke arbejde. Jeg kommer ikke til at lægge et godt ord ind for nogen af jer foreløbig.«

»Vi venter på en undskyldning.«

»Det kommer I til at vente på i lang tid. For jeg er tørstig.«

TICK-TOCK.

Et krus med root beer i et matteret glas dukkede op. Han skyllede det ned i én mundfuld. »Fordi du tog mig med hertil uden mit samtykke. Og ...«

»HOLD KÆFT!« sagde en larmende stemme, da hun foldede sig ud fra en af de hvide vægge.

Hun var lige så høj som loftet. Faktisk højere. Hun var skæv, men alligevel enorm i størrelse og statur. Hendes vinger strejfede væggene og loftet. »HOLD DIN TUNGE!« forlangte den overdimensionerede engel og trak sine vinger mod E-Z med et SWOOSH, indtil han var lige oppe i ansigtet på ham.

$$* * *$$

»E-Z Dickens, du er blevet kaldt herhen til mig,« sagde den store engel. »Jeg er Ophaniel, månens og stjernernes hersker. Og disse er mine undersåtter. Du SKAL IKKE behandle dem uforskammet. Du SKAL behandle dem med venlighed og respekt, for de er mine ØJNE og mine ØRER for dig. Uden dem er du INTET.«

Han fremstammede en uforståelig sætning og kæmpede mod trangen til at flygte.

»Du må IKKE afbryde, før jeg har talt færdig,« befalede Ophaniel.

Han nikkede, kroppen rystede, for bange til at sige et ord.

»E-Z,« tordnede hans stemme. »Du er blevet reddet. Vi har reddet dig med et formål.«

Reiki og Hadz fløj tættere på og satte sig på Ophaniels skuldre.

»Vær stille,« befalede Ophaniel.

De foldede deres vinger og lænede sig ind for ikke at gå glip af et ord.

E-Z noterede sig, at han ville spørge dem, hvordan han kunne folde sine vinger sammen lige så effektivt, som de gjorde med deres. Hvis han altså fik sine vinger tilbage.

Ophaniel fortsatte. »Da dine forældre døde, E-Z Dickens, skulle du også have været død. Det var din skæbne. En, som vi ændrede til vores formål. Vi talte din sag med succes. Vi lovede, at du ville gøre bemærkelsesværdige ting. At du ville hjælpe andre. Vi reddede dig, og du stod i gæld til os. En gæld, som du for en stor dels vedkommende betalte ved at overgive dine ben.«

Overgav sig? Det lød, som om han havde et valg. At han havde truffet den endelige beslutning om aldrig at gå igen, hvilket var en løgn. Han åbnede munden for at tale, men Ophaniels stemme tordnede videre.

»Du har stadig en gæld, en gæld til os.«

E-Z tog en stor slurk luft. Han ville tale, men kunne ikke. Hans læber bevægede sig, men der kom ingen lyd. Hvor vover denne engel at træffe beslutninger for ham og fortælle ham, at han har en gæld?

»Vi gav dig redskaber - en kraftfuld stol. Dette for at hjælpe dig. Så du en dag kan være her sammen med dine forældre og vandre med os, med dem, i evigheden.« Ophaniel tøvede et par sekunder for at lade det synke ind. »Du må stille mig ét spørgsmål i dag, men kun ét. Gør det godt.«

I stedet for at overveje sit spørgsmål, sprang E-Z ud: »Hvornår får jeg mine forældre at se igen?«

»Når du har betalt hele din gæld.«

»Et spørgsmål mere, tak.«

»Der vil være tid til spørgsmål, og der vil være tid til svar. Indtil videre er du i mine underordnedes varetægt. Du kan stille dem spørgsmål, og de kan vælge at svare. Eller de kan vælge ikke at gøre det. Det vil være deres valg at svare ja eller nej. På samme måde kan du vælge, om du vil svare dem, når de stiller dig spørgsmål. Behandl dem, som du gerne vil behandles, og afslør ikke detaljer om dette sted eller vores møde. Tal ikke om dette, intet af dette til noget menneske. Jeg gentager, hold disse ting for dig selv.«

Han kunne stadig ikke tale. Uden at spørge om det fortsatte Ophaniel med at besvare hans næste spørgsmål.

»Hvis du bryder dette løfte, vil dine vinger være som pasta - svage - og du vil aldrig være i stand til at betale din gæld tilbage.«

Han kom i tanke om et andet spørgsmål.

»Ja, da du reddede den lille pige, var det at brænde en del af processen. Dine vinger har brug for at brænde, for at blive stærkere, for at binde sig til dig, så du er klar til din næste udfordring.«

Han tænkte, hvad nu hvis jeg ikke vil.

Ophaniel grinede og fløj op til den højeste del af rummet. Så forsvandt hun gennem loftet.

KAPITEL 8

Førhan vidste af det, var han tilbage i sin kørestol med front mod præsten.

»Øh, onkel Sam, vi er nødt til at gå. NU.«

»Åh,« sagde Sam, mens han så sin nevø blive kørt væk. »Jeg undskylder, at jeg har spildt din tid, men han skal hjem.« Sam skyndte sig videre, mens Hopper fulgte efter ham. Han satte farten op, indhentede sin nevø og tog kontrol over håndtagene og skubbede kørestolen. Hopper løb og gik snart ved siden af dem, selv om han var forpustet.

»Jeg kan se, at du virkelig ikke har vinger, E-Z.«

Han kiggede sig over skulderen, løftede et falsk glas op til læberne og rullede med øjnene.

»Jeg har ikke et alkoholproblem,« sagde Sam trodsigt.

Igen rullede teenageren med øjnene, da de nærmede sig parkeringspladsen. Præsten fulgte ikke efter.

Da de nåede frem til bilen, sagde Sam, mens han forsøgte at få vejret, »Hvad i alverden handlede det om?«, mens han åbnede døren og hjalp sin nevø ind.

»Lad os komme ud herfra først.« Han trak tiden ud, fordi han ikke kunne fortælle ham, hvad der var sket. Han var nødt til at finde på en overbevisende løgn - og han var aldrig god til at lyve. Hans mor afslørede ham altid, fordi hans ører altid blev røde, når han løj.

»Jeg venter på en forklaring,« sagde Sam og strammede grebet om rattet.

Don't Look Back af Boston bragede ud af bilens højttalere.

»Undskyld, jeg var nødt til at gå. Jeg tror ikke, at Hopper kunne hjælpe, og jeg ville ikke have, at han skulle vide mere, end du allerede havde fortalt ham.«

»Du har stadig ikke forklaret, hvorfor du antydede, at jeg havde et alkoholproblem.«

»Nå, det. Det poppede op i mit hoved, og jeg sagde det uden at tænke over det. Det må du undskylde.«

»Jeg er stolt af ikke at drikke alkohol. Selvfølgelig tager jeg en øl i ny og næ. For at være social til et arbejdsarrangement. Men jeg er ikke som de andre sprittere på IT. Og det bliver jeg aldrig.«

E-Z tænkte ikke over, hvad onkel Sam sagde. I stedet gennemgik han de oplysninger, som Ophaniel havde fortalt ham. Han stod i gæld til englene for at have reddet ham, og han havde byttet sine ben for sit liv. Englenes handel var til deres eget formål - og nu forventede de, at han skulle betale gælden - men hvordan?

Det eneste, han vidste med sikkerhed, var, at han måtte vinde. Uanset hvilke opgaver de kastede på hans vej, måtte han overvinde dem. Med hjælp fra Reiki og Hadz - hvor små de end var - ville han betale, hvad han skyldte. Og så ville han om ikke andet se sine forældre igen. Han gik ud fra, at det betød, at han ville dø, og at de ville mødes i himlen, hvis der fandtes sådan et sted. Det ville han snart finde ud af.

KAPITEL 9

Hjemme igen gik teenageren direkte ind på sit værelse.

»Hvis du har brug for min hjælp,« var alt, hvad Sam nåede at få ud, før nevøen smækkede med døren.

E-Z dækkede sit ansigt med sine hænder. Det havde været noget særligt at have sine ben tilbage igen. Han slog næverne ned i armlænene, da hans vinger kom ud og fløj ham over til sengen. »Tak,« sagde han til dem, som om de var adskilte og ikke en del af ham.

»Pas på,« sagde Hadz, som havde hvilet sig på sin pude. Englen fløj op til lysarmaturet og sagde: »Vågn op, han er hjemme.«

E-Z lå nu behageligt på sin seng med lukkede øjne og sov næsten.

»I aften flyver du,« sang englene.

»Hør, jeg har haft en udmattende dag, som du ved, og jeg vil bare gerne sove.«

»Du må gerne tage en lur på fem minutter,« sagde Reiki.

»Så er det op og i gang!«

Han var næsten faldet i søvn igen, da Sam brasede ind. »Undskyld, jeg forstyrrer, men PJ og Arden siger, at de har forsøgt at få fat i dig hele dagen. Er dit batteri dødt?«

»Øh, nej, jeg har mistet min telefon,« sagde han og kiggede surt på sine to hjælpere.

»Løgner, løgner, bukser i brand,« skældte de ud. Sam hørte ikke deres høje stemmer på grund af sin manglende reaktion. E-Z skubbede dem væk.

»Det er derfor, jeg altid køber forsikring med min plan. Bare rolig, vi skaffer dig en erstatning i morgen. Det er alligevel på tide, at du opgraderer. Du kan beholde det samme telefonnummer. Så siger jeg til gutterne, at du lader høre fra dig.«

»Tak, onkel Sam. Godnat.«

»Godnat, E-Z.«

KAPITEL 10

I drømmen var han på skitur med sine forældre. Det var faktisk et minde, men han genlevede det som en drøm.

E-Z var seks år gammel. Han og hans mor blev undervist i alle bevægelserne af en skiinstruktør. Imens banede hans far - som ikke var nybegynder som dem - sig vej ned ad den sneklædte bakke.

De lærte at stå på ski på babybakken - det var sådan, de kaldte testbakkerne.

»Er I klar?« sagde instruktøren, «til at køre på en af de store bakker?«

Det sagde de, at de var. Det troede de, at de var. Men at sige og gøre er to forskellige ting.

I første forsøg nåede de ikke langt, før en af dem faldt. Det var hans mor, og da hun faldt om, sad hun og grinede i den kolde sne. Han hjalp hende op, og så gik de igen.

Denne gang var det E-Z, der styrtede og plantede sit ansigt i det kolde, hvide materiale. Han rystede det af sig og blev hjulpet op af instruktøren, mens hans mor kørte forbi og sprøjtede sne på sin vej. Han tog det som en udfordring, kørte videre og overhalede hende med et grin.

Før han vidste af det, kom hun op bag ham. Hun ramte noget tætpakket pudder - og efterlod ham som støv - da hun fandt sit tempo. Alligevel gav han alt, hvad han havde, og indhentede hende. De drev ned, side om side, så fra hinanden og så sammen igen. Alt imens de grinede som to små børn.

For foden af bakken stod hans far, klædt i himmelblåt fra top til tå. Han skilte sig ud; et blåt skær omgivet af jomfruelig sne - med en kørestol i hænderne.

»Sneen,« sagde E-Z og inhalerede endnu en skumfidus. Den smagte endnu bedre, når den var smeltet. Så følte han sig iskold og vågnede op omgivet af is i badekarret. Onkel Sam var der og sad ved hans side.

»E-Z, du skræmte mig virkelig denne gang.«

»Hvad? Hvad var det, der skete?

»Jeg hørte nogle lyde, så jeg gik ind for at se til dig. Dit vindue stod på vid gab, og gardinerne bølgede. Jeg mærkede din pande, og du var brændende varm. Jeg var bange for, at du ville få et voldsomt anfald. Selv dine vinger så visne ud.

»Jeg overvejede at ringe 112, men besluttede mig så for at lade være. Jeg kunne ikke tage dig med på skadestuen, ikke med de vinger. Jeg var nødt til at få dig op i din kørestol og fylde badekarret med is og se, om jeg kunne få din temperatur ned. Jeg har været ude og hente is og bedt om donationer fra venner i nabolaget. De har været meget hjælpsomme.«

»Jeg har det bedre nu, tak,« sagde han og forsøgte at rejse sig op. Han nåede ikke langt, før han faldt ned igen.

»Du er nødt til at fortælle mig, hvad der foregår.«

»Det kan jeg ikke, onkel Sam. Du må stole på mig.«

Teenageren forsøgte at rejse sig igen. »Vent her,« sagde Sam, mens han gik ud af badeværelset og kom tilbage med kørestolen. »Her,« sagde han og stak termometeret ind i nevøens mund. »Hvis det er normalt, kan du sætte dig i stolen.«

Det var normalt, så med en badekåbe omkring sig blev E-Z løftet op af badet og ned i stolen. Hans vinger udvidede sig og slappede derefter af, og det føltes ikke længere, som om der var ild i dem.

Da han gik forbi stuen, fik han et glimt af nyhederne.

»I går aftes blev et flystyrt omdirigeret,« sagde talsmanden. »De kalder det en mirakellanding, men her er nogle råoptagelser, taget af en af vores seere, da det skete.«

Han så klippet, som viste flyet lande, men der var ikke andet - ikke noget billede af ham. Han følte sig lettet og gik tilbage til sit værelse.

»Jeg er straks tilbage for at hjælpe dig med at få tøj på.«

Han ønskede så inderligt, at han kunne fortælle sin onkel det hele - men det kunne han ikke. »Tak,« sagde han, da han havde fået tøj på.

»Jeg har altid dækket din ryg.«

»I lige måde,« sagde teenageren. »Jeg tror, jeg går ned på mit kontor og skriver lidt.«

»God idé, jeg har opgaver i huset på min to-do-liste, som jeg gerne vil nå i dag.« Han begyndte at gå, men vendte så om. »Ved du hvad, du behøver ikke at skrive en roman med det samme. Du kunne skrive dagbog eller journal. Skrive de ting ned, som du måske en dag glemmer. Som dyrebare minder.«

»Jeg tænkte, at jeg ville skrive noget og kalde det Tattoo Angel.«

»Det kan jeg godt lide.«

På sit kontor sad han et øjeblik og tænkte på flyet - spekulerede på, hvordan han havde været i stand til at gøre det, han var blevet bedt om. Han kunne ikke have klaret det uden hjælp fra svanen og hans fuglevenner eller uden hjælp fra sin stol. Selv de to wanna-be-engle havde hjulpet på deres egen måde ved at heppe på ham i baggrunden.

Han fokuserede på at skrive og tastede titlen ind: Tattoo Angel.

Hans fingre ville skrive mere, men hans tanker ville vandre. Han lænede sig tilbage i stolen og stirrede på den tomme skærm. Han havde brug for en fantastisk første sætning, som hans forfader Charles Dickens havde skrevet - »Jeg er født«.

Da han lidt senere ikke længere kunne holde synet af den hvide skærm ud, skrev han

Jeg ville ønske, jeg aldrig var blevet født.

Og han blev ved med at skrive.

Jeg kan ikke gå mere.

Jeg kommer aldrig til at spille professionel baseball eller hockey eller få et sportsstipendium.

Jeg kan ikke løbe.

Jeg kan ikke hoppe.

Der er så mange ting, jeg ikke kan.

Som jeg aldrig kommer til at gøre.

Han stoppede med at skrive og så noget øverst til højre på skærmen, som bevægede sig nedad. Flydende.

Tårer. Bittesmå tårer.

De sluttede sig sammen. Voksede sig større og større.

Strømmer ned ad skærmen.

Han syntes, han hørte noget - skruede op for lyden.

"WAH! WAH! WAH!« sang en høj stemme.

En anden stemme sluttede sig til.

"WAH-WAH!

WAH-WAH!

WAH-WAH!"

E-Z slukkede for computeren.

Det havde kun været en svada, og han havde det bedre med det. Alle har brug for en medlidenhedsfest nu og da. Det var ude af hans system.

Han vidste én ting med sikkerhed - som forfatter var han ingen Charles Dickens.

Charles Dickens kunne dog ikke flyve.

✳ ✳ ✳

» Vågnop, det er tid til at gå!« sagde Reiki og fløj hen til vinduet.

Hadz ventede ved det åbne vindue. »Er du klar?«

Så de forventede, at han ville springe ud fra tredje sal i sit hus. »Jeg går ikke derud! Se, hvor højt oppe vi er.«

»Du glemmer, at du har vinger.«

»Og hvis du falder, skal du nok finde ud af det.«

I det mindste havde han stadig sit tøj på, da de satte ham ned i kørestolen. Han rystede, kiggede ned og undrede sig over, hvordan hans vinger skulle kunne holde både ham og hans stol oppe i luften.

»Hvad med min kørestol?«

»Kan du huske, hvad Ophaniel sagde? Nu - ud med dig!«

Da han var ude, foldede han vingerne helt ud. Over hans skuldre kunne han se vingerne i aktion.

De små, men stærke væsener løftede ham op, højere og højere, og førte teenageren hen over nattehimlen, mens de klare stjerneøjne stirrede ned på ham. Da de mente, at han var klar, slap de ham.

»Jeg kan flyve,« sagde han. »Jeg kan virkelig flyve!«

»Hold op med at blære dig,« sagde Reiki, «og kom i gang med programmet.«

»Det ville jeg gøre, hvis jeg vidste, hvad det var,« grinede han.

Hadz fløj i forvejen. E-Z og Reiki løftede sig over skolen ved baseballbanen. Videre mod bykernen. Lysene på landingsbanen nær lufthavnen var i direkte konkurrence med stjernerne over ham.

»Du gør det rigtig godt,« sagde Reiki.

»Tak skal du have.«

Lyden af en motor, der svigtede i en jumbojet foran dem, tiltrak hans opmærksomhed.

»Se der, det fly har problemer. Jeg ville ønske, jeg havde min telefon til at ringe efter hjælp.« Motoren spruttede, og flyet faldt en smule og rettede sig derefter op.

»Du har ikke brug for en telefon. Velkommen til din anden prøve.«

»Du forventer, at jeg skal, hvad? Bærer flyet på ryggen? Jeg kan ikke redde et fly, jeg har ikke kræfter nok. Jeg kan ikke gøre det.«

»Okay så,« sagde Hadz, som de nu havde indhentet.

»Men én ting skal du vide: Hvis du ikke redder dem, vil alle om bord omkomme.«

»Alle 293 passagerer. Mænd, kvinder og børn.«

»Plus to hunde og en kat,« tilføjede Reiki.

Hans hoved blev fyldt med skrig fra folk inde i flyet. Hvordan kunne han høre dem gennem de tykke metalvægge? Hunde gøede, og en kat mjavede. En baby græd.

»Stop det, sluk det, så gør jeg det.«

»Vi slukker ikke for det.«

»Men det slutter, når du har sat flyet sikkert ned i lufthavnen derovre.«

»Vi tror på dig,« sagde Hadz.

»Men vil de ikke se mig? Hvis de ser mig, er det game over, jeg mener med Ophaniels betingelser - jeg får aldrig mine forældre at se.«

»Se dig?«

»Det er den mindste af dine bekymringer!«

»Nu skal du af sted,« sagde Hadz. »Åh, og du får måske brug for den her.«

Nu havde han en sikkerhedssele, som skulle holde ham fast i kørestolen, mens han susede hen over himlen mod det styrtende fly.

»Vi holder øje,« råbte de.

»Vil I hjælpe mig, hvis jeg får brug for det?«

»Det er dine prøvelser, som du og kun du har ansvaret for. Vi er her for at heppe på dig. Held og lykke.«

»Vent lidt, skal I ikke give mig nogle ordentlige lektioner? Vise mig, hvad jeg skal gøre?«

POP.

POP.

»Tak for ingenting!« råbte han.

***

I lufthavnen, i kontroltårnet, bemærkede en flyveleder,atflyet var i problemer. Da han ikke kunne få kontakt med piloten, så han et uidentificeret flyvende objekt på sin radar.

Med Superman og Mighty Mouse som inspiration løftede E-Z sine arme. Han placerede sig under kroppen på det mægtige metaldyr og samlede al sin styrke.

»Jeg tænkte, at du kunne bruge lidt hjælp,« sagde en svane, der var større end normalt. Han nikkede, og fugle fløj ind fra mange retninger. Da jumbojetten fik kontakt med ham, stillede de rigtige fugle sig på linje. De hjalp ham med at holde flyet stabilt. At stabilisere det, så han og hans stol kunne bære dets fulde vægt.

Indeni rullede tingene rundt som kugler. Han måtte skynde sig og ønskede, at han havde et andet sæt vinger eller kraftigere vinger. Hvis bare han var i det hvide rum. Han fokuserede på opgaven og forberedte sig mentalt på nedstigningen. Da han kiggede ned, bemærkede han, at hans stol også havde vinger, både på fodstøtterne og på hjulene. »Tak,« hviskede han til ingen. Og så til fuglene: »Jeg har styr på det nu, tak for hjælpen.«

Nu var han klar og bragte jumboen ned, mens han holdt den stabil og i vater. Han satte forenden af flyet ned på asfalten. Da landingsstellet ikke var kommet ned, var han nødt til at komme af vejen. Han strakte sin højre arm ud, så langt den kunne komme, og placerede sin stol væk fra flyets midte. Han sænkede flyets midte og derefter halen. Og så gjorde han det! Han gjorde det! Han bevægede sig væk til den skræmmende lyd af hylende sirener, der nærmede sig fra alle retninger i form af brandbiler, ambulancer og politibiler.

Før de fik øje på ham, fløj han væk. Taknemmelige passagerer indeni jublede, tog billeder og optog ham på deres telefoner. Snart var han tilbage hos Hadz og Reiki.

»Du klarede det rigtig godt. Vi er stolte af dig, protegé.«

Han smilede, indtil hans vinger føltes, som om nogen havde sat ild til dem. Før han vidste af det, brændte han, og det gjorde så ondt, at han ønskede at dø. Han ønskede sig døden. Længtes efter den. Nu i frit fald, med stolen vendt nedad, holdt han øjnene vidt åbne og ventede på, at hans læber skulle kysse jorden. Så blev han båret væk af de to engle, som tog ham med hjem og lagde ham i seng.

Smerten blev ikke mindre, men E-Z vidste, at han ikke ville dø i dag. Han ville være i sikkerhed til en anden dag. En anden prøvelse. Alt, hvad han skulle gøre, var at overleve denne gang.

✳✳✳

» Hvornårbegynder diamantstøvet at virke?« spurgte Hadz. »Han har stadig enormt mange smerter.«

»Det var en ny behandling, så jeg kan ikke sige hvornår - men den vil virke - på et tidspunkt.«

»Jeg håber, han kan holde ud så længe!«

»Med hjælp fra Uncle Sam skal han nok komme igennem det. Når den begynder at virke, vil vi se tegn. Nogle fysiske forandringer.«

E-Z fortsatte med at snorke

POP.

POP.

Og så var de væk igen.

KAPITEL 11

En dag senere havde E-Z planlagt sin dag. Først skulle han gøre sin rygsæk klar til en lørdagstur til parken. Han ville spise morgenmad, skrive lidt og så tage af sted. Mens han gjorde sin rygsæk klar, hørte han Hadz' og Reikis høje stemmer, før han så dem.

»Jeg kan høre jer,« sagde han.

POP.

Hadz dukkede op først.

POP.

Så Reiki - begge i deres fuldt forvandlede engleagtige pragt.

»Godmorgen,« sang de i sygeligt sødmefuld enighed.

E-Z puttede en notesbog i sin rygsæk og et par kuglepenne, der ignorerede dem. Han håbede at finde noget inspirerende at skrive om i parken. Han rakte ned for at lyne sin rygsæk, da han opdagede, at de to engle sad på lynlåsen.

»Åh, undskyld. Jeg var lige ved ikke at se dig.«

»Puha, det var tæt på,« sagde Reiki.

Hadz rystede for meget til at sige et eneste ord.

De fløj op på hans skuldre, da han pegede sin stol mod den lukkede dør.

»Vi er nødt til at tale med dig,« sagde Hadz.

»Det er ... vigtigt. Vi har gjort noget ...«

»Med mig?«

De svævede foran hans øjne.

»Ja, mens du sov for et par uger siden.«

»For et par uger siden! Okay, jeg lytter ...« I virkeligheden prøvede han at undgå at gå amok. Tanken om, at de kunne gøre noget ved ham. Mens han sov. Uden hans tilladelse. Det var et frygteligt tillidsbrud. Han knyttede sine næver. Han tav. Han lagde armene over kors. Han havde ikke tænkt sig at gøre det let for dem.

Sam bankede på døren: »Morgenmad E-Z, har du brug for hjælp?«

»Nej, jeg har det fint. Jeg er der om et par minutter.« Der var stille, bortset fra lyden af Sam, der vendte tilbage til køkkenet.

»For det første,« sagde Hadz, «gjorde vi kun det, vi gjorde, for at hjælpe dig.«

»Med prøverne. Vi gjorde noget for at hjælpe dig med at nå dine mål.«

»Mener du, at I kunne have hjulpet mig med flyet? Jeg kunne godt have brugt jeres hjælp. Heldigvis klarede vi det takket være svanen og fuglene.«

»Øh, ja, hvad det angår, så er hjælp ikke tilladt - hverken fra venner eller fugle. Vi rapporterede den pågældende hændelse til de rette myndigheder.«

E-Z rystede på hovedet, han kunne ikke tro, hvad han hørte. »Sig ikke, at nogen har gjort svanen eller fuglene fortræd? Det har du bare ikke at fortælle mig ... Og hvorfor talte svanen egentlig til mig på engelsk? Det gjorde han, du ved.«

»Det er en fortrolig sag,« sagde Hadz og fløj tæt på sit ansigt med hænderne på hofterne. Reiki indtog samme position, og deres vinger rørte ved hans øjenlåg.

»Hey, hold nu op,« sagde han højere, end han havde tænkt sig.

»Er alt i orden derinde?« spurgte Sam gennem den lukkede dør.

»Jeg har det fint,« sagde han og viftede med hånden foran sit ansigt, så væsnerne blev slynget gennem rummet. Reiki ramte væggen og gled ned. Hadz, som allerede var længere nede, forsøgte at fange Reiki, men det var for sent. Begge engle styrtede ned og landede på gulvet.

»Undskyld,« sagde teenageren. Han flyttede sin kørestol tættere på dem. Han spekulerede på, om de havde stjerner i hovedet som gamle tegneseriefigurer. Det plejede han at elske, når det skete for Wile E. Coyote. De vaklede lidt, så han lagde dem på sengen. Da englene var kommet sig, sagde han: »Undskyld igen. Det var ikke min mening at slå jer. Dine vinger kildede mig i øjnene.«

»Ja, det gjorde du!« sagde Reiki.

»Og vi vil ikke glemme det.«

Han havde dårlig samvittighed. De var så små; han var ikke klar over, at et enkelt slag kunne få dem til at flyve på den måde. Det var, som om han havde slået dem ud af parken, og han havde knap nok rørt dem.

»Apropos det ...« sagde Reiki.

Hadz supplerede: »Mens du sov, udførte vi et ritual på dig.«

E-Z holdt igen hovedet koldt, men kun med nød og næppe. »Et ritual, siger du?« De kiggede på ham, skyldige som synden. »Hvis I var mennesker, ville I blive straffet for at gøre noget ved mig uden min tilladelse. Det er overgreb på en mindreårig. Du ville være i fængsel ...«

Englene skælvede og holdt fast i hinanden.

»Vi havde ikke noget valg.«

»Vi gjorde det for jeres eget bedste.«

»Det forstår jeg godt, men lige nu er jeres undskyldning IKKE accepteret.«

»Fair nok,« sagde englene. »For nu.« De messede: »Vi tilkaldte kræfter, de store og illusoriske kræfter over og omkring dig. Vi bad dem om at hjælpe dig ved at øge din styrke, dit mod og din visdom. Kort sagt troede vi, at du havde brug for mere, og derfor fremmanede vi det til dig.«

»Jeg forstår. Undskyldning stadig IKKE accepteret.«

»Vi gjorde det med mindst muligt ubehag for dig,« sagde Hadz.

E-Z overvejede denne seneste information. Samtidig kiggede han på sin kørestol. Den virkede anderledes nu, ud over den åbenlyse farveændring på armlænene.

»Hvad er der sket med min stol på det seneste?« spurgte han. »Det er, som om den har sin egen vilje.«

Englene rystede igen.

»Hvad har du gjort? Helt nøjagtigt? For jeg har mistanke om, at du ikke kun overfaldt mig, men også min stol.«

Endelig forklarede englene alt om diamantstøvet og blodet. Om de kræfter, som han og stolen var blevet udstyret med. »Efterhånden som opgavens sværhedsgrad stiger, bliver du nødt til at optrappe.«

»Det ved jeg allerede, det er derfor, mine vinger har brændt. Temperaturen stiger efter hver opgave. Men jeg bliver ved med at sige til mig selv, at det vil være det hele værd, når jeg får mine forældre at se igen.«

»Hvis du gennemfører prøverne inden for den tildelte periode. Og følger retningslinjerne til punkt og prikke,« sagde Hadz.

»Vent lidt,« sagde E-Z og slog armene ned på armlænene. »Ingen sagde, at der var en deadline. Ikke i Det Hvide Rum. Ikke på noget tidspunkt. Og hvis der er en regelbog, jeg skal følge, så giv mig den, så jeg kan læse den. Der har heller ikke været nogen forpligtelse fra nogen af siderne. Ingen har sagt, hvor mange gennemførte forsøg der skal til for at lukke aftalen. Skal vi have alt på skrift? Findes der noget, der hedder en engleadvokat eller endnu bedre engleretshjælp?«

Hadz grinede. »Selvfølgelig har vi engleadvokater, men man skal være en engel for at kvalificere sig til at få en.«

Reiki sagde: »Du klarede den første opgave uden hjælp fra nogen. Du reddede den lille piges liv ved hjælp af din stols initiativ, viljestyrke og held. De tre ting kan kun få dig så langt, så vi har skaffet dig mere ildkraft. Det bedste, vi kunne bede om.«

»Det meste, vi kunne risikere at give dig.«

»Hvad mener du med risiko? Siger du, at dette ritual kan skade mig?«

»Vi gjorde dig en tjeneste. Vi satte os selv i fare for at hjælpe dig. Hvis du ikke kan tilgive os nu, så gør du det en dag.«

»Der kan man tale om at undvige mit spørgsmål! Har du nogensinde overvejet at gå ind i englepolitik - hvis der findes sådan noget?«

Sagde Hadz. »Folk omkring dig vil måske bemærke visse ændringer i din fysiske fremtoning.«

»Ja, det gør de måske,« sagde Reiki med et grin.

»Hvad mener du med fysiske ændringer?« råbte han.

POP.

POP.

Og så var de væk.

E-Z var helt alene igen. Mens han gik mod døren, spekulerede han på, hvad de mente. Hvad det end var, ville han snart finde ud af det. I mellemtiden tænkte han på, at hans stol nu havde hans blod. Hvordan stolen var en forlængelse af ham selv. Han gik ud i køkkenet, hvor Uncle Sam ventede.

$$* * *$$

»Nå, det gik ikke helt, som vi havde planlagt,« sagde Reiki. »Han var ret vred på os. Jeg tror ikke, han nogensinde vil stole på os igen.«

»Han har mere brug for os, end vi har for ham.«

»Vi kunne slette hans sind, ligesom vi gjorde med de andre.«

»Hvis han ikke tilgiver os, er der intet, vi kan gøre ved det. At slette hans sind er ikke en mulighed. Uden hans samtykke, og hvis, nej når han finder ud af det, vil vi fremmedgøre ham for altid. Og du ved, hvem der ikke ville bryde sig om det.«

»Du har ret som altid,« sagde Hadz.

»Tror du, nogen vil bemærke ændringerne i hans udseende i dag?«

»Vi lagde mærke til det, gjorde vi ikke!«

»Måske skulle vi have fortalt ham det, i det mindste om hans hår. Det ville måske have gjort ham mere elsket. Hvis vi havde forklaret det.«

»Jeg tror, forandringerne ville være bedre, hvis de kom fra andre end os.«

»Mennesker er meget mærkelige,« sagde Reiki.

»Det er de. Men at arbejde med dem er den eneste måde, vi kan blive forfremmet til rigtige engle på.«

»Heldigvis for os er han ret sød.«

KAPITEL 12

E -Z stak sin gaffel i en tallerken fyldt med pandekager. Han var sulten, som om han ikke havde spist i dagevis. Og tørstig. Han kastede det ene glas appelsinjuice efter det andet ned. Han fyldte sin tallerken med pandekager og blev ved med at spise, indtil de var væk.

Sam grinede, da han så sin nevø, og fortsatte med at dyppe en skive smørristet toast i sin kaffe.

»Hvad er det, der er så sjovt?« spurgte E-Z.

»Øh, ikke noget, tror jeg.«

De eneste lyde i køkkenet var slubren, skæring og tygning. Udover uret, der tikkede på væggen bag dem.

»Hvad er der?« E-Z spurgte og bemærkede, at hans onkel smilede og gemte det bag sin hånd.

»Der er noget anderledes ved din, ja, du ved, her til morgen. Er der noget, du vil fortælle mig? F.eks. hvorfor?«

De to væsener kom ind og satte sig på hver sin af E-Z's skuldre. De smuglyttede, og han brød sig slet ikke om deres ubudne indtrængen, så han slog dem væk.

POP.

POP.

De forsvandt.

»Jeg er ikke sikker på, hvad du mener.«

Sam skænkede sig endnu en kop kaffe. »Er det til en pige? For enhver pige bør acceptere dig, som du er.«

E-Z grinede. »Ingen pige. Du tager helt fejl.«

Begge var stille i endnu et par øjeblikke, mens uret tikkede.

»Jeg har pakket en taske, og jeg tager i parken, når jeg har skrevet lidt her til morgen. Jeg tager en notesblok og nogle kuglepenne med, hvis parken inspirerer mig.«

»Det lyder som en god plan, men først skal du hjælpe mig med at rydde op,« sagde Sam og rejste sig fra bordet.

Teenageren skubbede sin stol tilbage, og sammen ryddede de hurtigt op. E-Z gik ind på sit kontor og lukkede døren bag sig, da det ringede på hoveddøren.

Sam lukkede Arden og PJ ind. »Han er på sit kontor og arbejder. Venter han jer? Hvis han gør, har han ikke sagt noget til mig om det.«

»Jeg sendte ham en sms, men han svarede ikke,« sagde PJ.

»Så vi tænkte, at vi ville komme forbi og tage ham med ud i dag. Sørge for, at han havde det lidt sjovt. Den fyr arbejder for meget. Mor sagde, at hun ville køre os derhen. Vi skal bare lige tjekke med E-Z og så ringe til hende.«

»Min nevø er vild med den bog, han er ved at skrive. Han vil måske protestere.«

»På en eller anden måde får vi ham ud herfra i dag,« sagde PJ.

»Han havde tænkt sig at gå i parken, efter at han havde skrevet lidt. Men gå bare ned, så kan han møde dig der senere.« Sam gik tilbage til køkkenet og tog noget hakket oksekød ud af fryseren. Han tjekkede skabet for sovs, spaghetti, æg, løg, brødkrummer og spinat. Han havde alt, hvad der skulle bruges til at lave spaghetti og kødboller senere.

De to drenge gik hen ad gangen efter at have hængt deres jakker op.

Sam trak på skuldrene i sin frakke. Han havde udskudt at slå græsplænen i et stykke tid nu. I dag var dagen, hvor han ville gøre det.

E-Z forsøgte at skrive, men kreativiteten flød ikke. Da hans venner ankom, var han glad for afbrydelsen. Han åbnede Facebook og lod, som om han tjekkede opdateringerne. »Øh, hej venner.« Han vendte sin stol mod dem.

»Hold da op, hvad pokker er der sket med dit hår? Har du været i skønhedssalon uden os?«

»Har du vist dem et billede og bedt om et omvendt Pepe Le Pew-look?«

»Og også dine øjenbryn! Jeg vidste ikke engang, at man kunne farve dem?«

E-Z kørte sine fingre gennem håret og havde ingen idé om, hvad de talte om. Vent lidt - var det det, Sam havde talt om?

»Og hans øjne, de er også anderledes.«

Arden bøjede sig ned: »Ja, der er guldpletter i dem. Fantastisk!«

»Hey mand, slap nu af,« sagde E-Z. »I to skræmmer mig. Det er ikke fedt at invadere mit rum.«

»I det mindste lugter han ikke som Pepe,« sagde Arden og trak sig tilbage. PJ sluttede sig til ham i den anden ende af rummet, hvor de hviskede til hinanden.

»Må vi tage et billede?«

E-Z smilede og sagde: »Mozzarella.«

PJ viste Arden det billede, han havde taget. »Se!« sagde de og lavede den store afsløring.

E-Z kunne ikke tro, hvad han så. Hans blonde hår havde en sort stribe i midten og grå pletter i tindingerne. Gråt! Han zoomede ind, og de havde ret, hans øjne havde gyldne pletter. Hans tanker fløj tilbage til diamantstøvet, var det sådan, diamantstøv så ud? De to idiotiske engle gjorde det her! Og de har bare at vide, hvordan de skal ordne det! Næste gang han så dem, ville han få dem til at betale. I mellemtiden forsøgte han at afdramatisere situationen.

»Det gør ikke noget. Jeg har haft en hård nat.«

Arden spurgte: »Hvad er det, du ikke fortæller os?«

PJ tilføjede: »Dit hår er ved at blive gråt, og du går stadig i high school. Tror du, det er normalt?«

»Jeg tror, han har ret; vi gør et stort nummer ud af ingenting. Hvad sagde din onkel til det?«

»Han lagde ikke mærke til det - eller hvis han gjorde, sagde han ikke noget.«

»Hvad? Mener du, at Sam ikke engang lagde mærke til det?«

»Var hans øjne åbne?«

E-Z forsøgte at huske. Først havde onkel Sam spurgt, om han havde noget at fortælle ham. Var det det, han mente?

»Lige et øjeblik,« sagde E-Z, mens han gik ud på badeværelset. Han brugte spejlets ti gange forstørrelse til at se nærmere på det. Han gispede. Stjernerne eller pletterne i hans øjne var anderledes. Ikke skadeligt, faktisk fik de ham til at se cool ud. Han undersøgte de grå hår langs tindingerne.

Og hvad så? Han havde været meget igennem, da hans forældre døde. Plus det daglige pres i high school. Og at vænne sig til kørestolen. For ikke at tale om ærkeenglene og prøvelserne.

At hans hår blev for tidligt gråt, var ikke noget problem. Han flyttede rundt på spejlet og kørte fingrene gennem håret. Teksturen var anderledes, da han rørte ved den sorte stribe. Det føltes groft, børsteagtigt. Ikke noget problem, han kunne bare smøre noget gelé på og ...

Udenfor gik plæneklipperen i gang. Sam var endelig i gang med det frygtede arbejde. Før ulykken havde græsslåning været E-Z's mest forhadte opgave.

»YEOW!« råbte Sam, da plæneklipperen hostende gik i stå.

E-Z's stol slingrede mod hoveddøren, som fløj op af sig selv. Han stak af, missede trappen og landede på plænen bag Sam.

»Fandens også!« udbrød Sam. Han havde ramt en sten med plæneklipperen, og den fløj op og ramte ham nær øjet. Bloddråber dryppede ned ad hans kind og samlede sig på græsset.

Kørestolen kørte hen, hvor blodet var, og slubrede det op med hjulene.

»Er du okay?«

»Jeg har det fint,« sagde Sam. Han gravede i sin lomme, trak et lommetørklæde op og holdt det mod såret.

Arden og PJ ankom. »Vi hørte skriget.«

»Jeg er okay, virkelig,« sagde Sam. »Et lille uheld. Ingen grund til bekymring. Lad os gå ind igen.«

Han tog fat i håndtagene på kørestolen og skubbede. Det var ekstremt svært at manøvrere den på græsset.

I mellemtiden hentede Arden plæneklipperen og lagde den ind i skuret.

»Har du taget på?« spurgte PJ og bemærkede, hvor svært Sam havde det.

»Jeg spiste omkring tyve pandekager i morges.«

»Måske er den sorte stribe tungere end dit normale hår?« sagde Arden, da han kom tilbage til dem med et grin.

»Åh, de har bemærket det,« sagde Sam.

»Ja, de har skældt mig ud for det, siden de kom. Hvorfor sagde du ikke noget?«

Indenfor tog E-Z et plaster frem og satte det på sin onkels sår.

»Det var en lille ændring,« sagde Sam. »Nej!« smilede han. »Åh, og har du nogensinde overvejet at blive sygeplejerske? Du har en delikat berøring.«

PJ og Arden spottede.

KAPITEL 13

E-Z og hans venner vendte tilbage til hans kontor. Han besluttede at holde sig tæt på hjemmet, hvis Sam skulle få brug for ham. Sam havde for travlt med at lave mad til at tænke på, hvad der kunne være sket med plæneklipperen.

»Maden er klar,« kaldte han et par timer senere. »Kom og hent den.«

E-Z førte an: »Det dufter dejligt!«

De satte sig ned og sendte maden og krydderierne rundt.

»Du har allerede fået dig noget af en blærerøv,« sagde Arden til Sam.

Sam, som indtil nu ikke havde vidst, at han havde et synligt sår, bar det nu med stolthed. Han stak i endnu en frikadelle og lagde den på sin tallerken.

»Hvad skete der egentlig derude,« spurgte PJ.

»Det var en sten. Den blev fanget i plæneklipperen og ramte mig.« Han fortsatte med at skubbe sin mad rundt på tallerkenen. »Hvordan går det med at skrive?« spurgte han sin nevø og vendte opmærksomheden væk fra sig selv.

»Jeg havde ikke tid til at gå i gang med det i morges.«

Sam skiftede emne og spurgte, om der foregik noget i skolen eller på holdet.

»Vi skal træne i aften,« sagde PJ.

»Og vi håber, at E-Z vil være med i kampen i morgen.«

E-Z rystede på hovedet som et klart nej og fortsatte med at spise.

»Én inning, kun én, og hvis du ikke vil fortsætte med at spille, er det fint med os,« sagde Arden.

»God idé,« sagde onkel Sam. »Dyp din tå i det. Hvis det ikke føles rigtigt, så kom ud. Hvad har du at miste?«

PJ åbnede munden for at sige noget, men besluttede sig for at lade være. Han stak en kødbolle ind i sin mund. Han tyggede og drak. »Når du er der, E-Z, booster du alles moral. Drengene tænker meget på dig. Det har de altid gjort, og det vil de altid gøre.«

»Okay,« sagde E-Z. »Jeg sætter mig på bænken, hvis du tror, det vil hjælpe. Efter middagen går vi ned i parken og øver os lidt. Se, hvordan det går.«

»Fair nok,« sagde PJ.

De takkede Sam for en fantastisk middag.

»Du har lavet mad, så vi rydder op,« tilbød Arden.

E-Z og PJ udvekslede blikke.

Da Sam var uden for hørevidde, sagde PJ: »Du er sådan en smisker.«

Arden sprøjtede lidt vand i PJ's retning, men E-Z fik det meste af det i ansigtet.

PJ returnerede et stænk, som sprøjtede ud over køkkengulvet og ramte Sams sko.

»Moppen og spanden står i skabet,« sagde han og tog sin frakke på vej ud.

De gjorde sig færdige med at rydde op, og da var de fleste tørre, bortset fra E-Z, som skiftede trøje. Endelig ankom de til baseballbanen, og den var allerede optaget.

»Fedt,« sagde E-Z. »Lad os komme i gang.«

På sidelinjen stod et par piger fra modstanderholdets cheerleader-hold. En af dem, en rødhåret pige, kastede et blik i E-Z's retning. Hun lavede et hjulspin og landede let.

»Vi kan vel godt blive her lidt,« sagde E-Z.

De gik hen over marken til bænkene. De var nødt til i det mindste at sige hej, ellers ville de ligne idioter.

Den lille rødhårede pige hviskede noget til sin veninde, og de fniste.

E-Z var sikker på, at de grinede af ham.

»Vi har fået selskab,« sagde den rødhårede pige.

»Ja, en kørestolsfyr med zebrahår og to nørder,« råbte tredje baseman. Han forventede, at alle ville grine af hans dårlige vittighed, men det var der ingen, der gjorde.

»Tag dig ikke af ham,« sagde den rødhårede piges ven. »Han er patetisk.«

»Skrid,« råbte venstre feltspiller. »Der er ikke plads til en krøbling her.«

E-Z ignorerede alle kommentarerne. Det gjorde hans stol dog ikke. Den skubbede på og gav den gas som en tyr, der prøver at bryde ud af en indhegning. »Whoa!« sagde han, da stolen strittede imod som en vild hest.

Arden greb fat i stolens håndtag, og stolen genoptog sin normale funktion.

Bag pladen tabte catcheren en flue og fumlede med et kast. »Jeg kan se, at I har brug for en god catcher,« sagde E-Z.

Cheerleaderne fniste.

»Giv mig fem minutter bag pladen, kun fem. Hvis jeg er i stand til at gribe alle de kast, I sender i min retning, gør vi jer en tjeneste og bliver.«

»Og hvis du ikke gør det?« spurgte kasteren.

Catcheren tog sin maske af. »Så køber du burgere og pommes frites til os.«

»Og shakes,« tilføjede first baseman.

»Aftale,« sagde E-Z, mens hans stol blev skubbet frem.

Han sad tålmodigt, mens Arden spændte sine knæbeskyttere. PJ trak brystbeskytteren over hovedet og satte catcherens maske på hans ansigt. E-Z klemte sin næve ned i catcherens handske.

»Okay, kast bolden til mig,« kommanderede E-Z.

»Jeg håber, du ved, hvad du gør, kammerat,« sagde Arden og PJ.

»Stol på mig,« sagde E-Z. Han kørte sig selv i stilling bag pladen. »Slå til!«

Kasteren gjorde tegn til, at Arden skulle slå. Han valgte et bat og gik hen til pladen.

E-Z signalerede til kasteren, at han skulle kaste en høj, hurtig bold. I stedet kastede kasteren en kurvebold, og den var lige i zonen. Arden gik glip af slaget, men ikke helt, for han ramte bolden en smule, og den røg tilbage. E-Z rejste sig i sin stol og greb den.

»Whoa!« råbte kasteren. »Flot redning.«

»Heldigt,« sagde første baseman.

Cheerleaderne rykkede tættere på.

Andet kast til Arden, han poppede op til højre felt.

PJ gik op til battet og slog ud. E-Z greb alle boldene let, men det sidste kast blev vildt, og han var lige ved at tabe den. PJ var på vej ned til første base, men E-Z kastede bolden ned, og han var ude.

De spillede, indtil det var for mørkt til at se bolden længere.

Efter kampen besluttede de, at det var uafgjort. De tog hen på en restaurant i nærheden, og alle betalte for deres egen mad.

»Vi slår jer ihjel i morgendagens kamp,« pralede Brad Whipper, holdkaptajnen.

»Spiller du E-Z?« spurgte Larry Fox, første baseman.

»Åh, han spiller helt sikkert,« sagde Arden og PJ.

»Helt sikkert.«

Den rødhårede pige var Sally Swoon, og hun hviskede noget til Arden, som rystede på hovedet. »Spørg ham selv,« sagde han.

»Spørg mig om hvad?«

Hendes kinder blussede.

»Du vil gerne vide, hvad der skete, ikke?«

Hun nikkede. »Bad du din frisør om at gøre det, eller gjorde de...«

»Begået en fejl?« sagde han.

Hun nikkede.

»Jeg vågnede i morges, og så var det sådan her. Slut på historien.«

»Træk i den anden,« sagde en spiller. »Fortæl os nu, hvorfor du sidder i kørestol.«

E-Z fortalte sin historie. Alle forblev stille, mens han gjorde det. Ingen spiste eller drak. Da han var færdig, var han bange for, at alle ville behandle ham anderledes, men det gjorde de ikke.

De talte om den kommende World Series og anden sportsrelateret snak.

Senere, da hans venner fulgte ham hjem, var de alle sammen stille. Han sagde godnat til drengene og gik tilbage til sit værelse. Han forsøgte at se fjernsyn og skrive lidt, men uanset hvad han gjorde, blev han ved med at tænke på alt det, han havde mistet. Han faldt tilbage på sengen og stirrede op i loftet og faldt til sidst i søvn.

KAPITEL 14

E-Z sov og drømte.

»Vågn op, E-Z! Vågn op!« sagde Reiki og hoppede op og ned på hans bryst.

»Hold op!« råbte han.

Hadz sprøjtede vand i ansigtet på ham.

Han rystede det af sig. »I to har noget at forklare og noget at ordne. Sæt mit hår tilbage, som det var. Og også mine øjne!«

»Det er der ikke tid til!« sagde de, da hans stol rullede rundt, tabte ham ned i den og derefter fløj ud af det allerede åbne vindue.

»Jeg er ikke engang klædt på!« udbrød E-Z.

Reiki og Hadz fniste og sagde til E-Z, at han skulle ønske sig det, han ville have på. Da han kiggede ned igen, var han iført jeans, et bælte og en t-shirt. Han kiggede på sine fødder, hvor hans løbesko var ved at binde deres egne snørebånd. Mens de svævede hen over himlen, takkede E-Z dem.

»Så du tilgiver os?« Spurgte Hadz.

»Giv det tid,« sagde Reiki.

E-Z nikkede, mens hans stol steg højere og højere. Over et fly, forbi flyet. Det var tydeligvis ikke deres destination. De fløj videre, indtil hans kørestol stoppede helt op og derefter pegede nedad.

»Der er det,« sagde Reiki.

Nedenunder stod en gruppe mennesker i en klynge uden for en høj kontorbygning.

»Kan du mærke det?« spurgte E-Z og bemærkede, at luften omkring hændelsen var anderledes. Den vibrerede af energi.

»Ja,« sagde Hadz.

»Godt, at du bemærkede det denne gang,« sagde Reiki.

»Mener du, at der var vibrationer de andre gange?«

»Ja, men efterhånden som dine kræfter vokser, vil du være i stand til at finde frem til stederne.«

»Og ikke kun dig, din stol kan også opfange dem.«

»Mener du, at jeg har en superduperklog stol? Jeg vidste godt, at den var modificeret, men det her er fantastisk!«

Englene grinede.

Stolen kørte videre, mens der lød skud under dem. De så folk løbe, skrige og falde.

Mod kaoset fløj E-Z og hans stol ind i den kommende kugleregn. Han rykkede til, da kørestolen afbøjede dem. Han spekulerede på, hvad der ville ske, hvis stolen missede en.

»Vi er ret sikre på, at du er skudsikker,« sagde Reiki, uden at han spurgte. »Det var en del af ritualet.«

»Og diamantstøvet burde virke.«

»Ret sikker?« sagde han og håbede, at de havde ret. »Hvis det virker, så er det en god kompensation for min hårsituation!«

De kommende engle grinede.

KAPITEL 15

H is kørte kørestolen videre ned og fik øje på en mand på taget af bygningen. Han havde skudt ind i mængden nedenunder og på dem, da de kom tættere på ham. Kørestolen slingrede fremad, og E-Z hørte en mærkelig lyd, som når et fly sætter landingsstellet ned. Den kom fra kørestolen, da en metalkasse faldt ned og landede oven på fyren. Pistolen fløj ud af hans hånd og hen over taget, før anordningen fik fat. Manden forsøgte at få E-Z og kørestolen væk fra sin ryg, men intet virkede.

En sirene lød i det fjerne og blev højere og højere, efterhånden som den lukkede hullet.

»Hvis jeg lader dig komme op,« spurgte E-Z, «vil du så opføre dig ordentligt?«

Selv om manden nikkede bekræftende, nægtede kørestolen at flytte sig.

E-Z var nødt til at deaktivere pistolen og komme væk derfra, før politiet kom. Han spekulerede på, om nogen af de andre var kommet til skade. Han forventede, at ambulancer var på vej. Men han og hans stol kunne flyve de alvorligt sårede til hospitalet meget hurtigere.

Han stirrede på pistolen på den anden side af taget. Han koncentrerede sig og rakte så hånden ud. Som om hans hånd var en magnet, fløj pistolen ind i den, og han deaktiverede pistolen ved at binde en knude på den. E-Z fjernede sit bælte og brugte det til at binde skyttens hænder bag hans ryg.

Stolen løftede sig og fløj af sted som en raket, mens dørene på taget gik op. Den modificerede tingest svævede i luften, mens E-Z så et SWAT-team rykke ind mod skytten og tage ham i forvaring. Betjentens ansigtsudtryk, da han fandt pistolen bundet i knuden, var ubetaleligt.

I et sekund eller to tøvede han med at overveje sit mandat, men der var folk, der var kommet til skade nedenunder, og han kunne hjælpe dem hurtigere end nogen anden, og det var det, han gjorde. Han ville bekymre sig om konsekvenserne senere og håbe, at de ville forstå.

E-Z landede tæt på folkemængden. Han samlede de fire mest alvorligt sårede op, og da de var bevidstløse, brugte han en del af sin vinge til at holde dem sikkert på sin stol, mens de fløj hen over himlen.

Stolen absorberede de sårede passagerers blod, mens det dryppede fra deres sår. Deres blod blev kombineret med E-Z's og Sam Dickens' blod. Denne sammensmeltning skubbede kuglerne ud af deres kroppe, og deres sår begyndte at hele.

Det tog dem flere minutter at nå frem til hospitalet. Da de ankom, var alle patienterne helet, som om deres skader aldrig var sket. De kastede deres arme omkring E-Z og takkede ham.

På parkeringspladsen ved hospitalet sprang de hver især ud af kørestolen.

Ved indgangen stod der personale klar med bårer.

E-Z kastede et blik i deres retning. Han vinkede og fløj så op i himlen. Under ham vinkede de, han havde reddet, tilbage. Han håbede, at de ventende ville være for irriterede over, at der alligevel ikke var brug for dem.

»Tak,« råbte en ung mand og vinkede.

»Jeg håber at se dig igen,« udbrød en midaldrende kvinde.

»Du er en rigtig helt!« sagde en mand, som mindede ham om Uncle Sam.

»Du minder mig om mit barnebarn - bortset fra den underlige stribe i dit hår!« sagde en ældre kvinde.

Personalet kom hen til de fire og spurgte: »Er der nogen, der har brug for hjælp?«

Den unge mand sagde: »I vil ikke tro det, men jeg blev skudt - to gange for lidt siden. Jeg tror, jeg besvimede. Da jeg vågnede,« sagde han og trak op i sin skjorte, som var blodplettet, «var sårene væk.«

Den ældre kvinde, hvis kjole var blodplettet, forklarede, hvordan hun var blevet skudt tæt på hjertet.

»Jeg ville have været død, hvis ikke drengen i kørestolen havde reddet mit liv.«

De to andre patienter havde lignende historier at fortælle. De roste E-Z og takkede ham igen. Selv om han ikke længere var hos dem.

»Jeg synes, at I alle sammen stadig skal komme ind på hospitalet,« sagde den første ledsager.

Den anden sagde: »Ja, I har været igennem en traumatisk oplevelse. I bør se en læge og få grønt lys.«

Alle fire tidligere sårede borgere lod personalet hjælpe dem indenfor. De forsøgte at få den ældste af de fire op på båren.

»Jeg er frisk som en havørn!« udbrød den ældre kvinde.

De fulgte hende ind på hospitalet.

✳ ✳ ✳

»Vimå hellere gøre det nu,« sagde Reiki.

»Men det er trist. Han gjorde så bemærkelsesværdige ting, og nu vil ingen huske det.«

De slettede tankerne hos alle i nærheden.

»Han gjorde et fantastisk stykke arbejde.«

»Ja, han var velvalgt,« sagde Hadz.

E-Z vendte hjem og fløj derhen så hurtigt, han kunne. Han vidste, at smerten ville komme, men ikke hvor slem den ville være denne gang. Han nåede knap nok gennem vinduet og ned på sengen, før hans skuldre stod i flammer og fik ham til at besvime.

Englene vendte tilbage og hviskede beroligende ord, når han skreg i søvne. Når smerten blev for stor, lettede de den ved at tage den til sig.

»Det er forsøg nummer tre, der er afsluttet,« sagde Reiki. »Han kommer let igennem dem.«

»Ja, men vi må sørge for, at han ikke bliver identificeret. Han kan ses, men vi må slette minderne. Jeg er dog bekymret for, om vi overser nogen.«

»Hvis vi sletter tankerne hos alle i nærheden, skulle alt være godt.«

KAPITEL 16

En morgen sad E-Z og spiste morgenmad, da Sam kom ind i køkkenet.

»Kaffen dufter godt,« sagde Sam.

Teenageren skænkede et krus op til sin onkel. »Hvad?« spurgte han med en følelse af déjà vu.

»Hvad, hvad?« spurgte Sam, mens han hældte lidt fløde i koppen.

»Du stirrer på mig,« sagde E-Z. Han rystede på hovedet. Var han med i Groundhog Day? Filmen om en dag, der gentager sig selv igen og igen, med Bill Murray?

»Nå ja, det. Er der noget, du gerne vil fortælle mig?« Han smed en sukkerknald ned i sin kaffe.

Han ignorerede sin onkel og puttede cornflakes i munden. »Jeg er ikke sikker på, hvad du mener.«

Sam ventede på, at hans nevø var færdig med at spise morgenmad. »Jeg kiggede ind til dig i går aftes, og din seng var tom, og vinduet var åbent. Hvordan du kom ud med din stol, ved jeg ikke. Under alle omstændigheder bør du fortælle mig det, hvis du går ud. Jeg er ansvarlig for dig og dit opholdssted. Næste gang lover du at fortælle mig, hvor du skal hen, og hvornår du er tilbage. Det er almindelig høflighed.«

»I...«

POP.

POP.

Hadz og Reiki dukkede op. Reiki fløj over til Sam og flagrede foran hans øjne. I nogle få sekunder virkede Sam zombificeret. Så fortsatte han med at drikke sin kaffe. Løftede glasset, nippede, satte det ned. Og gentog det.

E-Z kom til at tænke på et fuglelegetøj, hvor fuglen stikker hovedet ned i glasset og drikker. Hvad var det nu, det hed?

»Dippy bird,« sagde Sam. Han kiggede på sit ur.

Hvad i alverden? Kunne hans onkel læse hans tanker nu?

»Hvem kan ikke læse hans tanker?« Sagde Hadz med et grin.

Sam rejste sig, og med blanke øjne og robotlignende bevægelser gik han hen til vasken, skyllede sin kop ud og satte den i opvaskemaskinen. Derefter tog han sine bilnøgler og gik uden at sige et ord.

E-Z's mund stod åben, mens han bearbejdede oplysningerne, og så krævede han: »Okay, I to. Hvad har I gjort ved min onkel Sam? I havde ingen ret til... at... gøre, hvad I gjorde.« Han var så vred, at hans ansigt var rødt, og hans næver var knyttede.

POP.

POP.

Han hadede det. Hver gang de gjorde noget forkert, forsvandt de, og han var nødt til at undskylde over for dem for at få dem til at komme tilbage, selv om han ikke havde gjort noget forkert.

»Undskyld,« sagde han. »Vær sød at komme tilbage.«

POP

POP.

»Sket er sket,« sagde han roligt. »Læste han virkelig mine tanker?«

Reiki sagde: »Det gjorde han, men det var et enkeltstående tilfælde.«

»Det er godt. Jeg ville aldrig kunne slippe af sted med noget som helst.«

»Vi er din backup under prøverne. Det er op til os at beskytte dig og dine venner, inklusive Uncle Sam.«

»Hvad har du gjort ved ham?« spurgte han igen, da det ringede på døren. Han rørte sig ikke, han ventede på, at de skulle svare på hans spørgsmål. Klokken ringede ud igen. »Lige et øjeblik,« sagde han. »Fortæl mig, hvad du gjorde ved ham. NU!«

»Jeg slettede hans sind,« hviskede Reiki.

»Hvad gjorde du?«

»Det var vi nødt til for at beskytte dig og din mission,« tilføjede Hadz.

PJ og Arden kom ind i køkkenet. »Døren var ulåst,« sagde Arden.

»Ja, vi fortalte Sam i går, at vi ville hente dig her til morgen.«

»Også godmorgen til dig.« Han skubbede sig op fra bordet.

»Vi er nødt til at tale sammen. Men vi har travlt.«

Han tog sin rygsæk og sin frokost. De gik hen til hoveddøren. På toppen af trappen bøjede stolen sig fremad - som om den ville flyve ned. Han bad sine venner om at hjælpe ham ned ad rampen. Arden og PJ hjalp ham ind på bagsædet af bilen. Arden lagde kørestolen i bagagerummet.

»Goddag, fru Lester,« sagde E-Z, da de tre drenge satte sig ind på bagsædet af bilen.

»Godmorgen,« sagde hun, og så skruede hun op for radioen. Speakeren talte om en ny opskrift.

»Da de var på vej,« hviskede PJ, »hvad lavede du så i går aftes?«

»Ikke så meget. Spist. Sovet. Det sædvanlige.«

»Vis ham det.«

PJ rakte sin telefon frem og trykkede på play.

Det var en YouTube-video. Af ham i sin kørestol, der fløj hen over himlen med sårede mennesker. Hans stol var blodrød og bevægede sig så hurtigt som en sløring i brand. Hans hvide vinger var synlige. Og kontrasten til den sorte stribe i hans blonde hår understregede hans udseende.

»Beats me,« sagde E-Z, mens han kløede sig i hovedet uden at kunne give nogen forklaring. Han ventede på, at englene skulle komme og udslette hans venners sind - det gjorde de ikke. Han ventede på, at verden skulle gå helt i stå - det gjorde den ikke. Han spekulerede på, om han nogensinde ville se sine forældre igen? Var dette en test? Han vendte telefonen om og gav den tilbage.

»Dude,« sagde Arden, da hans mor bakkede ind på en parkeringsplads.

»Skynd dig nu, ellers kommer du for sent,« sagde hun, mens hun åbnede bagagerummet.

»Vi ses senere,« sagde Arden, mens hans mor kørte væk.

De tre venner gik ind i skolen uden at tale sammen. Den sidste advarselsklokke kunne ringe hvert øjeblik.

E-Z rullede rundt på gangen og smilede for sig selv, samtidig med at han bekymrede sig om, hvem der ellers ville se klippet. Selvom det var fantastisk at se sig selv i aktion. Som en sejere Superman. En rigtig helt. Han havde reddet folk. Reddet liv. Han og hans kørestol var uovervindelige. De var en dynamisk duo. Han spekulerede på, om de overhovedet havde brug for hjælp fra de to wannabe-engle. Det havde føltes godt. Hvert eneste øjeblik. Redningen. Redningen. Den vellykkede gennemførelse af endnu et forsøg. Fantastisk. Hvis bare han kunne fortælle sine bedste venner om sin hemmelighed.

»E-Z Dickens!« Fru Klaus, hans lærer, råbte.

»Ja, frue,« sagde E-Z og vendte siden for at læse lektien. Han undrede sig over, hvorfor han spildte tiden i skolen. Han havde ikke brug for den længere.

***

H anforsøgte ikke at falde i søvn i timerne. Fru Klaus holdt øje med ham, mere end hun plejede. Hver gang han faldt i søvn, hævede hun stemmen, som om hun havde bemærket det.

Da klokken havde ringet, og timen var slut, gik eleverne fra hinanden, så han kunne komme først ud af døren. Han kiggede på et par af sine klassekammerater for at sige tak. Kun få fik øjenkontakt. De fleste kiggede væk. De var ikke vant til hans nye status - endnu.

På gangen ventede en skare af medstuderende og beundrere. Der blev blitzet, mens der blev taget billeder med kameraer og kameramobiler. Han håbede, at skoleavisen var der. De ville endda skrive en artikel om ham. Vent lige lidt. Han ville aldrig se sine forældre igen - ikke hvis alle vidste det! Hvordan kunne det ske!? Han skubbede sig igennem. De fortsatte med at klappe og blev mere og mere højlydte med tiden. Et par stykker råbte: »Tale!«

PJ kom hen og spurgte: »Har du set Facebook for nylig?«

E-Z trak på skuldrene.

»Tag et kig på det seneste,« sagde PJ og viste sin ven overskrifterne.

»Lokal helt i kørestol.« Han stoppede med at bevæge sig og klikkede på klippet. Der stod, at den lokale helt gik på Lincoln High i Hartford, Connecticut. E-Z indså hurtigt, at eleverne troede, at han var helten - det var han - men det kunne de ikke vide. Det var ikke meningen, at de skulle vide noget af det. Det var meningen, at de skulle have slettet deres tanker, ligesom de gjorde med Uncle Sam. Men det var ligegyldigt - han boede ikke i Hartford Connecticut. De havde misforstået det. Hvorfor klappede hans klassekammerater så?

Han skubbede sig igennem, de flyttede sig. Han gik direkte ud i den silende regn. E-Z spekulerede på, om han kunne bruge sin stols nyfundne kræfter til sin egen personlige fordel. Selv om der ikke var en krise eller en retssag, kunne han så trylle eller ritualisere sig hjem? Det tænkte han på, mens han fortsatte med at rulle hen ad fortovet. Hans stol havde engang hjulpet ham med at redde en lille pige, før den overhovedet havde nogen særlige kræfter.

Han tænkte på magiske ord som bibbidi-bobbidi-boo og expelliarmus. Han prøvede begge dele på sin kørestol, men ingen af dem gjorde noget. Han kiggede sig over skulderen og hørte fodtrin bag sig. Han forventede, at det var en af hans venner - i stedet var det en yngre elev, som spurgte: »Hvor er dine vinger?«

E-Z grinede: »Jeg har ingen vinger.« På kommando kom hans vinger ud og bar ham op i himlen. Først tænkte han åh nej, men han besluttede sig for at gøre det og vinkede til drengen tilbage på fortovet. Drengen var så begejstret, at han ikke engang havde tænkt på at tage sin telefon frem for at forevige øjeblikket. »Hjem!« kommanderede han. Et rødt lysglimt bragte ham hen over himlen, lige forbi hans hus, fordi stolen havde et andet sted, de kunne være.

De fortsatte med at flyve, indtil de var lige over et indkøbscenter. Han kunne mærke, at luften vibrerede nu og trak ham tættere på, hvor der var brug for ham. Stolen pegede nedad, så han faldt ned i en bank og stoppede midt i luften. Kunderne nedenfor fortsatte med at myldre rundt - han var ude af deres synsfelt. Han havde stadig ingen idé om, hvorfor han var her.

Er det endnu en retssag? spurgte han. Han ventede, men der kom ikke noget svar. Hvis dette var endnu en prøve, så blev tiden mellem dem mindre og mindre. Hvor var de to engle - var det ikke meningen, at de skulle støtte ham? Han tænkte på de andre prøvelser. De fleste af dem fandt sted om natten. I mørket. Hvad nu, hvis wannabe-engle ikke kunne komme ud i lyset ligesom vampyrer? Han grinede af den underlige forbindelse og håbede, at den var sand. På en eller anden måde gjorde det ham ikke noget, at det kun var ham og hans stol denne gang. E-Z kom tilbage til øjeblikket. Kunderne skreg inde i centret. Han fløj fremad, ud af banken og ind i et nærliggende stormagasin. Stedet var tomt.

Da han landede, drejede hjulene af sig selv og førte ham videre. E-Z forsøgte at tage kontrollen. Men hans kørestol ville også have kontrol. Den satte farten op, hurtigere og hurtigere. Til sidst lod han den dominere af frygt for at få sine fingre maltrakteret.

Stolen stoppede helt op, da der lå kunder spredt ud på jorden ca. 1,5 meter foran dem. De fleste lå med spredte ører og ansigtet nedad på gulvet. Nogle havde hænderne på baghovedet, andre havde hænderne bag ryggen.

I forskellige positioner fik han øje på overvågningskameraer, der kun viste statiske billeder. Ikke noget godt tegn.

Kørestolen rykkede igen frem mod en ung kvinde. Hun var klædt i camouflagetøj med en hat trukket ned over øjnene. Hun var lys i huden, sandsynligvis naturligt blond og blåøjet, modeltypen. Hun viftede med en riffel i den ene hånd og en jagtkniv i den anden. Hendes stilhed med våbnene bekymrede ham. Det og hendes overdrevne brug af slikæblerød læbestift. Den var smurt ud og forvandlede et uhyggeligt smil til en truende grimasse.

E-Z tænkte på dem, der var i fare på gulvet. Hvor længe havde de været der? Hvad ventede hun på? Havde hun krævet penge? Hvem uden for butikken vidste, at denne gidselscene udspillede sig, siden kameraerne ikke virkede?

En af fyrene på gulvet fangede hans opmærksomhed. E-Z satte fingeren for læberne. Fyren vendte sig den anden vej, og så fik han øje på en telefon på gulvet med et rødt lys, der pulserede. Den optog lyden. Han håbede, at pigen ikke lagde mærke til det - hun så ud, som om hun kunne miste besindelsen hvert øjeblik.

E-Z's stol lettede som et skud fra en kanon og var snart over pigen. Hendes pistol fløj i den ene retning og kniven i den anden. Stolens metalkabinet faldt ned.

»Ring 112,« råbte E-Z. Og til kunderne på gulvet: »Kom ud herfra!« De løb uden at se sig tilbage. Nu var han helt alene med den skøre pige. »Hvorfor gjorde du det?« spurgte han.

Hun nynnede ordene fra en sang, han havde hørt før: »Jeg kan ikke lide mandage«, og så grinede hun, rullede med øjnene og sagde: »Desuden er det kun en leg.« Hun gik tilbage til at nynne sangen i et par sekunder med lukkede øjne. Så åbnede hun dem og sagde med vilde øjne og latter: »Åh, og hvis du har brug for en professionel til at farve dit hår ordentligt, så kender jeg en.«

»Øh, tak,« sagde han og kørte sine fingre gennem håret.

Han huskede en sang, som hans mor havde sunget. En sand historie om et skyderi. Bandet var opkaldt efter mus eller rotter.

Han rystede på hovedet. Pigen foran ham lignede en figur fra et spil, han havde spillet et par gange. Selv ned til den udtværede læbestift. Han kunne ikke huske hvilket, men han var sikker på, at hun imiterede en spiller. »At spille et spil er én ting - ingen kommer til skade. Det her er det virkelige liv. Hvis du ikke kan lide noget - så stop med at gøre det! Lad være med at såre andre.«

»Skrid,« svarede hun, «som om jeg havde noget valg i den sag.«

Politiet stormede ind, og han var nødt til at gå.

De fandt pigen sikret med sine våben bundet i knuder i sikkerhedsgangen ved en spillekonsol.

Han tog hjem og ventede på, at den frygtede forbrænding fra vingerne skulle ramme ham. Han nåede hele vejen, så langt, så godt. Men han var så sulten, at han ikke kunne vente med at spise alt, hvad han kunne få fat på.

I køleskabet lå en halv kylling klar, som han spiste, mens han ventede på, at osten skulle smelte på panden. Han spiste den grillede ost. Så lavede han en til, mens han gumlede på et æble. Da han var færdig med æblet, tog han en skefuld is fra bøtten. Smerterne kom aldrig, men han ville få et alvorligt vægtproblem, hvis han fortsatte med at spise på den måde.

»Onkel Sam?« kaldte han og tjekkede, om han var nogen steder i huset - det var han ikke. Han gik ind på sit kontor og lavede nogle lektier og spillede derefter et par spil. Stadig intet tegn på Sam. Ingen sms'er. Ingen opkald eller talebeskeder. Sam lod ham altid vide, når han kom sent hjem. Det var mærkeligt. Hvor var han henne?

KAPITEL 17

K lokken var over midnat, ogder var stadig ingen spor af onkel Sam. Det var første gang, han havde sprunget aftensmaden over, for slet ikke at tale om, at han ikke havde fortalt E-Z, hvor han var. Han vidste, hvor ængstelig hans nevø blev, når tingene var uden for hans kontrol. På sådanne tidspunkter kløede teenagerens hud, som om hans blod kogte under overfladen.

Han sad i sin kørestol og gjorde, hvad der svarer til at gå rundt. Han rullede sin stol op ad gangen og ned igen. Den svære del var at vende sig om, og det gjorde han på sit kontor. På vej tilbage mod køkkenet tændte han for fjernsynet for at skabe lidt hvid støj. Han stoppede op for at se på det, før han gik tilbage til gangen, og en ud-af-kroppen-oplevelse tog over.

Han sad i stuen i sin kørestol og så sig selv i fjernsynet i sin kørestol. E-Z rystede på hovedet og prøvede at forstå det. Hvorfor havde Hadz og Reiki ikke slettet deres minder? Så skete det - journalisten sagde hans navn og hans faktiske adresse, inklusive forstaden. Han fik alting rigtigt denne gang - og han stoppede ikke der.

»Trettenårige E-Z Dickens ville være professionel baseballspiller. Og han havde evnerne. Så tog en ulykke hans forældre fra ham - og hans ben. Den forældreløse superhelt bor nu sammen med sin eneste slægtning, Samuel Dickens.«

Han havde lyst til at sparke tv-skærmen ind. De sagde det, bare sådan. Som om alle superhelte skulle være forældreløse. Som om det var en forudsætning. Da hans telefon ringede, håbede han, at det var Sam - det var Arden.

»Ser du det?« spurgte han. »De har fortalt ALLE, hvor du bor!«

»Det ved jeg,« sagde E-Z. »Det værste er, at onkel Sam er AWOL. Han ringer altid til mig, uanset hvad.«

Arden talte med sin far. »Bliv der, far og jeg kommer med det samme. Du kan blive hos os, indtil du og Sam finder ud af, hvad I skal gøre. Læg en besked til ham.«

»Tak, men jeg klarer mig her.«

»Far siger, ingen hvis, og eller men. Han siger, at journalisterne vil være på dig som hvide på ris - hvad det så end betyder.«

»Jeg havde ikke tænkt på, at journalisterne ville komme her. Okay, jeg gør mig klar.«

Han gik ind på sit værelse, pakkede en taske til overnatning og gik derefter ud i køkkenet for at skrive en seddel og sætte den på køleskabet. Et køretøj standsede pludseligt udenfor og fik dækkene til at hvine. En dør smækkede, og så blev der affyret skud, mens glasskår blæste ud af vinduerne. Hoveddøren blev sprængt af sine hængsler, mens hans stol kørte hen mod skytten, som ikke skød, da de kom tættere på.

»Han er bare et barn,« sagde E-Z og udnyttede hans tøven. Han tog pistolen, bandt en knude på den og smed den ud over plænen.

Drengen, som var yngre end E-Z, brugte de sekunder, han kastede pistolen, til at tackle ham på jorden.

»Det er ikke cool,« sagde E-Z, mens hans stol skubbede ham væk og lod metalburet falde ned på drengen, som hulkede og spurgte efter sin mor. »Gå væk,« sagde E-Z til stolen.

Drengen var rullet sammen i fosterstilling og rystede og græd. Stolen trak buret tilbage: Drengen bevægede sig ikke.

E-Z, der nu var tilbage i sin kørestol, spurgte: »Hvem kørte dig herhen? Og hvorfor alt det skyderi?«

»Det er ikke noget personligt,« forklarede drengen. »Jeg var nødt til at gøre det. En stemme i mit hoved sagde, at jeg var nødt til at gøre det. Ellers ville de dræbe mig og min familie. Derfor stjal jeg min fars nøgler og lærte at køre - hurtigt.«

»Du har aldrig kørt før?«

»Kun i spil.«

Spil igen. »Hvem tænker du på? Hvad hedder de?«

»Det ved jeg ikke. Jeg spiller nogle få spil online. En kvinde kom ind i spillet og sagde, at hun ville dræbe min søster. Jeg skiftede til et andet spil; en anden kvinde sagde, at hun ville dræbe mine forældre. I det spil, jeg spillede i dag, fortalte en tredje kvinde mig, at hvis jeg ikke dræbte en dreng, der boede på denne adresse, ville det få alvorlige konsekvenser.« Drengen tog tilløb til E-Z, men kom ikke langt. Stolen skubbede ham omkuld og sænkede bommen.

»Få mig ud herfra!« forlangte knægten.

E-Z grinede; knægten havde nosser. »Træd tilbage,« sagde han til sin stol og hjalp drengen på benene. Knægten takkede ham ved at spytte ham i ansigtet. Han knyttede næverne og overvejede at rive knægtens hoved af, men det gjorde han ikke. I stedet krammede han ham. Drengen begyndte at græde igen, og hans tårer faldt på E-Z's skuldre og vinger.

»Tak, Dude,« sagde drengen. Han trådte tilbage, lagde hånden på sit hjerte og forsvandt.

Da politiet endelig ankom, sad E-Z i sin stol ved kantstenen. Men så gjorde han det ikke. Han var inde i siloen igen og følte sig klaustrofobisk i det totale mørke.

*** * ***

Tidligere da han havde været i metalcontaineren, var han i stand til at bevæge sig rundt. Nu sad han i sin kørestol og kunne næsten ikke bevæge sig. Han prøvede at vrikke med tæerne i sine sko - han kunne ikke mærke dem. Hvis hans ben ikke fungerede her, var han glad for at sidde i sin kørestol. De var et team: som Batman og Batmobilen. Som svar på hans tanker slingrede kørestolen fremad som en mastiff i snor.

»Få os ud herfra,« befalede E-Z.

Han mærkede en bevægelse over sig. Et skift i lyset som en sky, der bevægede sig hen over himlen. Hvis bare han kunne flyve op og undslippe gennem taget, men hans vinger havde ikke plads til at udvide sig.

Hans hud begyndte at boble, og han begyndte at klø. Hvor var den beroligende lavendelspray nu?

PFFT.

»Øh, tak,« sagde han. Selv denne tingest kunne læse hans tanker nu.

Hans skuldre slappede af, mens han formulerede en liste med krav:

Nummer et. Han ville fortælle Onkel Sam alt. Og han mente alt. Intet måtte udelades.

Nummer to. Han ville have, at PJ og Arden skulle vide det. Ikke alt, som onkel Sam ville. Men nok til, at de forstod det pres, han var under. Nok til at de kunne støtte ham og opmuntre ham. Han hadede at lyve for dem. Han havde brug for, at de kendte til forsøgene. Hvorfor han udførte dem. Som om han havde noget valg i den sag.

Nummer tre. Han ville have, at de skulle bede om hans tilladelse, før de kidnappede ham. På den måde ville han vide, hvad der ventede ham. Han hadede at blive kastet ud i det her.

Nummer fire: Han ville vide, hvor han var. Han ville vide, hvor han var. Hvorfor han altid blev smidt ned i den samme container. Hvorfor hans ben nogle gange virkede og andre gange ikke. Hvorfor hans stol nogle gange var med ham, og andre gange ikke.

»Ventetiden er tolv minutter,« sagde en kvindestemme. »Vil du have noget at drikke?«

»Vand,« sagde han, da metallet til højre for ham spyttede en hylde ud med et glas vand på. »Tak.« Han kastede det tilbage. Glasset blev fyldt til toppen igen. Han satte det fra sig til senere.

Han var mere afslappet nu, og en sang dukkede op i hans hoved. Hans far plejede at elske den. Kørestolen gyngede frem og tilbage, mens han sang teksten. Stolen opbyggede et momentum - som om den forsøgte at bryde fri.

Sekunder senere var han hjemme igen, i sit soveværelse med glasskår overalt. Blå og røde lys pulserede på væggene. Nu stod han ved det knuste vindue og kiggede ud.

»Han er deroppe!« råbte en journalist.

$$\text{✱✱✱}$$

»Ikkeigen!« råbte han, nu tilbage i metalbeholderen. »Få mig ud herfra!« Han sparkede sin fod mod silovæggen. »Av!« råbte han. Så smilede han, glad for at mærke sine ben igen, og rejste sig op. Han løftede sin knytnæve i vejret: »Hvem tror du, du er, som bringer mig herhen efter dit forgodtbefindende!«

»Ventetiden er nu seks minutter, bliv venligst siddende.«

Stropper kom ud af væggene foran ham, bag ham og på hver side af ham. Han blev bundet på plads. Han kæmpede for at komme fri, men læderremmene blev kun strammere. Snart kunne han kun bevæge sit hoved og sin nakke.

PFFT.

»Ah, lavendel,« sagde han. Under ham begyndte hans kørestol at ryste og skælve. »Det skal nok gå.« »Er I kujoner for bange til at komme herned og se mig i øjnene?«

PFFT.

PFFT.

Han døsede hen.

$$* * *$$

Han sov godt, indtil siloens tag åbnede sig som Houston Astrodome. Og en ting opslugte lyset. Han kunne mærke det, før han kunne se det. Den tog lyset ud af hans verden. Under ham rystede kørestolen, da tingen ovenover gik i frit fald.

Den stoppede helt op, som en edderkop for enden af sin snor.

Lucifer?

Satan?

Han ventede, for bange til at tale.

»Hallo - o - o - o,« brølede det bevingede væsen, hvis stemme prellede af på væggene.

Han ville ønske, at han kunne holde sig for ørerne.

Væsnet grinede og blottede barberbladslignende tænder, mens det udstødte en ildelugtende, rådden stank.

Han blev kvalt, hostede og ønskede, at han også kunne holde sig for næsen.

Bæstet grinede i et brøl, som tordnede op og ned ad hans metalfængsel, som om det poppede popcorn. Han lænede sig tættere ind på teenagerens ansigt og udbrød: »Taler jeg ikke dit sprog, sir?«

E-Z svarede ikke. Det kunne han heller ikke. Han følte sig meget uheroisk. Det faktum, at hans kørestol rystede under ham, styrkede ikke hans selvtillid.

»FORSTÅR DU MIG IKKE?« brølede tingen og fik metalfængslet til at ryste i sin grundvold. Den kom stadig tættere på: »FORSTÅR. DU. IKKE. HØRER. MIG?«

Det var som en talende sky med et hoved i midten, der forberedte sig på at regne ned over ham med torden og lyn. Han borede sine negle ned i armlænet og fandt modet til at sige: »Ja.« Han gennemgik sin liste med krav i hovedet.

Bæstet brølede, og der fløj ild ud af dets mund. Heldigvis for E-Z stiger varmen. Pludselig følte han sig meget sulten, efter bacon.

»Jeg kan godt lide bacon,« tilstod væsnet.

E-Z spekulerede på, om han havde sagt det med bacon højt. Selv i betragtning af hans accelererede frygtniveau vidste han, at han ikke havde sagt det. Det betød én ting: Alle kunne læse hans tanker! Han rettede sig op og forsøgte at beskytte sig selv ved at lukke tankerne. Hans tanker løb i retning af mad, pandekager på Anns Café, en tyk chokoladeshake, smørholdig sirup. Alt for at holde frygten på afstand og angsten nede. Det var tortur, den tingest kunne læse hans tanker og holde ham fanget for evigt. Var der en superhelteforening, han kunne melde sig ind i?

»Bah, ha, ha!« brølede tingen af grin.

E-Z ville ønske, at han kunne nå dens ører, men da han ikke kunne, trøstede han sig med, at den i det mindste havde humoristisk sans. »Hvorfor er jeg her?«

Tingen svarede ikke med det samme, så han forsøgte at psyke ham ud med et blik. Det var især svært at holde øjenlåget, fordi stolen blev ved med at forsøge at kaste ham ud af det. Han knyttede næverne og fik blod på tanden.

Væsnet bevægede sig med en slangeagtig smidighed, og dens skummende tunge skød frem og tilbage, mens den slikkede på E-Z's næver.

»Adr!« råbte han. »Det er så ulækkert!«

»Mere, tak!« forlangte den, mens blodet på dens tunge skinnede som regndråber.

E-Z havde været bange før, men nu var han mere end bange. Snarere forstenet - men han var en superhelt. Han måtte samle styrke et sted - også selv om stolen var ubrugelig.

»Nah, nah, nah, nah, nah,« sang tingen, mens den kom nærmere, zappede længere væk og så nærmere igen. Det prellede af på væggene.

Efter et par øjeblikke faldt væsnet til ro. Han krydsede sine ben i luften. Så lagde han sin lange, knoglede finger på dens kind. Det virkede, som om han forventede at få en venlig snak.

»Hadz og Reiki er blevet fjernet fra din sag,« hviskede væsenet. »De to var idioter. Mindre end ubrugelige. Jeg er din nye mentor.«

Det mørke væsen løsnede op for sig selv. Han fløj op i luften, lavede en halvbue og steg højere op i containeren.

E-Z tænkte sig om et par sekunder, før han svarede. De to væsener havde været loyale over for ham. De havde hjulpet ham og passet på ham - og vigtigst af alt, så drak de ikke menneskeblod.

»Kan vi tale om det?« spurgte E-Z. Han forsøgte at smile. Han vidste ikke, hvordan det så ud på den anden side af den.

»NEJ!« sagde tingen og bevægede sig tættere på udgangen.

E-Z så på, mens den drev opad. Hjælpeløs. Håbløs.

»Vent!« skreg han, og tingen var halvt inde og halvt ude af containeren. »Jeg befaler dig at vente!« sagde E-Z, da taget begyndte at lukke sig, og så var tingen lynhurtigt i hans ansigt.

»Y-E-S?« spurgte den.

»Jeg vil gerne tale med din chef om at få Reiki og Hadz tilbage. De er mere egnede til mine forsøg. Til forsøgenes succes.«

»Kan du ikke lide mig?« skreg væsnet med en stemme som negle på en kridttavle.

»Stop! Jeg beder dig!«

»Det kommer ikke på tale at bringe de to idioter tilbage,« væsnet snurrede rundt som en hamster i et hjul.

»Hold nu op! Du gør mig svimmel! Få mig ud herfra!«

»Okay,« sagde den, lagde armene over kors og blinkede med øjnene som kvinden i den gamle tv-serie I Dream of Jeannie.

Siloen forsvandt, mens E-Z og hans stol faldt til jorden.

»Ahhhh!« råbte han.

Så forsvandt hans kørestol.

Og mens han fortsatte med at falde, rystede han sine næver mod væsenet over ham. Han forberedte sig på faldet.

»I øvrigt hedder jeg Eriel.«

»Arrgggghhhh!« udbrød han.

Så var han tilbage i kørestolen igen og hang fast for livet. De faldt stadig.

KAPITEL 18

CRASH!

Lige gennem taget på hans hus. Hans kørestol vippede fremad og smed ham ned på sengen. Så rullede han ned på gulvet. De var begge okay. Ikke værre end før.

Over ham reparerede det hul, de havde lavet, sig selv.

»Åh, der er du!« sagde Sam. »Øh, velkommen hjem.«

E-Z havde ikke engang lagt mærke til ham. Han havde sovet tungt i stolen i hjørnet.

Sam strakte sig og gabte. Så vaklede han gennem rummet, hvor en kande vand stod og ventede. Han slugte et glas og tilbød så sin nevø en kop.

»Hvad med det onde væsen Eriel!« sagde Sam.

E-Z spyttede næsten vandet ud.

»Hvem? HVAD?«

fortsatte Sam. »Den Eriel er det mest ulækre, forvoksede, flyvende væsen, jeg nogensinde kunne drømme om at møde!« Han knyttede sine næver. »Jeg håber, du kan høre mig, hvor du end er! Jeg er ikke bange for dig!«

E-Z's kæbe faldt næsten ned på gulvet.

Sam fortsatte. »Den tingest havde mig inde i en metalbeholder. Nu ved jeg, hvorfor du havde mareridt. Det var virkelig som en silo. Han sagde, at jeg var nødt til at overdrage dit værgemål til ham, ellers ville du blive skudt.«

»Nå ja, det,« sagde E-Z. »Jeg går ud fra, at du så alt det knuste glas. Det var en dreng, han prøvede at slå mig ihjel.«

»Jeg ved alt om det. Jeg så det hele inde fra siloen. Vidste du, at der var et storskærms-tv derinde? Og et godt lydsystem.«

»Hvad? Jeg har lige været der, og Eriel har ikke sagt noget til mig om dig eller om at overtage værgemålet.« Han krydsede rummet og kiggede op i loftet: »Er det her en test, Eriel? Hvis jeg siger noget, trækker du så tilbuddet tilbage? Giv mig et tegn.«

»Hvem taler du med? Eriel er her ikke. Hvis han var, ville vi kunne lugte hans stank på en kilometers afstand. Nej, vi er alene - selv om jeg løftede mine næver mod ham. Jeg forventede ikke, at han ville høre mig.«

»Han har sikkert øjne og ører overalt.«

»De siger, at Gud har øjne og ører overalt. Hvis han findes.«

»Hvad fortalte han dig ellers om mig?«

»Han fortalte mig, at det var meningen, at du skulle dø sammen med dine forældre. Han og hans kolleger reddede dig - og nu skal du gennemføre en række prøvelser.«

»Ja, det er rigtigt. Jeg havde tavshedspligt, så jeg undrer mig over, hvorfor han fortalte dig det.«

»Først forsøgte han at mobbe mig, men du kom ud af den knibe med knægten. Han satte mig af her i huset, og jeg kunne ikke finde dig nogen steder.«

»Ja, for han havde mig i containeren.«

»Han tog mig ind og ud et par gange, men jeg nægtede at opgive dit værgemål. Efter anden eller tredje gang sagde han, at du havde bedt om, at jeg fik alt at vide, og ...«

»Jeg lagde en plan for at spørge ham om det. Jeg fortalte ham ikke, hvad det var - men han kan, ligesom de fleste andre på det seneste, læse mine tanker.«

»Hvad mener du med alle andre?«

»Øh, før Eriel var der to wannabe-engle ved navn Hadz og Reiki.«

»Åh, han nævnte to idioter. Han sagde, at de var blevet degraderet til at arbejde i diamantminerne.«

»Har himlen miner?«

»Jeg tvivler på, at den tingest var fra himlen - hvis den findes.«

»Har du noget imod, at vi går ud i køkkenet og får en snack?« spurgte E-Z. De gik hen ad gangen, Sam tændte for grillen og gjorde brød med ost og smør klar. »Mens du sov, lavede jeg noget research om Eriel. Det krævede lidt gravearbejde at finde ham, men da jeg først havde indsnævret søgningen, fandt jeg guld.« Han vendte sandwichene på tallerkener og bar dem hen til bordet.

»Tak, jeg glæder mig til at høre alt om det. Må jeg gå i gang?«

»Nej, værsgo.« Sam så sin nevø tage fire bidder, og så var sandwichen væk. Han sendte sin egen videre, da han ikke følte sig sulten. »Jeg startede med at søge på Eriel. Der kom ikke noget op. Så jeg skrev ærkeengle, og navnet Uriel stod øverst på siden.«

»Tror du, det er det samme?« Han tog endnu en bid.

»Det troede jeg også først. Så fandt jeg en liste over ærkeengle og navnet Radueriel i den jødiske mytologi. Da jeg tjekkede hans beskrivelse, stod der, at han kunne skabe mindre engle med en enkelt ytring.«

»Du mener som Hadz og Reiki? Vent lidt, hvis han skabte dem, er det nok derfor, han var i stand til at sende dem til minerne.«

»Det er præcis, hvad jeg tænker. Så jeg tror, at vi ud fra disse oplysninger nu ved, at Eriel alias Radueriel er en ærkeengel.«

E-Z nikkede.

»Så jeg fortsatte med at grave og fandt dette. »En prins, der kigger ind i hemmelige steder og hemmelige mysterier. Også en stor og hellig engel af lys og herlighed.«

»Wow, han er en rigtig badass!

»Han kan også skabe noget ud af ingenting og manifestere det fra luften.«

»Så jeg forstår det sådan, at han kan ændre sit eget og andres udseende.«

»Ja, det er rigtigt. Og jeg skrev nogle ord ned.« Han skubbede papiret hen over bordet. »Men du må ikke sige dem højt. Hvis du gjorde det, ville du tilkalde ham.« Ordene på papiret var:

Rosh-Ah-Or.A.Ra-Du,EE,El.

»Lær ordene på dette stykke papir udenad, hvis du nogensinde får brug for at hidkalde ham til dig.«

»Hvordan ved vi, at de virker?«

»Brug dem kun, hvis det er nødvendigt. Det er ikke værd at tilkalde ham her - medmindre det er en sidste udvej.«

»Enig.« Mens han gentog dem igen og igen i sit hoved, følte han sig tryg ved, at ærkeenglen ikke hele tiden læste hans tanker.

»Eriel sagde, at jeg skulle hjælpe dig med prøvelserne. Jeg gætter på, at det at redde den lille pige var den første, du skulle gøre?«

»Indtil videre har jeg gjort flere. Den første, ja, den lille pige. I den anden reddede jeg et fly fra at styrte ned.«

»Wow! Jeg vil gerne vide mere om, hvordan du gjorde det. Jeg er overrasket over, at du ikke var i nyhederne.«

»Det var jeg, men man kunne ikke se, at det var mig. Den tredje gang stoppede jeg en skytte på taget af en bygning i centrum. For det fjerde en anden skytte i et indkøbscenter med gidsler, og for det femte drengen udenfor, der forsøgte at slå mig ihjel.«

Sam samler tallerknerne op og sætter dem i opvaskemaskinen. »Jeg kan ikke fortælle dig, hvor stolt jeg er af dig. Alt det her foregår, og jeg havde absolut ingen anelse.«

»Jeg havde tavshedspligt. Hvis jeg fortalte det til nogen, ville de...«

»Sørge for, at du aldrig ser dine forældre igen - ja, det fortalte han mig. Det lyder lidt mistænkeligt for mig. Eriel er ikke den sentimentale type; han var som en stor kugle af vrede, der ventede på et mål.«

»Jeg sårede hans følelser, da han troede, at jeg ikke kunne lide ham.«

Sam spottede. »Tænk, at den tingest har følelser.« Han rejste sig op. »Vil du have noget kaffe?«

»Jeg foretrækker kakao.« Han gabte. »Det har været en rigtig lang dag.«

»Vi kan tale mere om det i morgen, men hvordan har du det med deadlinen? Du har gennemført fem forsøg på hvor mange dage?«

»De har været tilfældige. Jeg ved ikke noget om en fast deadline.«

»Eriel fortalte mig, at du skal gennemføre tolv forsøg på tredive dage. Hvis du allerede er to uger inde, bliver de nødt til at skrue op for tempoet - meget.«

»Det er første gang, jeg hører det.«

»Han sagde, at hvis du ikke gennemfører dem i tide, så dør du.«

»Hvad?«

»Og at alle, du har reddet, vil gå til grunde. Sam holdt en pause ved tanken om at miste ham nu, hvor de kun lige var begyndt. Hans liv ville være tomt igen, bare arbejde, hjem, arbejde, hjem. E-Z stirrede på ham og ventede. »Undskyld, jeg tænkte bare på, hvor meget du betyder for mig, knægt. Men der var noget andet, han fortalte mig; han sagde, at du ville dø sammen med dine forældre. Det ville betyde, at alt, hvad vi har gjort, al den tid, vi har tilbragt sammen, ville forsvinde. Og jeg siger ikke, at jeg nogensinde kan eller vil tage dine forældres plads, men du ved godt, hvad jeg mener, ikke? Jeg elsker dig, knægt!«

»I lige måde,« sagde E-Z. Han havde lyst til at kramme Sam, og Sam havde lyst til at kramme ham, det kunne han se, og alligevel bevægede de sig. Han tog en dyb indånding: »Det er hårdt. Det lyder dog mere som Eriel.«

»En ting mere, han sagde, at hver gang du gennemfører en prøve, vokser din sjæl. Når du når tolv, vil den have optimal værdi. Sjælevaluta, som du kan bruge til at se og tale med dine forældre igen.«

E-Z's stol bakkede ud af bordet, da hoveddøren sprang af hængslerne, og han fløj op i luften.

»Arrgghhhhh!« Sam skreg bag ham. Han klamrede sig til stolen og sin nevøs vinger som en vildfarende drage.

»Hold fast!« sagde E-Z. »Jeg tror, Eriel kalder.«

De fløj videre.

KAPITEL 19

»Kom så - vi går ind til landing.« Hans kørestol kørte nedad.

»Jeg ville også ønske, jeg havde en sikkerhedssele!« udbrød Sam og lagde armene om sin nevøs hals.

»Bare rolig, det bliver en sikker landing.«

»Hvis jeg ikke slipper inden da! Arrgghhh!«

Da de var på vej ned, fik E-Z øje på en cirkel af statuer. Da han ikke havde andet at lave, talte han dem - der var hundrede med noget i midten. Mærkeligt, han havde været i byens centrum masser af gange, men kunne ikke huske denne gruppe af betonblokke. Stolens hjul landede, men Sam holdt stadig fast for livet.

»Det er okay nu,« sagde E-Z. »Du kan godt åbne øjnene.«

Det gjorde han så. »Jeg slår den Eriel ihjel, næste gang jeg ser ham!«

»Shhhh. Det sker måske hurtigere, end du tror.« Det, han havde fået øje på i midten af statuerne, var Eriel i menneskelig form, i fysiske træk, men ikke i størrelse. Desuden sad han i en kørestol, der svævede som en magisk trone.

Hans hår var kulsort, og det flød over hans skuldre og ned til hans talje. Hans øjne var som trækul, og hans hud var som alabast. Hans hage var dækket af skægstubbe, som en klokken seks-skygge, selv om det var tættere på middag. Hans læber var meget røde, som om han havde taget frisk læbestift på. Mens hans næse lignede en fodboldspillers, der havde brækket den mere end én gang. Af tøj havde han en hvid t-shirt, sorte jeans og et par Jesus-sandaler på fødderne.

E-Z drejede rundt og kiggede på de hundrede og ti mænd igen. De var alle klædt i moderne tøj. De fleste havde briller og power suits. Så kendte han sandheden: Eriel havde forvandlet hundrede og ti levende, åndende mænd til statuer.

Og det var ikke alt. Det gik op for ham, at selv om de befandt sig i det centrale forretningsdistrikt, var der ingen af de sædvanlige lyde. På en normal dag ville biler, der sad fast i trafikken, dytte i deres horn, og udstødningen ville fylde luften.

Stilheden var forstyrrende, men den friske, rene luft fik ham til at trække vejret dybere. Det beroligede ham. Han vidste, at det var stilheden før stormen.

Han kiggede op mod himlen. Et passagerfly var stoppet midt i luften. Ved siden af det var der fugle, som var holdt op med at flyve. I baggrunden var der skyer. Ubevægelige. Stationære.

Så skiftede alt over ham fra blåt til sort.

Og den engang så uhyggelige stilhed blev revet væk.

Det, der erstattede den, var stønnen. Stønnen. Som om trærødder blev trukket op af jorden. Og luften blev tykkere og snoede sig om deres halse. Stjal deres åndedræt.

Og under deres fødder begyndte jorden at skælve. Den åbnede sig på vid gab. Et jordskælv. Flænsende. Flænsende.

Og solen og månen og stjernerne skinnede alle sammen, men kun i et sekund. Så sprang de fra hinanden og splintredes i en million stykker.

»Hvorfor forvandlede du mændene til statuer? Og hvorfor prøver du at ødelægge verden?« spurgte E-Z. »Og hvorfor svæver du deroppe i en kørestol?«

»Åh nej,« råbte Sam og slog sine næver op i luften.

Eriel grinede: »Det var på tide, at du kom her, protegé. Hvor vover du at tale til mig, at stille mig spørgsmål. Jeg er den store og den mægtige, men jeg er ægte, ikke falsk som troldmanden fra OZ. Du eksisterer kun, fordi jeg valgte at redde dig.«

»Da Ophaniel talte til mig i Englebiblioteket, nævnte hun dig ikke engang.«

Eriel grinede og pegede på en knoglet finger, som strakte sig ned og rørte ved E-Z's næse. »Din sag blev overdraget til mig, efter at de to idioter Hadz og Reiki havde svigtet deres pligter.«

»Du skal ikke røre mig!« Fingeren trak sig tilbage. »Jeg spørger dig igen, hvad laver du her på mit område - og hvorfor sidder du i kørestol?«

»Alt vil blive forklaret,« sagde Eriel. Han løftede sine fødder op og smilede til dem. »Jeg kan godt lide de her sko, de er meget behagelige.«

»Det er ikke sko, det er sandaler,« sagde Sam og gik tættere på den svævende stol.

»Vent, onkel Sam, kom om bag mig.«

Eriel kastede hovedet tilbage og grinede. »'Sandheden er en hund, der skal i hundegård' - det er et citat fra Shakespeare, som betyder, at din onkel skal tæmmes.«

»Hvorfor dig!« Sam råbte og løftede sin knytnæve i vejret.

« Det er svært at slå en person, der aldrig giver op' - det er et citat fra Babe Ruth, en af de mest berømte baseballspillere nogensinde.« E-Z's stol løftede sig fra jorden og fløj tættere på Eriel.

»'Baseball er et balancespil',« sagde Eriel. »Det er et citat fra forfatteren Stephen King.« Han tøvede og grinede så stort, at hans kinder kunne falde sammen, da E-Z's stol faldt, som om den var lavet af bly. »Ups,« sagde Eriel, mens han brølede af grin.

Det tog ikke lang tid for E-Z at få kontrol over sin stol, og den steg som en elevator. Han forsøgte at få styr på situationen med sine vinger. Men det var der ikke tid til, for han var blevet til en snurretop og kørte rundt og rundt.

»Arrgghhhhh!« råbte han og borede sine negle ned i stolens armlæn. Snurreturen stoppede, stolen faldt igen som en blyballon og stoppede så.

Igen forsøgte han at få sine vinger til at fungere. De ville ikke samarbejde, og før han vidste af det, snurrede han rundt igen. Men denne gang var det mod uret.

»Hhhhggggrrraaa!« råbte han.

Eriel grinede så højt, at det rystede jorden.

Nedenunder samlede Sam sten op fra fortovet og kastede dem mod Eriel, som undveg og dukkede sig for de fleste. En stor sten ramte dog væsenets næse. »Vælg en, der er tættere på din egen alder!« råbte Sam.

Mens blodet løb ned ad hans ansigt, satte Eriel E-Z's onkel på plads.

»Neeeej!« E-Z råbte, mens han fortsatte med at snurre rundt. Da han stoppede helt op, på hovedet, var det, han så nedenunder, ikke til at tage fejl af. Onkel Sam var nu en af statuerne i en cirkel: Der stod hundrede og elleve mænd. Han var så svimmel, at han alligevel kom i tanke om et citat, og da det var alt, hvad han havde, råbte han det så højt, han kunne: »Det er ikke forbi, før det er forbi!

POP.

POP.

Hadz satte sig på teenagerens ene skulder, Reiki på den anden.

»Det er et citat fra Yogi Berra, og det her er fra mig og Uncle Sam!«

I sine hænder holdt han nu verdens største bat, en kopi af Babe Ruths 54 ouncer, og det var blændende af diamantstøv. Han havde ingen anelse om, hvor tungt det var, da han slog ud efter Eriel på sin kørestolstrone og sendte ham flyvende fra ende til anden. Han sang: »Sig hej til manden i månen, når du møder ham!«

I det fjerne sagde Eriels rungende stemme: »Prøven er fuldført!«

Hadz og Reiki klappede. Det samme gjorde de hundrede og elleve mænd, der var vendt tilbage til deres menneskelige former, inklusive Uncle Sam.

»Du ved selvfølgelig, at han kommer tilbage,« sagde Hadz. »Og han bliver meget vred!«

»Tak for hjælpen!« sagde E-Z, mens han og Sam fløj hjem.

Reiki og Hadz slettede tankerne på de hundrede og ti, genoptog arbejdet i minerne og håbede, at ingen opdagede, at de havde fundet ud af, hvordan de kunne flygte.

Eriel fortsatte med at spinde ude af kontrol, mens han formulerede en plan for hævn.

EPILOG

Efteretpar travle dage fik E-Z endelig en god nats søvn. Han drømte om at spille baseball, og næste dag kom Arden og PJ forbi for at tage ham med til en kamp. »Jeg har ikke lyst til at spille i dag, men jeg tager med for moralens skyld,« sagde han.

»Helt sikkert,« svarede hans venner.

Da de fik E-Z ind på banen, insisterede de på, at han skulle spille. De havde brug for ham til at gribe, og han gik med til det. Da det blev hans første gang ved battet, ville han slå for sig selv. Han greb sit yndlingsbat og kørte op til pladen. Det første kast var højt, og han missede det. Hans kastezone var virkelig komprimeret, fordi han sad ned.

»Strike one,« råbte dommeren.

E-Z drejede sig væk fra pladen. Han tog et par øvelsessving mere og gik så tilbage igen. Ved næste kast ramte han bolden, og den røg ud.

»Strike to,« kaldte dommeren.

»Ingen batter, ingen batter,« snakkede fyrene på banen.

Kasteren kastede en kurvebold, og E-Z lænede sig ind i kastet og ramte. Den fløj ud af banen. Over hegnet. Ud af parken.

»Tag baserne,« sagde dommeren. »Du fortjener det, knægt.«

E-Z kørte rundt om baserne og holdt sin stol tilbage fra at flyve. Da hans stol ramte home plate, samlede hans holdkammerater sig omkring ham og jublede. Han nød det, så længe det varede.

Indtil han landede inde i metalbeholderen igen - men denne gang var han rullet sammen til en bold - og han var uden stol. Som et nyfødt barn trak han vejret dybt, for det var det eneste, han kunne gøre. Vent. Babyer kan vende sig selv. Alt, hvad han skulle gøre, var at koncentrere sig, fokusere.

Ja, han gjorde det. Problemet var bare, at han ikke havde fået det bedre. Han var stadig rullet sammen i mørket. Indespærret i et rum uden lys eller mulighed for at bevæge sig næsten overhovedet. Faktisk var formen på metalbeholderen anderledes denne gang. Den var slankere i den ene ende og formet som en kugle.

Denne viden hjalp ikke, da hans klaustrofobi og angst kom op i højeste gear. Han spekulerede på, hvor længe han kunne blive ved med at trække vejret i dette begrænsede rum. Ikke ret længe. Han ville løbe tør for luft på ingen tid, og så ville han dø. Han trak vejret dybt ind og forsøgte at holde angstniveauet nede.

En ting var sikker: Eriel kunne på ingen måde være i denne tingest sammen med ham. Medmindre han sprængte væggene på vid gab - hvilket måske ikke var så dårlig en idé.

E-Z bankede på væggene og i loftet. Han råbte. Skreg. Han kom i tanke om sin telefon. Kunne han nå den? Den var der ikke. Han havde lagt den i sportstasken for at følge reglen om, at telefoner ikke er tilladt på banen.

Uden for containeren var der foruroligende lyde. Skraben. Rotter? Nej, ikke rotter. Han kunne klare mange ting, men ikke rotter. »Luk mig ud!« skreg han.

En motor startede. Et ældre køretøj, som en lastbil. Gulvet under ham begyndte at ryste og rasle, mens kuglen rullede fremad og hoppede rundt.

Udenfor prellede containeren af på væggene. Indenfor var han på så lidt plads, at der ikke var meget bevægelse. Det var en fordel ved at være fanget i en kugle.

Køretøjet ramte noget, og E-Z's hoved ramte toppen af tingesten. Han skreg, men lyden forsvandt. Metalcontaineren bevægede sig igen, sidelæns. Den ramte noget og vendte derefter tilbage til sin oprindelige position. Hans skulder gjorde ondt efter slaget.

E-Z spekulerede på, om det var en Eriel-opgave, men besluttede, at det kunne det ikke være. Han begyndte at tro, at han var blevet kidnappet og blev holdt fanget. Men hvorfor nu?

»Hey!« råbte han, da metalgenstanden rullede rundt og landede på den flade bund - hvor hans bagdel var. Nu var vægten fordelt mere jævnt. Han havde det godt. Eller så godt som han kunne have det under omstændighederne. Så han holdt sig helt stille, indtil køretøjet stoppede helt op, og han væltede om på siden.

Han tog en dyb indånding, beroligede sig selv og sagde ordene højt,

»Roch-Ah-Or, A, Ra-Du, EE, El.«

Mens han ventede, spurgte han: »Hvor er du, Eriel?

Roch-Ah-Or, A, Ra-Du, EE, El?"

»Har du hidkaldt mig?« sagde Eriel. Hans stemme var klar og tydelig, men han var ikke synlig.

»Ja, Eriel, jeg tror, jeg er blevet kidnappet. Jeg er i en container. Kan du hjælpe mig?«

»Jeg ved altid, hvor du er,« sagde Eriel. »Spørgsmålet, du burde stille, er, OM jeg vil hjælpe dig.«

»Jeg vidste ikke, at du overvågede mig 24-7!« E-Z udbrød og blev mere og mere vred for hvert øjeblik, der gik. Han tog et par dybe indåndinger og beroligede sig selv. Han havde brug for Eriels hjælp, og ærkeenglen havde ikke tænkt sig at gøre det let for ham. »Jeg kan ikke se føreren af den her tingest, og jeg kan ikke strække mine vinger ud. Og hvor er min stol? Jeg er ved at løbe tør for luft herinde. Hvis du vil have mig til at afslutte de forsøg for dig, så må du hellere få mig ud herfra og det hurtigt.«

»Først fornærmer du mig ved at sætte spørgsmålstegn ved, om jeg er en engel eller ej, og så beder du mig om at hjælpe dig. Mennesker er virkelig ustabile væsener.«

»Det ved jeg godt. Det er jeg ked af at høre. Vær sød at hjælpe mig.«

»Har du overvejet,« foreslog Eriel. »At dette ER en prøvelse? Noget, som du selv skal overvinde?«

»Siger du, at det helt sikkert er en prøvelse?«

»Det siger jeg ikke, at det er. Og jeg siger ikke, at det ikke er det,« sagde Eriel med et fnis.

E-Z var rasende. Han savnede i den grad Hadz og Reiki.

»Det er så trist, at du stadig tænker på de to idioter. E-Z, hvis det nu var en retssag, hvordan ville du så komme ud af den?«

»For det første hjalp de mig, da du næsten dræbte jorden. For det andet kan det ikke være en retssag, fordi der ikke er nogen, jeg kan hjælpe.«

Eriel grinede. »Du betragter dig selv som ingen?« Eriel holdt en pause. »I dag redder du dig selv og kun dig selv. Brug de værktøjer, du har til rådighed.« Han tøvede og grinede igen. »Tænk uden for metalbeholderen.« Hans latter var så høj inde i metalkuglen, at det gjorde ondt i E-Z's ører. Han dækkede dem til. Så hørte han ikke Eriel mere.

E-Z lukkede øjnene og koncentrerede sig. Han besluttede sig for at knytte næverne og forsøge at skubbe væggene fra hinanden. Uanset hvor hårdt han prøvede, ville de ikke flytte sig. Plan B var at hidkalde sin stol, og det gjorde han. Han forestillede sig, at den ikke var langt væk. Svævede den ovenover og ventede på, at E-Z skulle kalde den frem? Han koncentrerede sig så meget om at kalde på sin stol, at han ikke opdagede, at der var nogen, der gik udenfor. Fodtrin på fortovet. En mand med dunkende støvler. Manden var på vej rundt om bilen, om bagved. En nøgle blev sat i. Døren blev rullet op.

»Han har rullet rundt herinde,« sagde manden.

En latter. Ikke Eriels latter. En anden mands latter.

Så et skrig.

Så flere skrig.

Og så løb. Løb væk.

Flere skrig.

Så bevægelse. Containeren bevæger sig. Han bliver løftet op i sin kørestol.

Og så opad, højere og højere. Væk til sikkerhed.

»Tak,« sagde E-Z til sin stol. »Kør mig nu hjem til onkel Sam.«

E-Z vidste, at Uncle Sam ville være i stand til at få ham ud af containeren. Han skulle bruge en kæmpe dåseåbner, men hvis der var en at få, ville Uncle Sam finde den.

Hans kørestol kørte dog i den modsatte retning.

BOG 2:

DE TRE

KAPITEL 1

Langtvæk fra, hvor E-Z Dickens boede, dansede en lille pige. Hendes ballettimer foregik i et lille studie i det centrale forretningsdistrikt i Holland.

Hun var et kønt barn med gyldent hår og en stribe fregner, der strakte sig over hendes næse og kinder. Hendes mest mindeværdige træk var hendes hasselgrønne øjne. Farven var præcis den samme som hendes bedstemors. Hendes drøm var en dag at blive Hollands mest berømte balletdanser.

Hendes lyserøde tutu var lavet af tyl. Det var et netlignende, let stof, som blev brugt af designere til professionelle dansere. Hendes tutu var blevet designet og syet til hende af hendes barnepige. Kostumet var et kunstværk i sig selv - så meget, at alle børn i klassen ønskede sig et.

Hannah, Lias barnepige, fik mange forespørgsler fra andre forældre om at lave den samme tutu til deres døtre. Hun sagde bestemt til børnene, deres forældre, lærere og mange andre, at hun ikke havde tid til at påtage sig det ekstra arbejde. Selv om hun godt kunne have brugt pengene.

Alt, hvad Hannah gjorde, gjorde hun, fordi hun elskede sin myndling, Lia. Lia, som hun kaldte sin kleintje, som oversat betyder lille.

Da ballettimerne næsten var overstået, pakkede Lia sine sko væk. Hun gned sine ømme fødder.

Alle balletdansere - selv syvårige som Lia - skulle træne mindst 20 timer om ugen.

Dette ekstra arbejde oven i et fuldt skolepensum krævede dedikation og engagement. De børn, der kunne følge med, blev straks smidt ud. Uanset hvor mange penge deres forældre tilbød at betale for at holde dem i programmet.

Lia håbede på en dag at møde sit idol Igone de Jongh, den mest berømte hollandske balletdanser nogensinde. Siden hendes idol trak sig tilbage, så Lia hendes forestillinger på tv.

Hannah passede Lia i hverdagene. Lias mor Samantha rejste på forretningsrejse i løbet af ugen.

Uden for dansestudiet satte Hannah og Lia sig ind i deres Volkswagen Golf. De ville snart være hjemme.

»Har du nogen lektier for?« spurgte Hannah.

Lia nikkede.

»Goed,« oversat som godt. »Gå i gang, når jeg har lavet aftensmad,« sagde Hannah.

»Oke,« oversat til okay, svarede Lia.

Lia gik straks ind på sit værelse, hvor hun hængte sit ballettøj op og satte sig til at arbejde ved sit skrivebord.

I skolen var de i gang med at lære om legenden om heksetræet. Deres opgave var at tegne træet og skabe noget magisk omkring det. Hun havde tænkt sig at tegne et omrids med kridt. Derefter bruge piberensere til rødderne og glitter på bladene for at skabe det magiske element.

Selv om hun havde et naturligt talent for kunst, brød hun sig ikke om at skabe det. Hun foretrak at danse. Hun klagede ikke og afviste ikke opgaver, hun ikke brød sig om. Det lå ikke i hendes natur at være ulydig eller forstyrrende.

Selv om Lia boede i Zumbert i Holland, gik hun på en international skole. Hendes engelsk var fremragende. Zumbert var kendt over hele verden som Vincent Van Goghs fødested. Lia vidste alt om Van Gogh, da hun og han havde det samme blod i årerne.

Da hun havde lavet sine lektier, åbnede hun sin computer. Hun tændte og spillede et spil. Det ville kun tage et øjeblik at nå det næste niveau. Hannah ville snart kalde hende ned til aftensmad.

Ingen behøver nogensinde at vide det, sagde en lille stemme i hendes baghoved. Lia lyttede til stemmen, men for at være sikker på, at ingen fandt ud af det, lukkede hun døren til sit soveværelse.

Da hendes fingre klikkede hen over tastaturet, gik pæren over hendes skrivebord ud med et brag. Hun lukkede den bærbare computer og åbnede døren igen. Hun kiggede ned ad gangen, hvor de ekstra halogenpærer var. Nanny havde et lager i linnedskabet øverst på trappen. Det eneste, Lia skulle gøre, var at smutte ud og hente en, komme tilbage og selv skifte pæren. Så ville hun have mere tid til at spille sit spil.

Tilbage på sit værelse vurderede hun situationen. Hun skulle stå på sin skrivebordsstol - som havde hjul. Hun ville skubbe den hårdt op mod sengen for at sikre den. Ja, det ville virke.

Da stolen var sikret under lysarmaturet, kravlede hun op på den. Med den nye pære under hagen skruede hun den gamle ud. Den udbrændte pære smed hun på sengen. Hun tog den anden pære under hagen og skruede den i.

KRAK!

Den nye pære eksploderede.

Glasskår, for det meste bittesmå, sprøjtede ud fra den. Ind i den lille piges ansigt og øjne.

Lia skreg ikke med det samme, for et blåt lys fyldte rummet og fik tiden til at stå stille. Lyset omgav hende, da det bevægede sig op i højde med hendes ansigt.

SWISH!

Et lille englevæsen dukkede op og undersøgte den lille piges øjne. Så besluttede hun, at de var uopretteligt beskadigede, og hviskede: »Vil du være en af de tre?«

»Ja«, oversat til ja, sagde Lia, mens tiden gik i stå.

Englen, hvis navn var Haniel, ankom. Hun sang en beroligende vuggevise for Lia, mens hun fjernede glasset.

På engelsk lød sangteksten

»En sørgmodig, trist lille pige satte sig ned

På flodbredden.

Pigen græd af sorg

Fordi begge hendes forældre var døde.«

På hollandsk lød sangteksten

»Asn d'oever van de snelle vliet

Eeen treurig meisje zat.

Het meisje huilde van verdriet

Omdat zij geen ouders meer had.«

Heldigvis sov lille Lia, så hun kunne ikke blive skræmt af vuggevisens ord.

Da Haniel var færdig med at behandle den værste del af Lias sår, lagde hun hænderne på hofterne og holdt op med at synge. Opgaven var næsten fuldført, og nu skulle hun bare lægge grunden til sin protegés nye øjne.

Lias to små hænder var rullet sammen til kugler. Stramme små knytnæver. Haniel lod sine vinger kærtegne de lukkede fingre og lokkede dem til at åbne sig.

Da Lias håndflader var åbne, tegnede englen Haniel med sin pegefinger formen af et øje på begge håndflader. På fingrene tegnede hun en enkelt linje på hver, der førte fra håndfladen op til enden af fingeren. Da opgaven var fuldført, kyssede englen Haniel forsigtigt Lia på panden, og med et

SWISH!

da hun forsvandt.

Tiden startede igen, og vores modige lille Lia skreg stadig ikke. Chok gør det ved din krop som en forsvarsmekanisme, og ved at stoppe tiden stoppede smerten også. Da Lia endelig skreg, kunne hun ikke stoppe. Ikke da ambulancen kom. Eller da hun blev løftet ud på en båre og ind i bilen med sirener, der stemte i med hendes skrigekor. Eller da hun blev skubbet på en båre ind på hospitalet. Ikke da de lyste hende i ansigtet med et stort lys, som hun kunne mærke, men ikke se.

Hun holdt op med at skrige, da de bedøvede hende. Så brugte de den nyeste teknologi til at fjerne det resterende glas. Men hvert eneste stykke glas var allerede blevet fjernet. Kirurgerne gik videre og forbandt hendes øjne, hvorefter de tog hende med til hendes værelse for at komme sig.

Efter operationen ankom Lias mor Samantha. Hun havde taget et red eye-fly fra London. Hun mødte kirurgen, mens hendes datter sov videre.

»Jeg er ked af det, men hun kommer aldrig til at se igen,« sagde han.

Lias mor pressede næven ind i munden og kæmpede mod trangen til at græde.

Lægen sagde: »Hun kan lære punktskrift og gå på en skole for synshandicappede. Hun er i en fremragende alder til at lære, og hun vil suge viden til sig. I løbet af ingen tid vil tegnsprog være helt naturligt for hende.«

»Men min datter vil gerne være balletdanser. Har du nogensinde set eller hørt om en blind professionel danser?«

»Alicia Alonso var delvist blind. Hun lod sig ikke holde tilbage af det.«

Lias mor klappede sin sovende datters hånd. »Tak, jeg finder ud af mere om hende på internettet. Syv år er alt for ungt til at blive tvunget til at opgive en drøm.«

»Det er jeg enig i. Nu må du også hvile dig lidt. Lia vågner snart, og hun har brug for, at du er stærk for hende. Til når du fortæller hende det. Hvis du gerne vil have, at jeg også er her, så sig til.«

»Tak, doktor, jeg vil prøve at klare det selv først.«

Da døren lukkede, rørte Lias mor ved mærkerne i datterens ansigt. Aftrykkene lignede vrede regndråber. Så kiggede hun på Lias sovende barnepige Hannah. Da hun gik forbi hende for at hente vand, sparkede hun ved et uheld med vilje til hendes venstre sko for at vække hende. »Udenfor!« sagde hun, mens Hannah gabte.

På gangen lod Lias mor, Samantha, sine følelser flyve uden at holde sig tilbage. »Hvordan kunne du lade det ske for min baby? Hvordan kunne du!? Det ene øjeblik sad jeg i et forretningsmøde - det næste måtte jeg afbryde min forretningsrejse og tage det første fly ud af London! Hvad er der sket? Hvordan kunne det ske?«

»Vi var lige kommet hjem fra balletundervisning. Jeg var ved at lave aftensmad, og Lia var ved at lave sine lektier. Pæren må være brændt ud. Hun tog en anden fra skabet i gangen og prøvede selv at sætte den i igen, og så eksploderede den. Da hun skreg, var jeg der på få sekunder, og ziekenwagen (ambulancen) ankom i løbet af ingen tid. Jeg har bedt til, at hendes øjne bliver okay, at hun bliver okay.«

»Så du beder i søvne, gør du?« spurgte Samantha uden at vente på svar. »Artsen (lægerne) siger, at hun aldrig kommer til at se igen,« sagde Samantha med en uvenlig gift i stemmen.

✳✳✳

I mens var Lia i en drøm, hvor hun fløj med en engel. Hun havde armene om hans hals, mens hun puttede sig ind mod hans bryst. Kørestolens bevægelse i luften vuggede og trøstede hende.

Så rullede hendes tanker rundt, og hun kiggede ned på en metalcontainer ovenfra. Containeren sad på sædet af en kørestol med vinger. Den blev transporteret til et sted, hun ikke vidste.

Hun holdt sin højre hånd op og derefter sin venstre, og med dem kunne hun se, at der var en engel/dreng fanget inde i den. Han havde et venligt ansigt og øjne, der var blåere end himlen med guldkorn, som fik dem til at funkle, selv om han befandt sig i mørket. Hans hår var for det meste blondt, bortset fra noget gråt ved tindingerne. Men det mærkeligste var en sort stribe i midten. Det fik drengen til at se ældre ud.

Englen/drengen i beholderen, der sad på kørestolens sæde, fløj tættere på den lille pige i hendes drøm. Hun rørte ved beholderen, og da hun gjorde det, kunne hun mærke og høre englens/drengens hjerteslag indeni. Og ikke nok med det, hun kunne også læse hans tanker og følelser.

Lia vågnede og råbte: »Mor! Hannah! Kom hurtigt!«

»Jeg er her, skat,« sagde hendes mor, mens hun gik tilbage til sin datters seng.

Hannah tørrede sine øjne og kom ind på værelset igen.

»Der er ikke tid til, at din mor giver Hannah skylden. Det her var et uheld. Desuden er der brug for vores hjælp. Find noget papir og nogle blyanter til mig - NU.«

»Hun taler i vildelse!« udbrød Samantha. Hun tjekkede sin datters pande for temperatur. Den så ud til at være fin.

Hannah hentede de ønskede ting i sin taske og lagde dem i Lias hænder.

Uden tøven begyndte Lia at tegne. Hun kradsede løs på papiret som en inspireret kunstner. Samantha og Hannah kiggede nysgerrigt på.

Det første billede, hun tegnede, var af en dreng inde i en kugleformet metalbeholder. Beholderen hvilede på sædet af en kørestol, og kørestolen havde vinger. Englevinger. Lia vendte siden og tegnede et andet billede af en dreng/engel indeni fra alle vinkler. Fra alle sider. Efter det første billede tegnede hun mange flere manisk, og så kastede hun dem op i luften.

Billederne dansede rundt i rummet, som om de var blevet fanget af et vindstød, de svævede op, ned og rundt. Som om de var under en magisk forbandelse. Et af billederne jagtede barnepigen, så hun løb skrigende ud af lokalet.

Lia knyttede næverne og mumlede nogle uhørlige ord.

»Skal jeg ringe til lægen?« spurgte hendes hysteriske mor. »Min baby, åh nej, min stakkels baby!«

Hannah vendte rystende tilbage, mens hun så på, at Lia var faldet i søvn igen.

De to kvinder sad ved barnets seng. De så hende sove fredeligt, indtil de til sidst også faldt i søvn.

Lia kunne ikke se med de hasselfarvede øjne, hun var født med. De var blevet erstattet af øjne på hendes håndflader.

Hendes nye håndfladeplacerede øjne indeholdt alle normale dele af et øje. Såsom pupillen, iris, sclera, hornhinden og tårekanalen. Hvert øje i håndfladen havde et øjenlåg. Det øverste begyndte, hvor fingrene sluttede. Det nederste sluttede, hvor håndleddet begyndte.

Med hensyn til øjenvipper havde hver finger en hårgrænse tatoveret på sig. Fra toppen af øjenlåget til der, hvor neglen begyndte, og det samme havde tommelfingeren.

Det var en god ting, for ingen ung pige ville have fingre med hår på.

Især ikke en lille pige som Lia, der håbede på en dag at blive en stor balletdanser.

KAPITEL 2

D a hun vågnede, kløede hendes håndflader meget. Faktisk kløede de mere, end de nogensinde havde gjort før. Det mindede hende om noget, hendes mormor engang havde sagt. Bedstemor sagde, at når ens højre hånd kløede, betød det, at man ville få penge og masser af dem. Hvis venstre hånd kløede, betød det, at man tabte penge. Hun sagde aldrig, hvad der ville ske, hvis begge håndflader kløede på samme tid.

Et glimt af englen/drengen, der var fanget i containeren, fik hende til at vende tilbage til virkeligheden. Hun åbnede håndfladerne og forberedte sig på at klø. I stedet blev hun chokeret over at se sig selv spejlet i dem. Hun smilede, som om hun poserede til en selfie.

Da hun stadig ikke var hundrede procent sikker på, om hun drømte, vendte hun begge håndflader væk fra sig selv. Hendes hensigt var at tage en panoramaudsigt over rummet.

Det var indrettet, som om hun svømmede i et akvarium. Klovnefisk og guldfisk havde travlt med at jage hinandens haler. Hun fortsatte med at bevæge sine hænder gennem rummet, indtil hun fandt Hannah. Så fandt hun sin mor. Hun hvinede af glæde.

Lias mor, Samantha, sprang op, og det samme gjorde Hannah.

»Hvad er der, skat?«

»Mor? Jeg kan se dig.«

»Selvfølgelig kan du det, min skat.«

»Tror du på mig?«

»Ja, selvfølgelig tror jeg på dig. Men sig mig lige, hvorfor har du tegnet en kørestol med vinger? Kørestole har ikke vinger.«

Hun ser ikke mine nye øjne, tænkte Lia. »Jeg elsker dig, mor, men nogle kørestole har vinger, og nogle engle flyver i kørestole med vinger.«

»Jeg elsker også dig, skat,« svarede hun. »Hvilken dreng/engel? Havde du en drøm?«

»Der er en drengeengel,« sagde Lia.

»En dreng/engel? Hvor, skat?«

Lia åbnede sine håndflader og tænkte på engledrengen. Hun tænkte så meget, at hun kunne se ham, høre ham og mærke hans tilstedeværelse i sit sind. »Englen/drengen kommer her for at se mig,« sagde hun.

»Her, skat?« spurgte hendes mor og kiggede i retning af barnepigen, som trak på skuldrene.

»Ja, engledrengen har brug for min hjælp. Han er kommet helt fra Nordamerika for at besøge mig.«

»Da du tegnede billederne,« spurgte Hannah, «tegnede du så ud fra et minde om englen/drengen?«

»Eller ud fra en drøm?« spurgte hendes mor.

»Det startede som en drøm, men nu kan jeg også se ham, når jeg er vågen.«

»Hvis du kan se mig, skat, hvad er det så, jeg har på?«

»Jeg kan se dig, mor, ikke med mine gamle øjne. Men med mine nye. Du har en rød kjole på med perler om halsen.«

En ældre patient, som gik forbi sit værelse, stoppede op, da han så et barn, som holdt sine håndflader åbne foran sig. Det er hende, tænkte han, og han behøvede ikke at vente længe for at få det bekræftet. For Lia fornemmede en anden persons tilstedeværelse og vendte sin venstre håndflade i retning af døren. Den gamle mand så hendes håndflade blinke og trådte derefter ud af hendes synsfelt.

»Hun gætter,« foreslog Hannah og vendte Lias opmærksomhed væk fra døråbningen.

En sygeplejerske kom ind, og Lia, som aldrig havde set hende før, sagde: »Goddag, sygeplejerske Vinke.«

»Har vi mødt hinanden før?« Spurgte sygeplejerske Heidi Vinke.

Lia fniste. »Nej, men jeg kan læse dit navneskilt.«

»Hun siger, at hun kan se med sine nye øjne,« sagde Lias mor.

»Så, så,« svarede sygeplejerske Vinke og tog sig af moren i stedet for den lille pige. Barnet havde ikke noget imod, at sygeplejerske Vinke tog hendes mor med udenfor for at tale med hende under fire øjne.

»Det er normalt, at din datter bruger sin fantasi under disse omstændigheder, hun har jo mistet synet. Hun er en glad lille pige, selv om der er sket noget forfærdeligt med hende.«

Samantha nikkede, og de to vendte tilbage til Lia.

»Du må være træt, mit barn,« sagde sygeplejerske Vinke og tog pulsen på den lille pige.

»Det er jeg ikke,« sagde Lia. »Jeg er lige vågnet, og jeg har ikke lyst til at sove igen. Hvis jeg sover nu, kommer jeg måske til at savne ham.«

»Savne hvem?« spurgte Vinke og puttede den lille pige.

»Jamen, drengen/englen,« sagde Lia. »Han kommer tættere på nu. Han er her næsten - og han har brug for min hjælp. Jeg kan ikke vente med at møde ham. Han har rejst en lang, lang vej bare for at se mig.«

»Så, så, mit barn,« kvidrede Vinke. Hun pressede en nål fyldt med søvndyssende medicin ind i Lias arm.

Lia protesterede, men faldt straks i søvn.

»Godnat, godnat, skat,« kvidrede hendes mor.

$$* * *$$

Den ældre mand gik tilbage til sit værelse og tog telefonen. Så krævede han en ekstern linje.

»Hun er her,« hviskede han i telefonen. »Jeg så hende selv - lige her på hospitalet nede ad gangen fra mit værelse.«

Der blev stille, og så lød der et klik i den anden ende. Den gamle mand lagde sig i sengen. Han tændte for fjernsynet med fjernbetjeningen.

Hans yndlingsprogram: Now or Neverland (også kendt som Fear Factor) var lige begyndt. Han ville se, hvad de skøre fjolser ville finde på i denne uges afsnit.

KAPITEL 3

Indtil E-Z blev klemt inde i sølvkuglen, følte hansigikke længere så alene. For i sit hoved talte han med en lille pige.

Hun var kommet ind i hans sind ledsaget af et lysglimt og et skrig. Hun var kommet til skade. Han så, hvordan englen Haniel hjalp hende. Han lyttede, da Haniel sang en sang for den lille pige, mens hun fjernede glasset.

Det næste, der skete, var uventet. Englen Haniel tegnede linjer på den lille piges håndflade og fingre. Haniel gav barnet en ny form for syn. Og øjne i håndfladen.

Han vidste med det samme, at den lille piges skæbne var forbundet med hans.

Selv om han kunne se hende i sit sind, kunne han ikke kommunikere med hende. Det var, som om han så et tv-program i sit sind uden lyd. Men da barnet drømte, kom hun til ham og lagde sine hænder på den kugle, han var fanget i. Så vidste han, hvad hun vidste. Så vidste han, hvad hun vidste, og hun vidste, hvad han vidste, og de var forbundet.

De første ord, hun havde sagt til ham, var: »Jeg kan ikke lide mørket.«

E-Z havde svaret: »Du skal ikke være bange. Jeg er her for dig. Mit navn er E-Z. Og hvad hedder du?«

»Jeg hedder Cecilia,« svarede barnet. »Men mine venner kalder mig Lia. Du må gerne kalde mig Lia. Jeg er syv år gammel. Hvor gammel er du?«

E-Z havde troet, at barnet var yngre. »Jeg er tretten,« sagde han. »Jeg er fra Nordamerika.«

»Jeg bor i Holland,« sagde Lia.

Begge var tavse, mens Lia brugte sine håndfladeøjne til at se på ham inde i stålkuglen.

»Hvad laver du derinde?« spurgte hun.

E-Z tænkte sig om, før han svarede. Han ville ikke skræmme barnet med den sande historie om, at han var blevet kidnappet som forsøg af en ærkeengel. Han ville gerne fortælle hende sandheden, men han var ikke sikker på, at hun kunne håndtere sandheden, når hun var så ung.

Han sagde: »Jeg er ikke helt sikker på, hvorfor jeg blev anbragt her, men jeg tror, at jeg blev anbragt her for at møde dig.« Han tøvede, kløede sig i hovedet og spurgte: »Kender du Eriel?«

Lia var smigret over, at han kom for at se hende, men bekymret over, at han blev transporteret på en sådan måde til hendes fordel. »Jeg er ked af, hvis du mod din vilje er blevet tvunget til at rejse denne vej for at møde mig. Og nej, det navn kender jeg ikke.«

E-Z var meget nysgerrig på Lia. Da hun sagde, at hun var hollænder, var han meget imponeret over, hvor fremragende hendes engelsk var.

»Jeg følte dig, men kunne ikke se dig, før mine nye øjne voksede frem. Før det kunne jeg læse dine tanker. Kan du læse mine? Og tak for mit engelsk.«

»Jeg så, hvad der skete med dig, ulykken. Jeg er dybt ked af, at du kom til skade. Jeg var ikke i stand til at hjælpe dig på grund af denne ting.« Han hamrede sine næver mod væggene. Han holdt sig for ørerne, da den dunkende lyd gav genlyd. »Da du drømte, var du sammen med mig. Inde i mit hoved.«

Lia lukkede sin højre næve og lod den venstre stå åben og røre ved ydervæggen. Hendes håndflade blinkede, åbnede og lukkede sig, åbnede og lukkede sig. Hun sagde ikke noget, men stirrede frem for sig som en, der var i trance.

E-Z besluttede på dette tidspunkt at fortælle hende sin historie.

»Mine forældre blev dræbt i en bilulykke. Og jeg mistede evnen til at bruge mine ben.«

Han stoppede der. Spekulerede på, hvor meget han skulle fortælle hende.

Denne tøven tog beslutningen for ham.

Hun sov tungt.

KAPITEL 4

Tilbage på hospitalet var der en ny læge på vagt. Han kiggede kort på Lias journal. Da han så, at Cecelia stadig sov, hviskede han til hendes mor.

»Vi er nødt til at tage din datter med ned på anden sal til endnu en scanning.«

»Haster det?« spurgte Lias mor. »Hun sover så fredeligt, det ville være en skam at vække hende.«

Lægen, hvis navneskilt var dækket af kraven på hans lægejakke, smilede. »Der er ingen grund til at vække hende. Vi kan skubbe hende ind i maskinen, mens hun sover. Nogle patienter, især de yngre, foretrækker det på den måde.«

Samantha kiggede på sit ur. »Helt sikkert, jeg går ned med hende.«

»Det er ikke nødvendigt,« sagde lægen. »Jeg har assistenter, der kommer om lidt. Udnyt tiden til at få dig en sandwich eller en kop kamillete - min kone sværger til det. Det hjælper hende med at slappe af og sove.«

»Tak,« sagde Samantha, da to tjenere ankom. De to kraftige mænd i hverdagstøj løftede Lia ud af sengen og lagde hende på en båre med hjul. Lægen trak et tæppe frem fra under båren og lagde det på Lia. »Vi holder hende varm og er tilbage i løbet af ingen tid. Glem ikke at udnytte tiden til at forkæle dig selv med en kop te eller kaffe.«

Mens Hannah sov videre, holdt Samantha øje med personalet og lægen, mens de skubbede hendes datter hen ad gangen. Da hun nu stod ved elevatoren og ventede, fulgte hun nøje med. Da elevatordørene lukkede, slentrede hun hen ad gangen og ignorerede en mavefornemmelse, som nagede hende. Hun børstede den væk og sagde til sig selv, at hun var sulten, og gik hen til cafeteriet. Der var meget travlt. Mest med personale i kitler.

Mens hun forberedte sig og drak sin te, gik det op for hende, at ingen af de ansatte gik i hverdagstøj.

»Undskyld mig,« sagde hun til en af lægerne. »Hvad er der på anden sal? Er det der, man tager røntgenbilleder og kropsscanninger?«

Han rystede på hovedet: »Anden sal er fødeafdelingen.«

Samantha rejste sig fra sin stol, væltede sin varme te og spildte den på skødet, da hun gjorde det. Hjælpere kom fra alle retninger, da hun skreg.

»Min datter!« råbte hun. »En læge og to assistenter har lige kørt min datter Lia væk på en båre. De sagde, at de skulle tage hende med op på anden sal til nogle undersøgelser. Hvis anden sal er til fødsler, hvorfor skulle de så tage hende med?

Hendes udbrud tiltrak sig for meget opmærksomhed. Så den læge, hun havde henvendt sig til i første omgang, fik hende lokket udenfor.

De vendte tilbage til Lias værelse. Samantha forklarede det hele mere detaljeret. Det var godt, at hun havde kigget på sit ur, så hun kunne fortælle dem det nøjagtige tidspunkt, det hele var sket på.

»Det her er en alvorlig sag,« sagde doktor Brown. »Overlad det til mig. Vi har sikkerhedskameraer over hele hospitalet. Måske har du hørt forkert om anden sal? Måske er hun på syvende etage og får en scanning lige nu, mens vi taler. Overlad det til mig. Bliv siddende her, så vender jeg tilbage til dig så hurtigt som muligt.«

Samantha satte sig ned og forklarede Hannah det hele. De delte tunsandwichen og prøvede at lade være med at bekymre sig.

$$* * *$$

M ens Lia sov videre, forlodmanden, som egentlig ikke var læge, og praktikanterne, som ikke var praktikanter, bygningen. De gik hen til en ventende bil. Efterlod båren på parkeringspladsen.

Doktor Brown indkaldte til et møde med administratoren. Ved hjælp af videoovervågning var de vidner til Lias bortførelse. De alarmerede politiet og gav en beskrivelse af køretøjet. Desværre opfangede kameraerne ikke nummerpladen.

»Lad os vente lidt,« sagde Helen Mitchell, hospitalets administrator. Hun skulle på pension om få dage. »Før vi opdaterer den lille piges mor. Vi vil ikke gøre hende bekymret.«

»Det kan jeg ikke,« sagde doktor Brown.

»Politiet bringer måske barnet tilbage i løbet af ingen tid.«

»Jeg håber, du har ret. Men det er stadig en bekymring. Forhåbentlig kommer de ikke langt.«

Telefonen ringede, det var politiet. De udsendte en efterlysning af den lille pige. De bad om et nyt foto af hende.

»De vil have et nyt foto,« siger Helen Mitchell.

»Den eneste måde at få et på er ved at spørge hendes mor,« sagde doktor Brown.

Helen nikkede, da Brown vendte sig om for at gå.

»Sig til dem, at vi faxer det over så hurtigt som muligt.«

»Jeg sender nogen op fra traumeteamet,« sagde Helen. Og så til politiet i telefonen: »Hun er blind og kun syv år gammel. Hvorfor i alverden ville de tre mænd gå så langt for at fjerne hende fra hospitalet på den måde?«

»Det kan jeg ikke sige,« sagde betjenten i den anden ende.

KAPITEL 5

E-Z vidste med det samme, at der var noget galt med hans nye veninde Lia. Det var meningen, at hun skulle sove i sin hospitalsseng, men sengen var på farten. Hvad i alverden?

Han overvejede at vække hende, men hvad kunne hun gøre, hvis han gjorde det? Nej, det var bedst, at hun sov videre - indtil han kunne finde hende og redde hende. Som det var nu, havde hun travlt med at drømme om sig selv i en balletdans. Han havde aldrig været særlig opmærksom på ballet før, men det forekom ham, at den lille pige havde talent. Og hun dansede med øjnene i hænderne, mens hun bevægede sig hen over scenen.

E-Z transporterede sig i tankerne til hendes sted uden større anstrengelse. Der lå hun og sov på bagsædet af et køretøj i bevægelse. Hun så så fredfyldt ud, fordi hun var væk i sine tanker og gjorde noget, hun elskede - dansede.

Han udvidede sit synsfelt og så tre hoveder. Den, der kørte, var af normal størrelse og statur. Mens de to andre mænd lignede fodboldspillere.

»Sæt farten op!« E-Z kommanderede sin stol, men den havde allerede gjort det.

Hvordan skulle han kunne hjælpe hende, når han stadig var fanget inde i sølvkuglen? Han var nødt til at smadre den i småstykker - og hellere før end siden. Indtil videre havde alle forsøg på at bryde den ikke virket.

Han spekulerede på, hvorfor mændene havde taget hende. Kendte de til hendes kræfter? Hvordan kunne de vide det? De fleste hospitaler har overvågningskameraer, kunne de have holdt øje med hende? Men det gav ingen mening. Hun var en syv år gammel blind pige. Hvad ville de med hende?

Mens E-Z brændte med høj fart hen over himlen, kunne han ikke lade være med at spekulere på, hvorfor de havde kidnappet hende. Havde de tænkt sig at kræve løsepenge?

Hvis det var det, de var ude efter, gav det i hvert fald mere mening for ham. Bedre end at de vidste, at hun var seende. Med særlige kræfter oven i købet. Alligevel var hans førsteprioritet at komme ud af kuglen.

Han skreg. Som han har gjort mange gange før: »HJÆLP!« POP.

»Hej,« sagde Hadz, mens han satte sig på E-Z's skulder. »Hvad pokker laver du herinde? Stedet er for lille til dig.« Hadz rullede med øjnene.

E-Z var mere end almindeligt begejstret for at se Hadz. Han tog fat i det lille væsen og knugede hende tæt ind til sit bryst.

»Øh, pas på vingerne,« sagde Hadz.

E-Z gav slip på væsenet. »Tak, fordi du kom og besvarede mit kald. Jeg har brug for, at du hjælper mig med at finde ud af, hvordan jeg kommer ud af den her tingest. Jeg ved, at du er blevet fjernet fra min sag, men der er en lille pige ved navn Lia, og hun er i fare, og hun har brug for mig. Du er simpelthen nødt til at hjælpe. Jeg er sikker på, at Eriel vil forstå det.«

»Åh, så du vil ikke være med i det her?« Spurgte Hadz.

»Nej, jeg vil ikke være herinde. Jeg vil ud, men hvordan?«

»Bare gør det,« sagde Hadz.

»Jeg har prøvet alt. Siderne vil ikke flytte sig. Jeg tilkaldte Eriel for at få hjælp, men han sagde, at jeg var alene om det her.«

»Ah, det ville han ikke bryde sig om. Det er ikke meningen, at jeg skal hjælpe, men en ting, jeg kan sige til dig, er: Overvej dine omgivelser.«

»Det er ingen hjælp,« sagde E-Z og forsøgte ikke at miste besindelsen helt. »Jeg bad stolen om at tage mig med til onkel Sam. Han ville helt sikkert få mig ud af det her. Men stolen ignorerede mine ønsker. Nu er en lille pige i problemer, og hun har brug for min hjælp. Hvis jeg ikke kan komme ud, kan jeg ikke hjælpe mig selv, og hvis jeg ikke kan hjælpe mig selv, kan jeg ikke hjælpe hende. Jeg beder dig. Fortæl mig, hvordan jeg kommer ud herfra. Zapp mig ud eller noget.«

Væsenet rystede på hovedet og fløj op til toppen af kuglen. Rørte ved spidsen. »Tænk på fysikken. Hvis du er inde i en kugle, som denne tingest ligner, så må du blive affyret. Affyret. Er det korrekt?«

E-Z overvejede sine muligheder. Han kunne bede stolen om at slippe ham og kaste ham mod jorden. Jorden ville bremse hans fald. Ville den bryde kuglen op? Han besluttede, at det var risikoen værd. »Okay,« sagde E-Z, «jeg er nødt til at få stolen til at slippe mig, ikke?«

Væsnet grinede. »Du er sjov, E-Z. Hvis du faldt fra denne højde, ville denne tingest sidde fast i jorden. Hvis den altså ikke eksploderede ved nedslaget. Og med dig i den.« Hun grinede igen. »Eller at du ikke døde i faldet. Hvis du døde, kunne du ikke redde den lille pige. Hvilken lille pige taler du i øvrigt om?«

»Hun hedder Cecelia, Lia, og hun er i Holland, ikke langt fra, hvor vi er nu.«

Hadz mærkede spidsen af den beholder, som E-Z ikke havde set, og som han heller ikke kunne nå. Væsnet skubbede til den. Cylinderen slap og sprang op som en tulipan. Hadz hjalp E-Z ud af kuglen, og snart sad han i sin stol med væsenet på skødet. E-Z's vinger åbnede sig. Det føltes godt at strække dem.

E-Z lettede over himlen med cylinderen, som han smed i Nordsøen.

Trioen, E-Z, stolen og Hadz, fløj i høj fart mod Nordholland, hvor bilen kom kørende.

»Tak,« sagde E-Z.

»Det var så lidt,« svarede Hadz. »Jeg bliver her, hvis du får brug for mig.«

»Fantastisk!«

KAPITEL 6

E -Z var ved at indhente bilen, som nu nærmede sig Zaandam. Han tjekkede, og Lia lå stadig og sov på bagsædet. Hun drømte dog ikke længere, så han var bange for, at hun snart ville vågne.

Hans kørestol ændrede kurs, satte farten op og zoomede ind på bilen, hvorefter den svævede over den. Den falske læge, som kørte, fik øje på kørestolen bag dem i sidespejlet.

»Wat is dat vliegende contraptie?« spurgte han. (Oversættelse: Hvad er det for en flyvende tingest?«

De to bøller drejede hovedet.

Den ene sagde: »Ik weet het niet, maar versnel het!« (Oversættelse: Jeg ved det ikke, men sæt farten op!«

Den anden bølle grinede og tog en pistol op af instrumentbrættets kastje. (Oversat: handskerummet.) Han tjekkede, om der var kugler i. Lukkede det og klikkede låsen af.

E-Z's kørestol landede på taget af bilen med et klonk.

Chaufføren bremsede hårdt, så kørestolen gled fremad. Den gled ned ad forruden med fronten fremad og derefter hen over kølerhjelmen.

E-Z løftede sig, svævede og vendte sig mod dem.

»Hvad i...?« råbte chaufføren, da han mistede kontrollen over bilen, så den skred ud og zigzaggede.

E-Z og kørestolen lettede, kørte tilbage og greb fat i bilens kofanger, så den stoppede helt op.

I det samme blev passagersædet åbnet, og der blev affyret skud.

På bagsædet snorkede Lia løs.

Bøllen med pistolen rullede ud af døren og lagde sig på knæ og gjorde klar til at skyde E-Z.

Hadz kom ud af det blå og slog pistolen ud af hånden på bøllen. Derefter bandt hun hans hænder bag ryggen og hans fødder bag ryggen, som var han en kalv til rodeo.

Den anden bandit gik direkte efter E-Z, som fangede ham med lasso med sit bælte. Bøllen faldt om, så han nemt kunne vikle bæltet rundt om hans ben.

Fyren forsøgte at hoppe væk, men nåede ikke langt. Nu, hvor han var stoppet, gik de efter lægen ved hjælp af stolens burmekanisme. Lægen blev fanget og immobiliseret.

Lia sov igennem det hele, selv mens Hadz løftede hende ud af køretøjet og bar hende i sikkerhed.

E-Z placerede de tre mænd side om side på bagsædet af bilen.

»Hvem arbejder du for?« spurgte han.

Hadz fløj over: »De forstår ikke engelsk.« Hun oversatte E-Z's spørgsmål til mændene. Da den falske læge havde svaret, oversatte Hadz. »Han siger, at de ikke ved, hvem de arbejder for.«

»Det er jo latterligt. De har kidnappet et barn fra hospitalet. Spørg dem, hvor de fører hende hen? Og hvordan fandt de ud af det med hende?«

Hadz oversatte. Den falske læge svarede igen: »Vi fik at vide, at vi skulle tage hende med til havnen, og at nogen ville vente på hende der. Det er alt, hvad vi ved.«

E-Z troede ikke på dem, men Hadz bekræftede, at de talte sandt. »Hvad vil du gøre med dem?« spurgte hun.

»Kan du slette deres sind? Og tankerne hos dem, de er forbundet med. Disse tre er tandhjul i maskinen. Vi vil slette hjernen på personen i havnen. Så de alle sammen glemmer hende - for altid.«

»Færdig,« sagde hun.

»Wow, du er hurtig!«

E-Z og Hadz i stolen var på vej tilbage til hospitalet, netop som Lia begyndte at vågne. Hun bevægede hovedet, mærkede vinden blæse i sit hår og puttede sig ind til E-Z's bryst. Hun åbnede sin højre håndflade og kiggede på sin ven, drengen/englen. Hun grinede og krammede ham tæt. Da hun lagde mærke til det lille fe-lignende væsen på E-Z's skulder, brugte hun sine håndfladeøjne til at se på hende.

»Du er så lille og sød,« sagde hun.

»Hyggeligt at møde dig,« sagde Hadz. »Og tak for det.«
De fløj mod hospitalet.

»Du er i sikkerhed nu,« sagde E-Z.

»Og du er ikke længere i den tingest,« sagde Lia.

»Hadz hjalp mig med at komme ud,« sagde E-Z og baskede med vingerne.

»Hvor har du fået dem fra?« spurgte Lia. »Må jeg få nogle?«

E-Z smilede. Han var ikke sikker på, hvor meget han skulle fortælle hende. Han var bekymret for, hvad Eriel ville sige, hvis han afslørede for meget. »Jeg fik dem, efter mine forældre døde.«

»Men hvorfor?« spurgte lille Lia.

»Jeg begyndte at redde folk,« sagde E-Z.

»Du mener, at jeg ikke er den første person, du har reddet?«

»Nej, det er du ikke.«

Hadz rømmede sig, hvilket var et signal til E-Z om at holde op med at tale.

De fløj videre i stilhed. Den lille pige krammede E-Z's bryst. Kørestolen vidste, hvor den skulle hen. Hadz følte, at der var brug for hende igen.

E-Z var fortabt i sine tanker. Han spekulerede på, om det at redde Lia havde været den største prøvelse. Eller om det at komme ud af kuglen havde afsluttet opgaven. Måske var det to for en! Hvor mange ville det så have været? Han var nødt til at skrive dem ned for at holde styr på dem. Det var det, han havde gjort i sin dagbog, men på det seneste havde han ikke haft så meget tid til at notere tingene.

»Jeg kan høre dig tænke,« sagde Lia. Hun havde begge sine håndflader åbne. Hun holdt øje med E-Z's ydre, mens hun lyttede til, hvad han tænkte indeni. »Jeg vil gerne vide mere om de her forsøg. Og jeg vil vide, hvorfor jeg kan se med mine hænder i stedet for med mine øjne. Tror du, at denne Eriel vil vide det?«

POP

Hadz ventede ikke på svaret.

»Hospitalet ligger nedenunder,« sagde E-Z.

Stolen kørte langsomt ned, og de gik ind på hospitalet. E-Z og stolens vinger forsvandt. Han skubbede sig hen ad gangen og fandt Lias værelse. Hendes mor ventede der.

»Anhold denne dreng,« skreg Lias mor.

E-Z var forbløffet. Hvorfor ville hun have ham arresteret? Han havde lige reddet hendes datter.

»Men mor,« begyndte Lia.

Politiet kom ind. De rakte om bag E-Z og lagde hans hænder i håndjern.

Før de lukkede dem, skreg Lia. Så åbnede hun sine håndflader og holdt dem frem foran sig. Fra hendes håndfladeøjne kom der et blændende hvidt lys, som fik alle i rummet undtagen hende og E-Z til at standse i tiden. Lille Lia stoppede tiden.

»Sejt! Hvordan gjorde du det?« udbrød E-Z, da håndjernene faldt ned på gulvet med et klonk.

»Det ved jeg ikke. Jeg ville beskytte dig. For at redde dig.« Hun stoppede op og lyttede. »Der kommer nogen, du skal ud herfra. Jeg kan mærke, at der kommer en anden, og du må væk.«

»Nogen?« Spurgte E-Z. »Ved du, hvem det er?«

»Det ved jeg ikke. Det eneste, jeg ved, er, at der kommer en anden, og du skal gå - med det samme.«

»Vil du være okay? Vil de gøre dig noget?«

»Jeg skal nok klare mig - de kommer efter dig - ikke mig. Kom væk herfra, nu.«

»Hvornår ser jeg dig igen?« spurgte E-Z, mens han smadrede hospitalsvinduet og fløj ud og ventede på, at hun skulle svare.

»Du vil altid se mig, E-Z. Vi er forbundet med hinanden. Vi er venner. Kom ud herfra, så klarer jeg resten.« Hun gav ham et kys.

Lia gik i seng, trak dynen op til halsen og lod, som om hun sov tungt, før hun igen satte verden i bevægelse.

»Hvad er der sket?« spurgte hendes mor.

Alt var godt igen. Lia lå i sin seng og var uskadt.

Verden fortsatte, som den havde gjort før, mens E-Z fløj sin vej hjem igen.

»Tak, Hadz, fordi du hjalp,« sagde E-Z, selv om hun var væk. På en eller anden måde vidste han, at uanset hvor hun var, kunne hun høre ham.

KAPITEL 7

D aE-Z fløj hen over himlen, indså han, at han var sulten. Under ham lå Big Ben. Han besluttede sig for at lande og få sig nogle engelske Fish and Chips.

Da stolen kom ned, lagde han mærke til en hvid varevogn, der kørte hurtigt ned ad vejen. Den kørte parallelt med en skole. Han så forældre i biler og til fods, som ventede på at hente deres børn.

Da varevognen drejede om hjørnet, satte den farten op.

Hans kørestol slingrede fremad og faldt ind bag køretøjet. Kørslen blev mere og mere hensynsløs, efterhånden som den nærmede sig skolen. Børn begyndte at komme ud.

E-Z greb fat i bagenden af varevognen. Han brugte alle sine kræfter på at få den til at standse med et hvin.

Chaufføren trådte på speederen og forsøgte at trække væk. Han havde ikke heldet med sig. De kunne ikke se, hvad eller hvem der holdt dem tilbage.

E-Z brød låsen til bagagerummet op, rakte ind og trak startkablerne ud. Stolen slingrede fremad og landede på bilens tag. E-Z brugte startkablerne til at fastgøre dørene til førerhuset. Chaufføren kunne ikke komme ud.

Lyden af sirener fyldte luften.

E-Z tog flugten, og da han bemærkede, at flere mennesker tog billeder af ham på deres telefoner, fløj han højere og højere.

Hans mave knurrede, og han kom i tanke om fish and chips. Da han ikke havde nogen britisk valuta, kunne han alligevel ikke betale for dem, så han tog hjem.

Da han tænkte på sin onkel, som undrede sig over, hvor han var, tænkte han, at han ville lægge en besked og begyndte at gøre det: »Jeg er på vej hjem.«

Klik.

»Hvor er du?« spurgte onkel Sam.

E-Z var glad for, at det ikke var en besked!

»Jeg flyver bare over Storbritannien. Det er en dejlig dag at flyve i, synes du ikke?«

»Hvad? Hvordan?«

»Det er en lang historie, jeg forklarer det, når jeg er tilbage.«

»Er du i et fly?«

»Nej, det er bare mig og min stol.«

Nedenunder kunne E-Z se, at folk tog billeder af ham. Da han fik øje på en 747 fra et lokalt flyselskab på vej mod ham, indså han, at han var i knibe. Før han nåede at flyve højere, tog kameraerne billeder og lagde dem ud på de sociale medier.

»Undskyld, Eriel,« sagde han og tog sig selv højere op. »Kender du ordsproget om, at al omtale er god omtale? Jamen ...« E-Z grinede. Hvis Eriel kunne se ham hver dag og hver time, hvorfor var han så nødt til at tilkalde ham for at få hjælp? Der var noget, der ikke helt stemte. Ikke hvis ærkeenglene ønskede, at han skulle gennemføre prøverne.

En kuldegysning gik gennem ham, da himlen ændrede sig, og sorte skyer hvirvlede og pulserede omkring ham. Han fløj videre og forsøgte at øge tempoet, men så begyndte lynene, og han var nødt til at undvige dem. Så kom han i tanke om flyet. Han kunne se, at det var ved at foretage en vellykket landing, og at menneskene var uskadte. Han fortsatte mod sit hjem.

Efter stormen kom stjernerne frem. Hans stol blev ved med at baske med vingerne, mens E-Z tog en lur.

»E-Z?« sagde Lia i hans hoved. »Er du der?«

Han vågnede med et ryk, glemte, at han sad i stolen, og faldt ud. Han begyndte at falde, men hans vinger satte ind, og snart var han tilbage i stolen igen.

»Er alt i orden, lille ven?« spurgte han.

»Ja. De tror, at det hele var en drøm, at jeg talte til dig. At jeg tegnede billeder af dig. Mor kender sandheden, men hun vil ikke se den i øjnene.«

»Åh, bekymrer det dig?«

»Nej. Mine kræfter vokser. Jeg kan mærke dem, og jeg ved, at der er noget på vej. Noget, som du får brug for min hjælp til. Jeg tager snart hjem. Jeg vil spørge mor, om vi må besøge dig. Snart.«

»Hvad? Skal din mor ringe til min onkel Sam, så de kan snakke sammen?«

»Ja, det er en god idé. Mor har set billederne, og hun har mødt dig, men hun kan ikke huske det. Det er, som om hendes hjerne er blevet renset, eller som om hendes minder om dig sover.«

»Er du sikker på, at det er det rigtige at gøre?«

»Ja, det er jeg. Jeg er nødt til at være der, hvor du er. Jeg er nødt til at hjælpe dig.«

E-Z's sind blev tomt. Lia var væk.

Teenageren tænkte på Lia, da hun kom til Nordamerika. Hun var en lille pige, der kunne se med sine hænder, ja, men hvordan kunne hun hjælpe ham? Hun havde hjulpet ham med at flygte, men han var forvirret over hendes involvering. Han ville ikke udsætte hende for fare. Han kaldte på Eriel igen. Han fremkaldte sangen, men der skete ikke noget.

Han betragtede landskabet og glemte den lille pige et øjeblik. Han var næsten hjemme nu. Gudskelov var hans stol modificeret, og han kunne rejse F-A-S-T!

KAPITEL 8

Ligefremme fik E-Z øje på kysten. Han sukkede lettet, indtil han fik øje på en stor fugl, der havde kurs direkte mod ham. Da den nærmede sig, indså han, at det var en svane. Men ikke en svane i normal størrelse. Den var enorm, og det samme var dens vingefang, som han anslog til over 100 cm. Det var den samme svane, som havde talt til ham før. Og ikke nok med det, han lagde også mærke til et stærkt rødt lys, der flimrede på fuglens skulder.

Svanen drejede og landede derefter tungt på hans skuldre. Den havde fået et lift.

»Jamen, hallo,« sagde E-Z og kiggede op på det smukke dyr, mens det fik styr på sig selv.

»Hoo-hoo,« sagde svanen. Så rystede den på hovedet, åbnede sit næb og sagde: »Hej E-Z.«

»Jeg tror, jeg skylder dig en tak,« sagde han.

»Åh, det var så lidt. Og jeg håber ikke, du har noget imod, at jeg blaffede,« sagde svanen og pjuskede med fjerene.

»Øh, ikke noget problem,« svarede E-Z.

»Dette er min mentor Ariel,« sagde svanen.

WHOOPEE

En engel erstattede det røde lys.

»Hej,« sagde hun og satte sig på E-Z's knæ.

»Øh, rart at møde dig,« sagde han.

»Hvordan kan jeg hjælpe dig?« spurgte han.

»Jeg håber, at du og min ven svanen her vil kunne danne et partnerskab.«

»Hvordan det?« spurgte han.

»Min protegé har været meget igennem. Han kan fortælle dig om detaljerne, når han føler sig klar, men lige nu har jeg brug for, at du hjælper ham ved at lade ham hjælpe dig med prøverne. Du kan godt bruge noget hjælp, ikke?«

»Så vidt jeg har forstået,« sagde han henvendt til Ariel. Så til svanen: »Jeg har ikke noget imod dig, makker.« Og nu til Ariel: »Det er, at ingen kan hjælpe mig med mine prøvelser. Det kom direkte fra Eriel og Ophaniel.«

»Jeg har afklaret det med dem. Så hvis det er din eneste indvending,« sagde hun og holdt en pause.

WHOOPEE

og så var hun væk.

Derefter fortsatte E-Z og svanen over Atlanterhavet og videre ind i Nordamerika. Han havde altid gerne villet se Grand Canyon. Det måtte han se en anden gang. Svanen snorkede og puttede sig ind mod E-Z's hals.

E-Z stak hånden i lommen og trak sin telefon frem. Han tog en selfie med svanen. Han holdt sin telefon i hånden og planlagde at optage svanen, næste gang den talte. Han havde brug for bevis på, at han ikke var ved at miste forstanden.

Lidt senere fik E-Z øje på sit hus. Det var en skoledag, men han var alt for træt til at gå derhen. Da stolen begyndte sin nedstigning, vågnede svanen. »Er vi der endnu?«

»Ja, vi er hjemme hos mig,« sagde E-Z og trykkede på optageknappen på sin telefon. »Skal jeg sætte dig af et sted?«

»Nej, tak. Jeg skal bo hos dig,« sagde svanen, mens den forlængede sin hals for at se på det hus, han skulle bo i. »Du og jeg, vi må tale sammen.«

E-Z trykkede på play, men det var død luft. Svanen kunne ikke optages. Det var mærkeligt.

De landede ved hoveddøren. E-Z satte sin nøgle i låsen, men før han kunne åbne den, stod onkel Sam der. Han gav sin nevø et stort knus og sagde: »Velkommen hjem.« Han kløede sig på hagen og så lidt bekymret ud, da han så E-Z's ledsager, en usædvanlig stor svane.

»Jeg er glad for at være tilbage,« sagde E-Z og gik indenfor.

Svanen fulgte efter med sine svømmehudsfødder, der trampede bag ham.

»Og hvem er din, øh, fjerede ven?« spurgte onkel Sam.

E-Z indså, at han ikke engang kendte svanens navn.

Svanen sagde: »Alfred, mit navn er Alfred.«

E-Z lavede en formel introduktion.

Derefter gik svanen ned ad gangen og ind på E-Z's værelse, hvor den fløj op på hans seng for at tage en velfortjent lur.

E-Z gik ud i køkkenet med Uncle Sam på hjul.

»Hvad i alverden laver den svane her?« Han holdt en pause og tog noget mælk ud af køleskabet. Han hældte et glas op til sin nevø. »Den kan ikke blive her. Vi bliver nødt til at lægge den i badekarret. Hvis den kan være der. Det er den største svane, jeg nogensinde har set. Hvor har du fundet den, og hvorfor har du taget den med hertil?«

E-Z slugte sin mælk. Han tørrede sit mælkeoverskæg væk. »Jeg fandt den ikke, den fandt mig. Og den kan tale. Den, han, var der, da jeg reddede den lille pige, og da jeg reddede flyet. Han siger, at vi skal tale sammen.«

Onkel Sam gik ned ad gangen uden at svare. E-Z fulgte tæt efter uden at sige noget.

»Tal!« Forlangte onkel Sam.

Svanen Alfred åbnede øjnene, gabte og faldt så i søvn igen uden at give en lyd fra sig.

»Jeg sagde, tal,« sagde onkel Sam og prøvede igen.

Svanen Alfred åbnede sit næb og fnøs.

»Det er okay, Alfred,« sagde E-Z. »Det er min onkel Sam.«

»Han kan ikke forstå mig. Og det tror jeg heller ikke, han nogensinde vil kunne. Jeg er her for dig og kun for dig,« sagde svanen Alfred. Han fnøs, puttede sig ind under dynen og faldt i søvn igen.

Onkel Sam så til, mens svanen havde været animeret og kigget intenst på E-Z.

Han og Uncle Sam lukkede døren på vej ud og gik tilbage i køkkenet for at snakke.

E-Z var så træt, at han næsten ikke kunne holde øjnene åbne.

»Kan det ikke vente til i morgen,« spurgte han.

Sam rystede på hovedet.

»Okay, her kommer det. Først slog jeg en baseball ud af parken. Og jeg løb eller kørte rundt om baserne. Så var jeg fanget i en kugleformet beholder uden mulighed for at komme ud. Så kunne jeg tale med en lille pige i Holland. Jeg tog derhen for at redde hende. Hun hedder Lia, og hendes mor vil ringe til dig. Jeg stoppede et køretøj fra at skade børn i London, England. Så mødte jeg trompetersvanen Alfred. Og nu er du opdateret - må jeg ikke nok gå i seng?«

»Hvad skal jeg sige, når hun ringer?« spurgte Sam. »Vi kender ikke engang de mennesker, men vi skal lade dem bo her i huset sammen med os. Os og svanen Alfred?«

»Ja, vær sød at gå med til det. Der er en plan i gang her, og jeg kender ikke alle detaljerne endnu. Lia har kræfter, øjne i håndfladerne, og hun kan læse mine tanker og standse tiden. Svanen Alfred har også kræfter, han kan læse mine tanker, og han kan tale. Jeg tror, vi tre er forbundet på en eller anden måde, måske på grund af prøvelserne. Men jeg ved det ikke. Alt kan ske, når Eriel udspionerer mig 24-7,« sagde E-Z.

Da de kom hen ad gangen, hørte de svanens fødder klappe, mens den vraltede af sted. »Jeg er for sulten til at sove,« sagde svanen Alfred.

»Hvad spiser du?«

»Majs er godt, eller du kan lukke mig ud bagved, så finder jeg selv noget græs.«

»Har vi nogen majs?« spurgte E-Z.

»Kun frosne,« sagde onkel Sam. »Men jeg kan køre kernerne under varmt vand, så er de klar på et øjeblik.«

»Sig tak til ham,« sagde svanen Alfred. »Det er meget venligt af ham.«

Onkel Sam lagde majsen på en tallerken, og Alfred spiste, hvad der blev tilbudt. Han var dog stadig sulten, og han skulle tømme sin blære, så han bad om at få lov til at gå udenfor alligevel. Mens han var ude, ville han tage del i plænen.

E-Z og Uncle Sam betragtede svanen i et par sekunder.

»Jeg håber ikke, at naboens chihuahua kommer på besøg,« sagde Uncle Sam. »Den svane er så stor, at den vil skræmme livet af ham.«

E-Z grinede. »Forestil dig, hvad den ville gøre, hvis hunden kunne forstå den, som jeg kan?«

Svanen Alfred følte sig hjemme. Han følte sig sikker på, at han ville blive lykkelig her.

KAPITEL 9

S enere bad svanen Alfred om at tale med E-Z under fire øjne.

»Du kan sige hvad som helst her,« sagde E-Z. »Onkel Sam forstår dig ikke, husker du nok?«

»Ja, det ved jeg godt. Men det er et spørgsmål om manerer. Man taler ikke til en person, når der er en anden til stede, især ikke når man er gæst i en andens hjem. Det ville være, ja, temmelig uhøfligt. Faktisk meget uhøfligt.«

Først nu gik det op for E-Z, at svanen Alfred talte med britisk accent.

»Må jeg undskylde?« spurgte E-Z.

Onkel Sam nikkede, og E-Z gik ind på sit værelse, mens svanen Alfred fulgte efter.

»Okay,« sagde E-Z. »Fortæl mig, hvorfor Ariel har sendt dig herhen, og hvad du har tænkt dig at gøre for at hjælpe mig?«

Nu hvor E-Z lå i sin seng, svirrede svanen rundt, mens han æltede sig ind i dynen og forsøgte at gøre sig det behageligt.

»Du kan sove i bunden af sengen,« sagde E-Z og kastede en pude derhen.

»Tak,« sagde svanen Alfred. Han vraltede op på puden og bankede på den med sine svømmehudsfødder, indtil den var behagelig. Så satte han sig på hug.

»Lad os så begynde,« sagde Alfred.

E-Z, nu i sin pyjamas, lyttede, mens Alfred fortalte sin historie.

»Jeg var engang en mand.«

E-Z gispede.

»Det er bedst ikke at afbryde, før jeg er færdig,« skældte svanen ud. »Ellers vil min fortælling blive ved og ved, og ingen af os får sovet.«

»Undskyld,« sagde E-Z.

Svanen fortsatte. »Jeg boede sammen med min kone og to børn. Vi var utroligt lykkelige, indtil en storm blæste igennem og rev vores hus ned og dræbte dem alle. Jeg overlevede, men ville ikke undvære dem. Så kom en engel til mig, Ariel, som du har mødt, og hun fortalte mig, at jeg kunne se dem alle sammen igen, hvis jeg gik med til at hjælpe andre. Jeg nyder at hjælpe andre, og det ville give mig et formål. Desuden havde jeg ikke andre muligheder, så jeg sagde ja.«

»Har du prøvelser?« Spurgte E-Z. Han havde fejlagtigt antaget, at Alfreds historie var afsluttet.

»Min historie er ikke slut endnu,« sagde svanen Alfred temmelig vredt. Så fortsatte han. »Det er kernen i min historie. Jeg har ingen prøvelser, for jeg er ikke en engel under oplæring. Mine vinger er ikke som dine vinger. Jeg er en svane, omend en større svane end normalt. Min race hedder Cygnus Falconeri, som også er kendt som kæmpesvanen. Min art blev udryddet for længe siden. Mit formål var udefineret. Jeg sad fast i mellemrummet og drev gennem tiden, fordi jeg begik en fejl. Men det vil jeg ikke tale om nu. Da jeg så dig redde den lille pige, ringede jeg til Ariel og spurgte, om jeg kunne hjælpe dig. Hun skældte mig ud for at flygte, og jeg blev sendt tilbage til mellemrummet. Jeg flygtede derfra igen og hjalp dig med flyet, og Ariel bad Ophaniel om at give mig en ny chance. Nu har jeg et formål - at hjælpe dig.«

»Og Ophaniel var enig? Men hvad med Eriel?«

»Det gjorde de ikke til at begynde med. Det var, fordi Hadz og Reiki anmeldte mig for at have hjulpet dig ved at hidkalde mine fuglevenner. Da jeg hørte, at de var blevet sendt til minerne og var undsluppet igen, lagde Ariel min sag frem, og Ophaniel var enig. Jeg ved ikke noget om Eriel. Er han din mentor?«

»Ja, han tog over for Hadz og Reiki. De poppede ind og ud, mens han siger, at han altid kan se, hvor jeg er, og hvad jeg laver.«

»Det lyder som overkill. Men jeg vil gerne møde ham en dag. Indtil videre er vi et team. Jeg kan hjælpe dig, så jeg også en dag kan være sammen med min familie igen. Så hvor du går E-Z, går jeg.«

E-Z lagde hovedet på puden og lukkede øjnene. Han følte sig taknemmelig for enhver hjælp. Svanen havde trods alt hjulpet ham tidligere med flyet.

»Jeg vil ikke være i vejen for dig,« sagde svanen Alfred. »Jeg ved godt, at du synes, vi er et ulogisk par, og når Lia kommer, bliver vi en endnu mere ulogisk trio, men ...«

»Vent,« sagde E-Z. »Du kender til Lia? Hvorfra?«

»Åh ja, jeg ved alt om dig, og jeg ved alt om hende, og jeg ved også mere. At vi tre er forbundet. Forudbestemt til at arbejde sammen.« Han strakte kæberne, så det så ud, som om han forsøgte at gabe. »Jeg er for træt til at tale mere i aften.« Inden længe snorkede Alfred, svanen, væk.

E-Z gennemgik alt, hvad han vidste om svaner. Hvilket ikke var meget. I morgen ville han lave noget research om Alfreds art.

Han spekulerede på, hvordan PJ og Arden ville have det med Alfred. Behøvede han at introducere dem, eller kunne Alfred være en hemmelighed?

Han puffede sin pude op med næverne og gjorde sig klar til at sove.

Det vækkede Alfred, og han var sur over det.

»Er du nødt til at gøre det?« spurgte Alfred.

»Undskyld,« sagde E-Z.

KAPITEL 10

Næste morgen vågnede E-Z ved lyden af Onkel Sam, der bankede på hans dør. »Vågn op, E-Z! PJ og Arden er allerede på vej for at køre dig i skole.«

E-Z gabte og strakte sig. Han klædte sig på og manøvrerede sig ind i sin stol. Da Alfred stadig sov, ville han snige sig ud til ham efter skole.

»Du kan ikke gå nogen steder uden mig!« sagde Alfred. Han rystede sine fjer over det hele og hoppede så ned på gulvet.

»Du kan ikke tage med mig i skole. Kæledyr er ikke tilladt.«

»E-Z, kom nu, min dreng!« råbte onkel Sam fra køkkenet. »Ellers går du glip af morgenmaden.«

E-Z's mave knurrede, da duften af ristet brød bredte sig i hans retning. »Jeg kommer!«

E-Z havde ikke tid til at diskutere og åbnede døren. Han gik ud i køkkenet, netop som Arden og PJ ankom. Et dyt udenfor lod ham vide, at de var der.

»Okay, okay!« råbte E-Z, mens han tog et stykke ristet brød. Han gik hen ad gangen med sin nye netfodede følgesvend i hælene.

PJ steg ud af bilen for at hjælpe E-Z ind og sikrede hans kørestol i bagagerummet. Da han var ved at lukke det, fik han øje på Alfred, der forsøgte at komme ind i bilen.

»Øh, den tingest kan ikke komme ind i bilen,« råbte PJ.

Arden rullede vinduet ned.

»Hvad pokker er det? Gik jeg glip af et memo om, at vi skulle have Show and Tell i dag?« Han fniste.

»Er det en svane?« spurgte fru Handle PJ's mor.

»Eller er det præsidenten for din fanklub?« spurgte PJ med et grin.

Inde i bilen svarede E-Z. »Vi er for gamle til at vise og fortælle,« grinede han. »Svanen er mit projekt. Et eksperiment, ligesom en førerhund til en blind person. Han er min kørestolsledsager.« Han spændte Alfred fast i sikkerhedsselen.

PJ satte sig ind foran ved siden af sin mor.

Svanen Alfred sagde: »Skal du ikke præsentere mig?«

Fru Handle trak bilen ud, og de begav sig på vej til skolen.

»Alfred,« E-Z kiggede på sine venner, »mød fru Handle. Og mine to bedste venner PJ og Arden. Alle sammen, det her er Alfred, trompetersvanen.« E-Z lagde armene over kors.

Alfred sagde: »Hoo-hoo.« Til E-Z sagde han: »Jeg er utrolig glad for at møde dig. Du kan oversætte for mig.«

»Hvordan kender du hans navn?« spurgte PJ.

»Du er ikke ved at blive til, hvad var det nu han hed, ham der kunne tale med dyr, er du vel E-Z? Sig, at du ikke gør det. Men det kunne blive en rigtig cash cow. Vi kunne markedsføre dit talent. Stille spørgsmål og lægge svarene ud på vores egen YouTube-kanal. Vi kunne kalde den E-Z Dickens the Swan Whisperer.«

»Fremragende idé!« sagde PJ, da hans mor stoppede ved et fodgængerfelt. »For et par år siden ville vi sikkert have tjent millioner på nettet. I dag er det svært at tjene penge på nettet. De har virkelig slået ned på det.«

»Du skal ikke være uhøflig,« sagde fru Handle, mens hun kørte videre.

»Den person, han henviser til, er doktor Dolittle,« foreslog Alfred. »Det var en romanserie på tolv bøger skrevet af Hugh Lofting. Den første bog blev udgivet i 1920, og de andre fulgte efter helt frem til 1952. Hugh Lofting døde i 1947. Han var også britisk. En mand fra Berkshire, født og opvokset.«

»Jeg ved, hvem de mener,« sagde E-Z til Alfred. »Og nej, det er jeg ikke.«

Arden sagde: »Jeg håber ikke, at din svanekammerat stjæler alle pigerne fra os i dag. Du ved, hvordan piger elsker fjerklædte ting.«

Fru Handle rømmede sig.

»Jeg var noget af en lady killer i min tid,« sagde Alfred efterfulgt af endnu et ›Hoo-hoo!‹, som han rettede mod PJ og Arden.

PJ sagde: »Din følgesvend, svanen, får mig virkelig til at grine.«

Arden spurgte: »Hvilken fuglefilm vandt en Oscar?«

PJ svarede: »Lord of the Wings.«

Arden spurgte: »Hvor investerer fugle deres penge?«

PJ svarede: »På storkemarkedet!«

»Dine venner er lette at underholde,« sagde Alfred. »De er to fjolser, skåret over samme læst. Jeg kan godt se, hvorfor du kan lide dem. Jeg kan godt lide fru Handle. Hun er stille og en fremragende chauffør.«

E-Z grinede.

»Jeg er glad for, at du nyder morgenhumoren,« sagde PJ.

»Det gør jeg egentlig ikke,« sagde Alfred. »Desuden er I to nogle rigtige fjolser.«

Arden og PJ tog en dobbeltgænger.

E-Z tog også en dobbeltgænger over deres dobbeltgængere. »Hvad?«

»Hørte I ikke det?« sagde de to i kor. »Svanen kan tale - og med britisk accent. Pigerne kommer virkelig til at elske ham.«

Fru Handle rystede på hovedet. »Lad være med at spille dumme tiggere, I to!«

E-Z kiggede på svanen Alfred, som virkede forvirret.

Alfred forsøgte sig med sin egen vittighed for at se, om de virkelig kunne forstå ham. »Hvorfor nynner kolibrier?« spurgte han.

De tre drenge kiggede på, og det var tydeligt, at både Arden og PJ nu kunne forstå ham.

Alfred sagde pointen: »Fordi de ikke kender ordene, selvfølgelig.«

PJ og Arden grinede, på en måde, men de var mest skræmte.

»Hvorfor kan de også forstå dig nu?« spurgte E-Z. »Først kunne de ikke, og nu kan de. Jeg troede, du sagde, at det kun var mig. Og hvorfor kunne onkel Sam ikke forstå dig?«

Nu, hvor de kunne forstå ham, følte Alfred sig usikker. Han hviskede til E-Z: »Jeg ved det helt ærligt ikke. Medmindre det, jeg er her for, også har noget med dem at gøre.«

»Og det inkluderer ikke onkel Sam? Eller fru Handle?«

»Måske ikke,« svarede Alfred.

»Og hvor fandt du den talende svane?« spurgte Arden.

»Og hvorfor tager du ham med i skole?« spurgte PJ.

Fru Handle surmulede. »I er alle sammen meget fjollede. E-Z siger, at han er en ledsagersvane. Han kan ikke tale.«

»For det første er han ikke bare en svane, han er en Cygnus Falconeri. Også kendt som en kæmpesvane og en art, der har været uddød i århundreder.«

»Jeg har ikke set mange svaner i det virkelige liv,« sagde Arden. »Dem, jeg har set på naturkanalen, virkede dog ikke så store, som han er. Hans fødder er enorme! Og hvad sker der, hvis han skal, du ved, gå på toilettet?«

»Den gennemsnitlige kæmpesvane har en længde fra næb til hale på mellem 190-210 centimeter,« siger Alfred. »Og hvis jeg gør det, bruger jeg græsset - sportspladsen burde give mig rigelig plads til at spise og gøre mine behov, hvis og når det er nødvendigt.«

»Du mener, at du spiser græsset, og så går du på græsset?« sagde PJ.

»Adr!« sagde Arden.

De var meget tæt på skolen nu, så E-Z forklarede. »Jeg kan ikke give dig detaljer, for jeg kender dem ikke rigtig. Det eneste, jeg ved med sikkerhed, er, at Alfred er her for at hjælpe mig, og du kommer til at se meget til ham.«

»Jeg tror ikke, de vil lade ham komme ind på skolen,« sagde Arden.

»Det bliver ikke noget problem, for jeg er jo din ledsager,« sagde Alfred.

PJ, Arden og Alfred grinede, da bilen standsede uden for skolen.

»Ring til mig, hvis jeg skal hente jer efter skole,« sagde fru Handle.

»Tak,« svarede de.

Da E-Z's stol var taget ud af bagagerummet, kørte fru Handle væk fra kantstenen.

Hans venner hjalp ham op i den, mens Alfred fløj op og satte sig på hans skulder. De gik hen foran skolen, hvor rektor Pearson var ved at lukke eleverne ind.

»Godmorgen, drenge,« sagde han med et stort smil på læben. Indtil han fik øje på svanen Alfred. »Hvad er det for en tingest?« spurgte han.

»Han er en ledsagersvane,« sagde E-Z.

»En Cygnus Falconerie, for at være helt præcis,« sagde Arden.

»Han er med os,« sagde PJ.

Rektor Pearson lagde armene over kors. »Den tingest, Cygnus-dimsen, kommer ikke herind!«

Alfred sagde: »Det er okay, E-Z. Lad os ikke lave en scene. Jeg er her, når dine timer slutter. Vi ses senere.« Alfred fløj op og landede på taget af bygningen. Han nød udsigten, før han fløj ned på fodboldbanen. Der var masser af græs at gumle på. Når han var mæt, ville han finde et skyggefuldt sted under et træ og tage en lur.

Rektor Pearson rystede på hovedet og holdt døren for E-Z og hans venner. Indenfor lød den fem minutter lange advarselsklokke.

Denne skoledag var begivenhedsløs for E-Z og hans venner.

Der var stadig intet nyt fra Eriel om nye forsøg.

KAPITEL 11

Alfred fandt sig til rette i sin nye rutine. Børnene i skolen lærte ham at kende - selv om det kun var E-Z og hans venner, der vidste, at han kunne tale.

Denne dag ventede Alfred på E-Z uden for skolen, og han spurgte: »Kan vi tale sammen?«

E-Z kiggede sig omkring; han ville stadig ikke have, at de andre elever skulle overhøre ham tale med en svane. Han hviskede: »Øh, kan det vente, til vi kommer hjem?«

»Åh, jeg forstår,« sagde Alfred. »Du føler dig stadig usikker, når vi snakker. Det er forståeligt, men børnene elsker mig her. De står i kø for at klappe mig og fodre mig. Og kommer onkel Sam ikke hjem? Jeg har brug for at tale med dig alene.«

»Da han stadig ikke kan forstå dig, taler du med mig alene, selv når vi er hjemme.«

»Men det er en sag, der er ret vigtig, og det er ret tidsfølsomt,« sagde Alfred.

PJ kørte op på kantstenen ved siden af dem. Arden spurgte, om de ville have et lift hjem.

»Øh, gutter. Beklager, men jeg går hjem med Alfred i dag. Han har nogle vigtige oplysninger at give mig.«

PJ og Arden rystede på hovedet. Arden sagde: »Vi forventede at blive smidt over bord en dag for en pige - ikke en fugl.« Han fniste.

»Og hvad med spillet?« Spurgte Arden.

»I dag er i dag, og kampen er først i morgen. Beklager, drenge.« E-Z satte tempoet op. Bilen kravlede ved siden af ham og kørte så væk med en hvinende lyd fra dækkene.

»Plonkers,« sagde Alfred.

»De mener det godt. Hvad er det nu, der er så vigtigt?«

»Har du hørt noget fra Lia på det seneste? Jeg er bekymret for hende.« Alfred vraltede rundt ved siden af E-Z og nappede hovedet af en mælkebøtte, mens han gik.

»Hvorfor er du bekymret? Intet nyt er godt nyt, er det ikke?«

»Jeg har faktisk hørt fra hende, og der er sket en, øh, ja, en forvirrende ny udvikling.«

E-Z stoppede op. »Fortæl mig mere.«

»Gå videre,« sagde Alfred, som nu nippede hovedet af en marguerit. »Lia og hendes mor er allerede på vej hertil. De burde ankomme engang i morgen.«

»Hvorfor så travlt? Jeg mener, ja, det er en overraskelse. Vi vidste, at de snart ville komme. Hvad er der forvirrende ved det?«

»Det er ikke det, der er forvirrende.«

»Hold op med at trække tiden ud, og spyt ud!«

»Lia er ikke længere syv år gammel - hun er nu ti år gammel.«

»Hvad? Det er da umuligt.«

»Tror du, hun ville lyve?«

»Nej, jeg tror ikke, hun ville lyve, men - det giver absolut ingen mening. Folk vokser ikke fra syv til ti år på få uger.«

»Hun sagde, at hun gik i seng. Næste morgen gik hun ud i køkkenet for at spise morgenmad, og hendes barnepige begyndte at skrige. Det var sådan, hun opdagede, at hun var blevet tre år ældre i løbet af natten.«

»Whoa!« udbrød E-Z.

»Og der er mere.«

»Mere. Jeg kan ikke forestille mig noget mere.«

»Hun var i stand til at overbevise sin mor om, at hun ikke behøvede at blive her under hele besøget. Hun er en travl forretningskvinde. Det krævede en hel del overtalelse. Lia sagde, at det ville være bedre for hende med Sams erfaring med dig og forsøgene. Hendes mor gik med til det på nogle få betingelser.«

»Som for eksempel?«

»At hun kan lide onkel Sam.«

»Alle kan lide onkel Sam.«

»Og at du forklarer hende, hvordan hendes datter kan være blevet så gammel fra den ene dag til den anden.«

»Og hvordan er det lige, jeg skal gøre det?«

»For at være ærlig,« sagde Alfred, «har jeg ingen anelse. Det var derfor, jeg ville tale med dig alene. Jeg mener, onkel Sam ved jo godt, at Lia kommer, ikke?«

E-Z nikkede: »Ja, hvis de er på vej.«

»Men han forventer en syvårig lille pige, når en tiårig dukker op på hans dørtrin.«

E-Z stoppede igen. Onkel Sam. Han havde slet ikke tænkt på, at onkel Sam skulle have med en tiårig pige at gøre. »Jeg er ikke sikker på, at jeg nogensinde har nævnt Lias alder for ham!«

fortsatte Alfred. »Jeg har hørt om mennesker, der ældes hurtigt. Der er en sygdom, der hedder progeria. Det er en genetisk tilstand, ret sjælden og ret dødelig. De fleste børn bliver ikke ældre end tretten år, og Lia er allerede ti, så vi må finde ud af det.«

»Hvad er det, du sagde?«

»Progeria.«

»Ja, progeria, hvordan får man det?« spurgte E-Z.

»Jeg har forstået, at det sker i løbet af de første par år. Og børnene bliver som regel vansirede.«

»Lia er vansiret på grund af glasset, ikke på grund af en sygdom. Er der en kur?«

»Ingen kur. Men E-Z, der er noget andet. Det har noget at gøre med øjnene i hendes hænder. De er nye, og sygdommen er ny. Er det ikke lidt for meget af et sammentræf?«

E-Z overvejede det og besluttede, at Alfred havde ret. Det var for meget af et tilfælde. Men hvad skulle han gøre ved det? Skulle han ringe til Eriel? »Kender du Eriel?«

Alfred satte tempoet ned, og det samme gjorde E-Z. De var næsten hjemme og havde brug for at tale om det, før de mødtes med Uncle Sam. »Ja, jeg har hørt om ham. Men som du ved, er Eriel ikke min engel. Du har mødt min mentor Ariel, og hun er naturens engel, og derfor er jeg i samme tilstand som en sjælden svane. Hun kan måske hjælpe, men vi bliver nødt til at vente på hendes næste optræden for at gøre det.«

»Du mener, at du ikke kan hidkalde hende?«

Alfred nikker. »Er du i stand til at hidkalde Eriel, når du vil?«

E-Z grinede. »Ikke ligefrem med vilje, men han kan nås. Men han er en pestilens og bryder sig ikke om at blive kaldt på eller hidkaldt.« E-Z tænkte stille, og det samme gjorde

Alfred. Deres hus var i sigte nu, og onkel Sam var hjemme, da hans bil holdt parkeret i indkørslen. »Jeg synes, vi skal vente og se, hvad der sker med Lia.«

»Enig,« sagde Alfred, mens han trådte væk fra stien og trak noget græs op af jorden og tyggede på det. E-Z kiggede på. »Jeg foretrækker ikke at spise for meget græs; jeg mener plænegræs. Det er det, jeg spiser hele dagen, når du er i skole - bortset fra de få blomster, jeg kan finde. Lige nu har jeg lyst til at spise noget af det våde, der vokser under vandet. Det er friskere og mere saftigt.«

»Det er jeg helt med på,« sagde E-Z. »Jeg kan godt lide at spise salat, når den er frisk og sprød. Jeg bryder mig ikke så meget om, når den kommer i poser, og den eneste måde at få den ned på er at dyppe den i salatdressing.«

»Jeg savner virkelig menneskemad.«

»Hvad savner du mest?«

»Cheeseburgere og pommes frites, uden tvivl. Åh, og ketchup. Jeg plejede at elske den tykke, røde, klæbrige sovs til alt.«

»Måske ville det ikke være så slemt på græs?« E-Z grinede, men Alfred tænkte over det.

»Jeg er villig til at prøve det.«

»Lad os sætte det på din bucket list,« sagde E-Z.

»Hvad er en bucket list?« spurgte Alfred.

KAPITEL 12

E -Z overvejede Alfreds spørgsmål. Alfred vidste ikke, hvad en bucket list var ... og udtrykket blev opfundet i 2007. I Nicholson/Freeman-filmen af samme navn. Han forklarede uden at gå for meget i detaljer.

»Det er en virkelig interessant idé,« sagde Alfred og pudsede sine fjer. »Men hvad er meningen med at lave en bucket list? Du må da kunne huske alt det, du virkelig gerne vil?«

»Ved du hvad, Alfred, jeg er ikke helt sikker. Jeg tror, det har noget med alder at gøre. At blive gammel og miste hukommelsen.«

»Det giver mening.«

De fortsatte deres rejse og kom hjem. Da E-Z kørte sig selv op ad rampen, hoppede Alfred op. Svanen baskede med vingerne for at hjælpe med den opadgående fart. På toppen, da E-Z åbnede døren, hørte de en ukendt stemme.

»Åh nej, de er her allerede!« sagde Alfred.

»Du kunne godt have advaret mig!« E-Z svarede og lagde sin taske på en krog på vej ind i stuen.

»Det ville jeg selvfølgelig have gjort, hvis jeg havde vidst det!«

Lia rejste sig op.

For E-Z så den tiårige Lia bemærkelsesværdigt anderledes ud, indtil hun holdt sine åbne håndflader op.

Lia hvinede og løb hen til ham og gav ham et stort knus. Så krammede hun Alfred og sagde, at hun var utrolig glad for endelig at møde ham.

Lias mor Samantha stod også og så sin datter omfavne den dreng, der havde reddet hendes liv. Englen/drengen i kørestolen. Hendes datter havde nævnt Alfred, men ikke at han var en kæmpestor svane.

Onkel Sam rejste sig og sagde: »Åh, E-Z! Gudskelov, at du er hjemme!« Han rykkede tættere på sin nevø. Så foreslog han akavet, at de skulle gå ud i køkkenet og hente forfriskninger.

»Vi har det fint,« sagde Samantha.

Sam insisterede på, at de skulle gå ud i køkkenet alligevel.

»Øh,« stammede E-Z. »Jeg vil gerne have en drink.«
Sam sukkede.

»Du skal ikke være til besvær for os,« sagde Samantha.

»Det er slet ikke noget problem,« sagde Sam og skubbede E-Z's stol hen mod udgangen til stuen.

»Lia, du er meget smuk,« sagde Alfred og bøjede hovedet, så hun kunne klappe ham.

»Tak,« sagde Lia og rødmede. Hun kastede et blik i E-Z's retning, da de forlod rummet, men han lagde ikke mærke til det, da hans øjne var rettet mod onklen.

Da de kom ud i køkkenet, parkerede Sam sin nevø. Han åbnede køleskabet og lukkede det igen. Han gik hen til skabet, åbnede døren og lukkede den igen.

»Hvad er der galt?« Spurgte E-Z.

»Jeg ventede dem ikke så hurtigt, og hvad spiser og drikker folk fra Holland egentlig? Jeg tror ikke, jeg har noget passende i huset. Skal jeg gå ud og købe noget særligt?«

»De er mennesker ligesom os, og jeg er sikker på, at de vil smage på alt, hvad du har. Lad være med at tænke for meget over det.«

»Hjælp mig lige her, knægt. Hvad skal vi servere? Ost og kiks? Noget varmt, grillede ostesandwiches? Vi har vand, juice og sodavand.«

»Okay, lad os tage ost og kiks indtil videre. Så ser vi, hvordan det går. Og en bakke med forskellige drikkevarer.«

Sam sukkede og satte det hele sammen på en bakke. »Åh, servietter!« sagde han og tog en stak frem fra skuffen.

»Er I klar?« Spurgte E-Z.

»Tak, knægt,« sagde Sam, mens han samlede bakken med mad og drikke op. Han gik ind i stuen, og nevøen fulgte efter ham. Sam satte det hele på bordet, sprang op og sagde: »Sidetallerkener!« og forlod rummet for kort efter at vende tilbage med de nævnte ting.

E-Z kastede et blik i Lias retning, da han nippede til sin drink. Han kunne stadig se hende som en lille pige, selv om hun ikke var det længere. Hendes hår var længere.

Lias mor så endnu mere utilpas ud, end onkel Sam gjorde. Hun pillede ved en kiks, men bed ikke i den. Hun flyttede glasset med drikke frem og tilbage, men drak ikke af det. Hun kiggede i onkel Sams retning en gang imellem, men ikke ret længe. Så sukkede hun meget højt og gik tilbage til at rode med sin mad.

»Hvordan var din flyvetur?« spurgte E-Z.

»Det var let - let sammenlignet med at flyve med dig,« sagde Lia. Hun grinede, og læskedrikken kom næsten ud af næsen på hende. Snart grinede de alle sammen og følte sig mere trygge.

Alfred sludrede løs, vel vidende at kun Lia og E-Z kunne forstå ham. »Nu er vi sammen, De Tre. Som det var meningen, det skulle være.«

Lia og E-Z udvekslede blikke.

Alfred fortsatte. »Jeg bliver ved med at undre mig over, hvorfor vi blev bragt sammen. E-Z, du kan redde folk, og du er superduperstærk, plus at du kan flyve, og det kan din stol også. Lia, dine kræfter ligger i dit syn. Du kan læse tanker. Efter hvad E-Z har fortalt mig, har du lysets kræfter og kan stoppe tiden.

»Jeg kan rejse, flyve i luften, og jeg kan nogle gange fortælle, hvornår ting vil ske, før de sker. Jeg kan også læse tanker, men ikke hele tiden. Og så elsker de fleste mennesker svaner. Nogle siger, at vi er engle. Der er endda dem, der tror, at svaner har evnen til at forvandle mennesker til engle. Jeg ved ikke, om det er sandt. Jeg kan selv hjælpe alle levende, åndende ting med at helbrede sig selv.«

Den sidste del var ny for E-Z. Han ville gerne vide mere.

Alfred tilbød: »At overgive sig er det første skridt.«

E-Z og Lia var fortabt i tanker om Alfreds tilståelse.

»Hvad gør vi nu?« spurgte Lia.

»Alle hold har brug for en leder, en kaptajn. Jeg nominerer E-Z,« sagde Alfred.

»Jeg støtter nomineringen,« sagde Lia.

Lia og Alfred løftede deres glas for E-Z. Onkel Sam og Lias mor Samantha deltog i skålen. Selv om de ikke anede, hvorfor de alle sammen skålede.

E-Z takkede dem alle sammen. Men indeni spekulerede han på, hvordan det hele skulle gå. Hvordan skulle han lede en lille pige og en trompetersvane? Hvordan skulle han holde dem i sikkerhed og ude af fare?

Onkel Sam og Samantha tilbød at rydde op, mens trioen gik ind i stuen igen.

»Det er en god mulighed for, at de kan lære hinanden lidt bedre at kende,« sagde Alfred.

»Ja, mor har aldrig været så nervøs før. Med sit job møder hun masser af mennesker, og hun taler med dem, selv helt fremmede, som om hun altid har kendt dem. Det er en af hemmelighederne bag hendes succes, tror jeg. Men med Sam er hun stille som en mus og nervøs.«

»Måske er det jetlag,« foreslog E-Z.

Alfred grinede. »Nej, de er tiltrukket af hinanden. I er begge to for unge til at lægge mærke til det, men der var en stemning i luften.«

»Virkelig, er min mor vild med Sam?«

»Onkel Sam var også akavet - men han møder ikke mange piger for tiden, da han arbejder hjemmefra og bruger det meste af sin tid på at hjælpe mig. Jeg stemmer for, at vi skifter emne.«

»Også mig,« sagde Lia.

»I to er ikke sjove.«

»Jeg tror, det er på tide, at vi tilkalder Eriel,« sagde E-Z. »Det må være ham, der har bragt os alle sammen sammen. Vi har brug for at blive indviet i planen. For at vide, hvad der forventes af os og hvornår.«

»Hvem er Eriel?« spurgte Lia. »Jeg kan huske, at du spurgte mig før, om jeg kendte ham.«

»Han er en ærkeengel, og han har været mentor for mine forsøg. I hvert fald de sidste par.«

»Min engel, den, der har givet mig gaven til at se med hænderne, hedder Haniel. Hun er også en ærkeengel. Hun er jordens omsorgsperson.«

Dette overraskede E-Z. Hvis de alle arbejdede for deres egne engle, hvorfor var de så bragt sammen? Var den ene engel mere magtfuld end den anden? Hvem var chef-englen? Hvem stod til ansvar over for hvem?

»Jeg vil gerne vide, hvad der foregår,« sagde Alfred.

»Alt, hvad jeg ved,« sagde Lia, «er, at jeg efter ulykken blev spurgt, om jeg ville være en af de tre. Og nu, voila, er vi her.«

Onkel Sam og Samantha kom ind i lokalet. De snakkede lidt mere sammen, indtil Samantha, som var træt efter flyveturen, gik ind på sit værelse. Onkel Sam gik også ind på sit værelse.

»Lad os gå ind på mit værelse og snakke,« sagde E-Z.

Lia og Alfred fulgte efter. Efter et par timers diskussion indså trioen, at de havde masser af spørgsmål, men kun få svar. Lia gik ind på sit værelse, som hun delte med sin mor. Alfred sov på kanten af E-Z's seng. E-Z snorkede væk. I morgen var en ny dag - så ville de finde ud af det hele.

KAPITEL 13

Næste morgen bar Lia skåle med morgenmadsprodukter ud i baghaven. Solen stod op på himlen, det var en skyfri dag, og klokken nærmede sig 10. Alfred gumlede på græsset nær stien.

Lia rakte E-Z hans skål, satte sig under parasollen på terrassen og tog en skefuld cornflakes.

»Nordamerikanske cornflakes smager anderledes end dem, vi har i Holland.«

»Hvad er forskellen?« spurgte E-Z.

»Her smager alting sødere.«

»Jeg har hørt, at de bruger forskellige opskrifter i forskellige lande. Vil du have noget andet?« Hun afslog med en hovedrysten. »Jeg kunne ikke sove i nat,« sagde E-Z og tog endnu en skefuld Captain Crunch.

»Undskyld, snorkede jeg for meget?« spurgte Alfred, mens han stak ansigtet ned i det dugvåde græs.

»Nej, det var fint. Jeg havde meget at tænke på. Jeg mener, vi er her alle sammen. De tre - og jeg har ikke haft en retssag i et stykke tid... Siden Hadz og Reiki blev degraderet, ved jeg ikke, hvad der foregår. Efter den sidste kamp med Eriel - som jeg i øvrigt vandt - har jeg ikke hørt noget fra

Eriel. Det gør mig nervøs. Gad vide, hvad han finder på for at gøre mit liv surt.«

Alfred vraltede længere væk i haven, da en enhjørning landede på græsset.

»Til tjeneste,« sagde Lille Dorrit.

Enhjørningen kælede for Lia, mens hun rejste sig og kyssede den på panden.

Over dem begyndte en blå stribe af himmelskrift. Den stavede ordene:

FØLG MIG.

E-Z's stol rejste sig. »Kom nu!« råbte han.

Lille Dorrit bøjede sig ned, så Lia kunne komme op på hende.

Alfred baskede med vingerne og sluttede sig til de andre.

»Nogen idé om, hvor vi er på vej hen?« spurgte Alfred.

»Det eneste, jeg ved, er, at vi skal skynde os! Vibrationerne stiger, så vi må være tæt på.«

»Se længere fremme,« råbte Lia. »Jeg tror, der er brug for os i forlystelsesparken.«

Det stod straks klart for E-Z, at der var brug for dem. Rutsjebanen var blevet afsporet. Vognene dinglede halvt på og halvt af skinnerne. Og passagerer i alle aldre skreg. Et barn hang så usikkert med benene ud over siden af vognen, at det var klart, at han ville falde først.

»Vi griber drengen,« sagde Lia og stak af. Hun og Lille Dorrit gik direkte efter drengen. Han gav slip, faldt og landede sikkert foran Lia på enhjørningen.

»Tak,« sagde drengen. »Er det virkelig en enhjørning, eller drømmer jeg?«

»Det er det virkelig,« sagde Lia. »Hun hedder Lille Dorrit.«

»Min mor har en bog med det navn. Jeg tror, den er af Charles Dickens.«

»Det er rigtigt,« sagde Lia.

»Er der enhjørninger i Lille Dorrit? Hvis ja, bliver jeg nødt til at læse den!«

»Det kan jeg ikke sige med sikkerhed,« sagde Lia. »Men hvis du finder ud af det, så lad mig det vide.«

E-Z tog fat i de overhængende biler en efter en. Det krævede en del at få den til at balancere, for i starten var den lidt som en slinky, der hældte i én retning. Men hans erfaring med flyet hjalp og inspirerede ham, da han løftede vognene tilbage på skinnerne. Han holdt dem stabile, indtil alle passagererne var sikkert inde.

Takket være Alfreds hjælp gik denne proces glat. Ved hjælp af sine vinger, sit næb og sin størrelse var Alfred i stand til at løfte dem i sikkerhed.

»Er alle okay?« råbte E-Z til rungende bifald fra alle passagererne.

Da opgaven var fuldført, fløj Alfred op til Lia og de andre. Det var et glimrende sted at observere.

»Er det okay, at vi tager drengen ned nu?« spurgte Lia.

E-Z gav hende en tommelfinger op.

Nedenunder blev en kran bragt ind med det formål at blive løftet op til en redning. Den var ikke i nærheden af at være klar endnu. Han så, hvordan arbejderne kravlede rundt i deres gule hjelme.

E-Z fløjtede til fyren, der betjente rutsjebanen, at han skulle starte den.

Rutsjebaneoperatøren genstartede motoren. Først tøffede vognene lidt fremad, så stoppede de. Passagererne skreg af frygt for, at den ville afspore igen. Nogle holdt sig for nakken, som var blevet rystet ved den oprindelige hændelse.

E-Z placerede sin kørestol forrest i vognene for at observere, at deres position ikke ændrede sig. Han bemærkede, at vinden tog til, da passagerernes hår blev fejet rundt i vognene. En ældre mand mistede sin baseballkasket fra LA Dodgers. Alle så, hvordan den faldt til jorden.

»Prøv igen,« råbte E-Z og håbede på det bedste, men tænkte på en plan B for en sikkerheds skyld.

Operatøren skruede op for motoren. Endnu en gang bevægede rutsjebanen sig fremad. Denne gang lidt længere, men igen rullede den til et fuldt stop.

E-Z råbte ordrer til Lille Dorrit: »Læg Lia ned på jorden. Tag derefter nogle kædeled med kroge i begge ender og bring dem op til mig.«

Enhjørningen nikkede og steg ned til »oohs« og »ahhs« fra mængden, der havde samlet sig nedenfor. En fyr forsøgte at få fat i hende og få et lift, men hun skubbede ham væk med sin næse, og politiet rykkede ind for at afspærre området.

»Her!« sagde en bygningsarbejder. Han havde hørt, hvad E-Z bad om. Han lagde en del af kæden i munden på Lille Dorrit og lagde resten rundt om hendes hals.

»Er den ikke for tung?« spurgte han, mens Lille Dorrit uden problemer lettede og fløj op til Alfred, der nu ventede ved E-Z's side.

Alfred brugte sit næb til at sætte krogen i rutsjebanevognens front. Han satte den på plads og fastgjorde den til E-Z's kørestol.

»Bliv venligst siddende,« kaldte E-Z. »Jeg får dig ned, langsomt, men sikkert. Prøv ikke at flytte dig for meget rundt, jeg vil gerne have, at vægten er konsekvent placeret. På tre ruller vi,« sagde han. »En, to, tre.« Han trak, gav den alt, hvad han havde, og bilen rullede sammen med ham. Det var nemt at komme ned, men når han skulle op, måtte han sørge for, at vognen ikke fik for meget fart på og blev skubbet væk igen. Lille Dorrit og Alfred fløj ved siden af bilen, klar til at handle, hvis noget gik galt.

Lia var så bange, nervøs og spændt.

»Du kan godt, E-Z!« råbte hun og glemte, at hun kunne sige ordene i sit hoved, og at han ville høre dem.

»Tak,« sagde han og holdt tempoet langsomt og stabilt. Selv om E-Z var træt, var han nødt til at fuldføre opgaven. Da bilen rundede hjørnet og stoppede helt op, kørte den tilbage i tunnelen. Tilbage, hvor dens rejse først var begyndt.

»Tak!« råbte operatøren.

Brandmænd, paramedicinere og sygeplejersker gjorde sig klar til angrebet fra passagererne. De steg af på samme tid.

»E-Z! E-Z! E-Z!« råbte folkemængden, mens telefonerne var hævet for at filme hele hændelsen.

»Tror du, vi har tid til at få fat i noget candyfloss?« spurgte Lia.

»Og karamelmajs?« sagde Alfred. »Jeg er ikke sikker på, at jeg kan lide det, men jeg er villig til at prøve!«

»Selvfølgelig,« sagde E-Z, »jeg køber begge dele til dig, ingen problemer! Måske køber jeg endda en Candy Apple.«

Da han gik hen for at købe ind, bemærkede han, at journalisterne var ankommet. De var samlet omkring en person, der var meget høj og havde kulsort hår. Manden holdt en høj hat foran sig og lignede Abraham Lincoln. Ved nærmere eftersyn indså han, at det var Eriel i forklædning. Han rykkede tættere på for at lytte med.

»Ja, det er mig, der har samlet denne dynamiske trio. Lederen er E-Z Dickens, og han er tretten år gammel og en superstjerne. Ud over at være det mest erfarne medlem af The Three er han lederen. Som du må have bemærket, kan han klare næsten alt. Han er en fantastisk dreng!«

E-Z kunne mærke, at hans kinder blev varme.

»Hvad med pigen og enhjørningen?« råbte en journalist.

»Hun hedder Lia, og det var hendes første eventyr i superhelteverdenen. Hendes enhjørning er Little Dorrit, og de to er et fantastisk team. Hun reddede den dreng,« han greb fat i drengen. Han satte ham i centrum for kameraerne.

Da alle øjne var rettet mod ham, afsluttede han sin sætning. »Med lethed. Lia og Lille Dorrit er vidunderlige tilføjelser til teamet, og de vil være en enorm hjælp for E-Z i alle hans fremtidige bestræbelser.«

»Hvordan var det?« spurgte en journalist drengen.

»Lia var rigtig sød,« sagde den unge dreng.

Den mørke skikkelse skubbede drengen væk. Han støvede sig selv af.

»Trompetersvanen hedder Alfred. Dette var hans første mulighed for at hjælpe E-Z. Han udsatte modigt sig selv for fare. Alfred er endnu et fremragende medlem af superhelteholdet De Tre. Du vil se mange af dem i fremtiden.« Han tøvede: »Og så hedder jeg Eriel, hvis du vil citere mig i din artikel.«

Nu ønskede E-Z, at han ikke havde sagt ja til at indsamle karnevalsgodter. Han krøb til side i håb om ikke at blive bemærket.

»Der er han!« var der en, der råbte.

Andre, som stod i kø bag ham, skubbede ham frem i køen.

»Den er på huset,« sagde sælgeren og rakte ham en af alle tingene.

»Tak,« sagde han, mens han lettede.

»Det er ham! Drengen i kørestolen! Vores helt!« råbte nogen under ham.

»Der er han, tag et billede af ham.«

»Kom tilbage og tag en selfie, tak!«

E-Z kiggede hen, hvor Eriel havde været, men nu hvor han var blevet set, var der ingen, der var interesseret i ham. Før han vidste af det, var Eriel væk.

»Lad os komme væk herfra!« udbrød E-Z og spekulerede på, hvor de skulle tage hen. Hvis de tog hen til hans hus, ville journalisterne og fansene højst sandsynligt følge efter. På en måde savnede han de dage, hvor Hadz og Reiki udslettede alle involverede - det gjorde bestemt tingene mere ukomplicerede.

På vejen tilbage kunne E-Z ikke lade være med at spekulere på, hvad Eriel havde gang i. Det var trods alt ikke meningen, at nogen skulle kende til hans forsøg. Det var meget mærkeligt - men han var for udmattet til at tale om det med sine venner. I stedet spekulerede han på, hvorfor det ikke længere var vigtigt at holde sine prøvelser skjult - og hvordan det ville ændre tingene. Det var godt, at hans vinger ikke længere brændte, og at hans stol ikke virkede interesseret i at drikke blod.

»Det var ret nemt,« sagde Alfred.

Lia grinede: »Og det var ret sjovt at se dig i aktion, E-Z.«

»Hey, hvad med mig, jeg hjalp også!«

»Det gjorde du,« sagde E-Z. »Og Lille Dorrit, tak! Jeg kunne ikke have gjort det uden dig!«

Lille Dorrit grinede. »Jeg er glad for at kunne hjælpe.«

»Du var fantastisk!« sagde Lia og strøg hende over halsen.

Men der var noget, der bekymrede dem. Det var tydeligt, at E-Z kunne have gjort det hele selv. Han havde ikke brug for hjælp.

Alfred følte især, at han som trompetersvane gjorde alt, hvad han kunne. Men han var ikke til megen hjælp i denne form for redning. Ikke som en, der havde hænder, kunne hjælpe. Han havde gjort sit bedste, men var det nok? Var han det bedste valg til at være medlem af De Tre?

Lia tænkte, at Lille Dorrit kunne være landet under drengen og have reddet ham, uden at hun var på dens ryg. Enhjørningen var klog og kunne have fulgt E-Z's vejledning og instruktioner. Hun følte, at hun var kommet hele vejen, og for hvad? Det gav ikke rigtig nogen mening.

De vendte hjem igen. Selv om de havde udrettet noget vidunderligt sammen, var deres humør lavt.

Lille Dorrit gik og tog hen, hvor hun boede, når der ikke var brug for hende.

E-Z gik straks ind på sit kontor, hvor han arbejdede lidt på sin bog. Han havde ønsket at opdatere listen over forsøg for at se, hvor han var. Han besluttede sig for at skrive dem alle ind igen fra begyndelsen:

1/ reddede den lille pige

2/ reddede flyet fra at styrte ned

3/ stoppede skytten på taget

4/ stoppede pigen i butikken

5/ stoppede skytten uden for hans hus

6/ duellerede med Eriel

7/ kom ud af den kugle

8/ reddede Lia

9/ fik en rutsjebane tilbage på sporet.

Han var ikke sikker på, om det at redde Uncle Sam var en prøvelse eller ej. Hadz og Reiki havde renset hans sind. E-Z's mavefornemmelse var, at det ikke havde været en prøvelse at redde Onkel Sam.

Han satte sig tilbage i sin stol. Tænkte på sin forestående deadline. Han skulle gennemføre yderligere tre forsøg inden for en begrænset periode. På en måde ville han gerne have dem overstået. På en anden måde skræmte det ham at være færdig med sit engagement.

I mellemtiden besluttede Alfred sig for at tage en svømmetur ved søen.

Mens Lia og hendes mor gik en tur.

$$***$$

» Hvordan var det?« spurgte Samantha.

»Det var ekstremt spændende og skræmmende på samme tid. E-Z er bemærkelsesværdig. Frygtløs,« forklarede Lia.

»Og hvad var dit bidrag?«

De drejede om hjørnet og satte sig sammen på en parkbænk. Børnene legede, løb op og ned og råbte. Både mor og datter huskede, hvordan Lia plejede at lege sådan her, ubekymret, da hun var syv år gammel. Nu, hvor hun var ti, var hendes interesse for at lege blevet meget mindre.

»Savner du det?« spurgte Samantha.

Lia smilede. »Du ved altid, hvad jeg tænker. Det gør jeg egentlig ikke, men en dag vil jeg gerne prøve at danse igen. For at se, hvordan og om jeg kan vænne mig til det.«

De sad sammen og kiggede uden at sige noget.

»Hvad angår mit bidrag, så hang en lille dreng ned fra bilen, og uden Lille Dorrits hjælp var han måske faldet.«

»Kunne være faldet?«

»Ja, jeg tror, at E-Z ville have reddet ham og derefter klaret resten, hvis vi ikke havde været der. Han er vant til at klare prøverne alene.«

»Tror du ikke, der var brug for dig eller Alfred?«

»At vi var der som moralsk støtte var nyttigt, det ved jeg ikke. Ærkeenglene har gjort sig store anstrengelser for at få os samlet. At flyve os hele vejen fra Holland, vores hjem. Men på baggrund af denne retssag tror jeg ikke, det er nødvendigt.«

Samantha tog sin datters hånd i sin, og de rejste sig fra bænken og vendte tilbage mod hjemmet.

»Jeg tror, det er en god ting at have et team som backup, og jeg er sikker på, at E-Z ved det og sætter pris på det. Han virker ikke som en dreng, der er en enspænder. Han spillede baseball, og det gør han stadig, efter hvad Sam har fortalt mig. Han ved, at hold arbejder godt sammen og bygger på hver enkelt spillers styrker. Hvad dig angår, ville jeg ikke bekymre mig om, at du ikke var den mest afgørende faktor i denne retssag. Og undervurder aldrig dit værd.«

»Tak, mor,« sagde Lia, da de rundede hjørnet til deres gade. »Lad os nu tale om Sam. Du kan virkelig godt lide ham, ikke?«

Samantha smilede, men svarede ikke.

$$* * *$$

Samtidig tjekkede Sam oppåE-Z. »Er alt i orden?« spurgte han og stak hovedet ind på sin nevøs kontor.

»Jeg er ikke sikker. Kan vi tale sammen?«

»Selvfølgelig, knægt.«

»Luk venligst døren.«

»Hvad er der galt? Gik den første holdprøve ikke godt?«

»Først vil jeg gerne spørge dig, hvad der sker med dig og Lias mor?«

Sam skubbede til sine fødder og pudsede sine briller. »Lad os ikke få det her til at handle om mig og Samantha. Det er mellem os.«

»Nå, så der er et USA?« grinede han.

»Skift emne,« sagde Sam.

»Okay, hvad du end siger. Hvad angår retssagen, så gik den godt, og du må ikke tænke dårligt om mig. Jeg siger det ikke, fordi jeg er tykhovedet, men jeg kunne have gennemført den uden de andre.«

»Fortæl mig præcis, hvad der skete. Hvad var din opgave? Og jeg må sige, at det overrasker mig, for du har altid været en holdspiller.«

»Det ved jeg godt. Det er også det, der bekymrer mig. Det var i forlystelsesparken. En rutsjebane kørte af sporet. Den forreste del hang ud over kanten, og passagererne væltede ud. Kun én var i reel fare - et barn, som Lia fangede med hjælp fra enhjørningen Little Dorrit.«

»Det lyder, som om den redning var nyttig.«

»Det var den, for drengen var i tidsnød, men jeg var der og kunne have reddet ham. Så satte jeg vognen tilbage på sporet og hjalp de andre ind. Det var, som om tiden stod stille for mig - så jeg kunne sagtens have løst denne situation uden nogens hjælp.«

»Det lyder, som om Alfred ikke var til megen nytte for dig. Antyder du, at du kunne klare dig uden ham?«

E-Z kørte sine fingre gennem den mørke midte af sit hår. Den strittende følelse fik ham på en eller anden måde til at stresse af.

»Alfred hjalp. Men jeg ledte efter måder, hvorpå han kunne hjælpe. Han prøver så hårdt. Vi vil så gerne hjælpe, men helt ærligt, han er klog nok til at vide, at jeg skabte arbejde for ham. Så han kunne hjælpe, og det har jeg det ikke godt med.«

»Det er det, holdspillere gør. De passer på hinanden. Hjælper hinanden.«

»Det ved jeg, men når der er liv på spil, er det op til mig at sørge for, at ingen dør. Hvis jeg finder på opgaver til de andre for at få dem til at føle sig nødvendige, er det et handicap, ikke en hjælp.« Han sukkede dybt og klikkede med fingrene over tastaturet. Skamfuldt undgik han øjenkontakt med sin onkel.

Efter et par minutters tavshed gik E-Z tilbage til arbejdet med sin bog for at lade sin onkel tænke over tingene. Han gennemgik detaljerne i dagens begivenheder.

Som han debriefede. Brød tingene ned. Tog retssagen fra hinanden og satte den sammen igen, fik han en åbenbaring. Det var noget, han aldrig havde gjort før. Han kunne diskutere det med sit team. De kunne fortælle ham, hvordan han klarede sig, komme med forslag, så han kunne forbedre sig. Ja, der var mange fordele ved at være en af de tre. Han følte sig afslappet og lykkeligere med denne viden.

»Jeg synes, du skal give denne teamsituation mere tid, før du beslutter dig for noget. Det må være en fordel for dig at vide, at de hver især har deres egne særlige kræfter, som kan hjælpe dig. I denne situation var dine evner i højsædet. Det betyder ikke, at det altid vil være sådan. Tingene kan ændre sig til den næste opgave. Der er en grund til, at alting sker.«

»Du tænker i de samme baner, som jeg gør nu. Alting er altid bedre, hvis man ikke er alene om det. Det har du lært mig.«

»Er der andre her i huset, der er sultne?« kaldte Alfred, mens han vraltede hen ad gangen.

E-Z skubbede sin stol tilbage og svarede: »Mig!«

Sam sagde: »Du hvad?«

»Åh, Alfred spurgte, om der var nogen, der var sultne.«

»Det er jeg også!« råbte Sam.

»Det er jeg,« sagde Lia. »Hvad skal vi have til aftensmad?«

Samantha foreslog, at de bestilte pizza. Alle jublede, undtagen Alfred. Han var ikke fan af ost.

De tilbragte aftenen sammen med at fylde deres ansigter og se en serie om zombier.

»Det er ikke for skræmmende for dig, vel Lia?« spurgte E-Z,

»Den er for skræmmende for mig!« svarede Samantha. Sam lagde armen om hende, mens Lia fnisede og holdt sin mor i hånden.

KAPITEL 14

Tidligt næste morgen vågnede Alfred medetskrig. Hvis du aldrig har hørt en svane skrige, så er du heldig. Det var så højt, at det vækkede alle.

E-Z forsøgte at berolige Alfred. Men svanen baskede bare endnu mere med vingerne og lavede en frygtelig lyd. Det var, som om han blev tortureret. Enten det, eller også var verden ved at gå under!

Onkel Sam kom for at se, hvad der foregik.

»Det er Alfred, men bare rolig. Jeg har styr på det,« sagde E-Z.

Snart kom Lia og Samantha for at undersøge sagen. Lia overtalte Samantha til at lægge sig til at sove igen.

Lia blev tilbage for at hjælpe E-Z med at trøste Alfred. Han gik straks hen til vinduet, åbnede det med sit næb og fløj ud i natten.

Over dem lyttede E-Z og Lia til Alfreds svømmehudsfødder, der slog mod taget.

»Hvad venter I to på!« råbte han. »Vi skal af sted - NU!«

Lia klatrede ud af vinduet og stod og rystede på kanten. Hun ventede, indtil E-Z var kommet op i sin kørestol og kunne manøvrere den op i en svævende position.

»Vent, jeg tror, at enhjørningen endelig er på vej,« sagde Alfred. »Det er derfor, jeg er heroppe. For at se, om hun kommer.«

Lille Dorrit landede, satte næsen under Lia og kastede hende op på ryggen.

Så fløj de af sted med Alfred i spidsen.

»Sæt farten ned!« råbte E-Z. Alfred ignorerede ham. Han fortsatte og tog højde og fart. E-Z's stolevinger begyndte at blafre, og det samme gjorde hans englevinger. Han måtte arbejde hurtigt for at holde Alfred inden for synsvidde.

Lia rystede. »Jeg ville ønske, jeg havde en sweater med.«

»Kram dig ind til min hals,« sagde Lille Dorrit. »Jeg skal nok holde dig varm.«

E-Z satte tempoet op og nærmede sig, men opdagede så, at Alfred satte farten ned. Det troede han i hvert fald. I stedet så han et syn, som aldrig ville blive slettet fra hans hukommelse. Alfred var frosset fast i luften med udstrakte vinger og fødder. Som om han var modelleret som et X.

Så begyndte hele hans krop at ryste, og det voksede til en rystelse. Det så ud, som om han fik elektrisk stød. Og hans ansigt, udtrykket af uudholdelig smerte, fik vennerne til at knibe en tåre.

»Hvad sker der med ham?« spurgte Lia. »Jeg kan ikke se det mere. Jeg kan bare ikke,« hulkede hun.

»Det er, som om han får et chok. Hvem ville gøre sådan noget?« Da han sagde det, vidste han det. Kun Eriel kunne være så grusom. Eriel tilkaldte dem. Brugte denne elektrochok-teknik til at få dem til at følge deres ven Alfred. Men hvad nu, hvis han ikke overlevede stødene? Mens han sagde dette, løsnede en håndfuld af Alfreds fjer sig fra hans krop og svævede i luften. Han holdt op med at ryste og begyndte at flyve. Over skulderen sagde han: »Kom nu, følg med, før den rammer mig igen.«

»Er du okay?« Spurgte Lia.

»Det var den tredje, og hver gang bliver det værre. Vi er nødt til at komme derhen, hvor de vil have os, og det skal gå hurtigt. Jeg ved ikke, om jeg kan overleve endnu en - ikke værre end den sidste. Det var en ordentlig omgang.«

De fløj videre og snakkede undervejs.

»Jeg er ked af, at jeg vækkede alle,« sagde Alfred, nu hvor stødene var ophørt.

»Det var ikke din skyld.« Sagde E-Z. »Jeg er ret sikker på, at jeg ved, hvis skyld det er - og når vi ser ham, vil jeg give ham en opsang.«

»Hvad mener du med det?« spurgte Lia og puttede sig ind til Lille Dorrits hals. Det var så mørkt og koldt, at hun ikke kunne holde op med at ryste.

Alfred sagde: »Vi er blevet hidkaldt ved at sende elektriske stød gennem min krop. Det var, som om mine fjer brændte indefra og ud. Det var så uforskammet. Så meget uhøfligt, og et øjeblik troede jeg, at jeg var tilbage i mellemrummet igen.«

Hele hans svanekrop rystede, da han tænkte på det. »Jeg vil give dem, der gjorde det, hvad de fortjener, når jeg ser dem!«

Alfred fortsatte med at flyve i hælene på de andre. »Tidligere hviskede Ariel i mit øre for at vække mig. Så talte vi om en plan sammen. Det gjorde hun også, når jeg var i en mellemtilstand. Hun har altid været blid og venlig over for mig. Denne indkaldelse var anderledes.«

»Det lyder som Eriels værk,« indrømmer E-Z. »Han er ikke særlig taktfuld, og han kan være lidt melodramatisk og ret ufølsom. For ikke at nævne, at han har en syg sans for humor.«

»Lidt melodramatisk, det er ikke engang at kradse i overfladen,« sagde Alfred.

»Du bliver nødt til at fortælle os mere om denne mellemting på et tidspunkt. Navnet lyder sødt, men jeg har på fornemmelsen, at det er et oxymoron,« sagde E-Z.

»Jeg kan ikke lide at tale om det,« svarede Alfred.

»Jeg glæder mig virkelig til at møde denne Eriel. IKKE.« indrømmede Lia. »Det er ligesom at glæde sig til at møde Voldemort. Hans ry går forud for ham.«

»Ah, så du er Harry Potter-fan?« Sagde Alfred.

»Helt sikkert,« indrømmede Lia.

Stjernerne på himlen ovenover sendte imaginær varme ud. Alligevel rystede de uforberedt i natteluften.

»Er vi der snart?« spurgte E-Z.

»Det ved jeg ikke med sikkerhed,« sagde Alfred. »Chokket sagde ikke, hvor vi blev kaldt hen, og jeg kan ikke opfange nogen vibrationer i luften. Det eneste, der vil indikere, at vi ikke gør, hvad der forventes af os, er endnu et chok. Desværre.«

»Det ønsker vi ikke skal ske. Lad os sætte tempoet op.«

»Det ser dog ud til, at vi kommer tættere på.« Alfred stoppede midt i luften med fuldt udfoldede vinger. »Åh nej!« hviskede han og ventede på, at det nye chok skulle ramme. Han ventede og ventede, men der skete ikke noget. »Vi er vel næsten ...«

Svanens krop rystede og skælvede ikke kun denne gang. Alfreds krop rullede rundt igen og igen. Som om han slog kolbøtter på himlen.

Løse fjer fløj omkring ham og dansede i vinden, mens svanen gik i frit fald.

E-Z fløj under trompetersvanen og fangede ham. »Alfred? Alfred?« Den stakkels svane var besvimet. »Eriel! Du der! Din store behårede grib!« E-Z råbte og løftede sin knytnæve mod himlen. »Du behøver ikke at dræbe Alfred. Fortæl os, hvor du er, så kommer vi, men kun hvis du går med til at stoppe med de elektriske ladninger. Det er barbarisk. Han er en svane, for guds skyld. Giv ham en chance.«

»Det var det, han sagde,« svarede Lia med de åbne håndflader vendt mod himlen.

I et sekund svævede de, stadig på plads.

Så ramte et chok kørestolen. Så ramte det enhjørningen Dorrit. Og alle kom i frit fald.

Eriels latter fyldte luften omkring dem. Verden var hans Sensurround, og han hånede De Tre, som ingen andre kunne. Eller ville gøre.

KAPITEL 15

D e fortsatte med at styrtdykke i lang tid. Ingen af dem havde kontrol over deres særlige kræfter eller egenskaber.

De forventede halvt om halvt, at deres kroppe ville blive splattet ud på fortovet nedenunder. Fortovet rejste sig for at hilse på dem.

Pludselig sluttede nedstigningen. Det var, som om de alle var knyttet til en usynlig dukkefører.

Efter et par sekunder begyndte bevægelsen igen, men denne gang var den blid.

Den guidede dem, indtil de sikkert kunne sættes af for fødderne af ærkeenglene Eriel, Ariel og Haniel.

»Havde I en god tur?« spurgte Eriel. Han brølede af grin. Hans kammerater så til uden at grine eller sige noget.

Alfred, som nu var vågen, fløj og landede efterfulgt af enhjørningen Little Dorrit, som bar Lia.

Enhjørningen bukkede for de andre gæster og trak sig derefter tilbage til den anden side af rummet.

Eriel var den højeste af de tre andre, og han stod med hænderne på hofterne og sørgede for, at der ikke var tvivl om, hvem der bestemte.

Ariel var derimod eventyrlig.

Haniel var statuarisk og udstrålede skønhed.

Eriel trådte frem og løftede sig fra jorden, så han var over dem. Han brølede: »I var længe nok om at komme! I fremtiden, når jeg befaler din tilstedeværelse, vil du være her lynhurtigt!«

Haniel fløj tættere på Alfred. Hun rørte ham på panden. Så vendte hun sig mod E-Z og gjorde det samme. Så smilede hun. »Godt at møde jer begge to.« Hun vendte sig mod Lia. Lia åbnede sin håndflade, og de to udvekslede fingerberøringer med åben håndflade. Lia kastede sig ind i Haniels arme. Haniel lagde sine vinger omkring hende og betragtede den nye tiårige piges udseende.

Ariel flaksede tæt på E-Z. Hun blinkede til ham og smilede til Lia. Hun fløj hen til Alfred og lindrede hans smerter.

»Så er det nok!« Eriel kommanderede med sin stemme, der tordnede så højt, at E-Z frygtede, at han ville få taget til at lette.

»Vent lidt,« sagde Alfred, mens han gik med lyden af sine svømmehudsfødder på betongulvet. »Jeg fik næsten elektrisk stød, og jeg vil gerne have en undskyldning.«

Eriel åbnede sine vinger bredt, bredere, så bredt som de kunne. Han svævede over Alfred, som rystede, men holdt stand. Deres øjne låste sig fast.

E-Z følte, at trompetersvanen Alfred enten var meget modig eller meget tåbelig. Uanset hvad havde han brug for hjælp.

E-Z rullede frem og placerede sin stol mellem dem. »Hvad der er gjort, er gjort.« Han henvendte sig til Alfred: »Træd tilbage.« Det gjorde Alfred. Så til Eriel: »Jeg ved, at du er en bølle, og det, du gjorde mod vores ven, var utilgiveligt og grusomt. Det er midt om natten, så kom til sagen - fortæl os, hvorfor vi er her? Hvad er den store nødsituation?«

Eriel landede, og hans vinger foldede sig ind bag hans krop. Han brølede: »Mine forsøg på at nå dig personligt, min protegé, blev ikke besvaret. Uanset hvad jeg gjorde, forhindrede din snorken dig i at vågne. Jeg sendte Haniel efter Lia, men hun kunne ikke vække hende uden at forstyrre hendes mor, som sov ved siden af hende. Derfor tilkaldte vi Alfred, som heller ikke reagerede i lang tid. Hans mentor forsøgte at nærme sig ham på sin sædvanlige måde - men hendes hvisken var ikke stærk nok til at vække ham.«

»Jeg var bekymret for dig,« sagde Ariel.

»Det er jeg ked af,« sagde Alfred. »E-Z's seng er vidunderligt komfortabel, og han snorker ret højt. Det er længe siden, jeg har sovet i en rigtig seng igen.«

»SILENCE!« Eriel skreg.

Alfred trådte et skridt tilbage, mens E-Z rykkede sin stol endnu tættere på væsenet.

Eriel sænkede stemmen. »Haniel troede, at du var død, svane. Og derfor benyttede jeg lejligheden til at vurdere vores nyeste teknologi.«

»Det var ikke blevet udført på mennesker før,« indrømmede Haniel.

»Vi tænkte, at det var bedst at prøve på nogen, der ikke var mennesker - Alfred, du passede som fod i hose, og det fungerede perfekt. Det er rigtigt, at I alle var forsinkede, men I kom. Som man siger, bedre sent end aldrig.«

»Du brugte mig som forsøgskanin?« sagde Alfred, mens han svingede halsen frem og tilbage med vidt åbent næb og bevægede sig hen over gulvet.

E-Z placerede igen sin kørestol mellem dem. »Træd tilbage,« sagde han til Alfred.

Eriel, Haniel og Ariel dannede en halvcirkel omkring trioen.

»Du har ret, E-Z. Hvad der er gjort, er gjort. Det var bedre, at de prøvede det på mig end på jer to. Kom så i gang,« forlangte Alfred.

»Ja, Eriel,« sagde E-Z, «jeg spørger igen, hvorfor er vi her?«

»For det første,« brølede ærkeenglen, «var det planen, at I tre skulle danne en slags trio.«

»Det har vi allerede selv fundet ud af,« sagde Lia. Hun holdt håndfladerne åbne, så hun kunne se alle tre ærkeengle på samme tid. Hun kiggede også rundt i rummet fra tid til anden for at tage omgivelserne i øjesyn. Det så velkendt ud med metalvægge som det, hun først havde mødt E-Z i. Bare meget mere rummeligt.

E-Z så sig omkring og kiggede på Lia. Han tænkte det samme. Jo mere han kiggede på væggene, jo mere syntes de at lukke sig om ham. Han følte sig kold og klaustrofobisk, selv om rummet var enormt. Han ønskede, at hans kørestol havde en knap som i nogle biler, hvor sædet kunne opvarmes.

»Stille!« råbte Eriel. Da alle var tavse, virkede det malplaceret. De havde selvfølgelig ikke taget højde for, at han også kunne læse deres tanker.

Alfred grinede.

Eriel lukkede hullet mellem dem, og Alfred trak sig tilbage. Eriel lukkede hullet igen. Og så videre og så videre, indtil Alfred stod med ryggen mod muren. Alfred tog flugten. Eriel samlede ham op med sine kløvelignende fødder. Han holdt ham over de andre.

»Eriel, jeg beder dig,« sagde Ariel. »Alfred er en god sjæl.«

Eriel satte ham ned og løftede så sine næver. Lynene fløj ud af dem og prellede af på containerens metalloft. Alle undtagen Eriel spillede dodgem med de flyvende elektriske ladninger. Eriel kiggede på. Grinede. Indtil han blev træt af underholdningen.

De Tre'sselvtillid var blevet sat på prøve.

Eriel fangede de tilbageværende lyn. Han gjorde et stort nummer ud af det, da han lagde dem i sine lommer.

»Nuvel,« sagde han med et listigt grin. »Der er en ny prøve på vej. I dag. En af jer vil dø.«

E-Z sprang op i sin stol. Alfred skreg et ufrivilligt »Hoo-hoo!«, og Lia skreg et lille pigeskrig.

Eriel fortsatte og ignorerede deres reaktioner. »I er her for at vælge. Hvem af jer vil dø i dag? Når I har valgt, vil jeg forklare jer konsekvenserne af jeres død.« Eriel fløj et par meter væk, og de to andre engle stod ved siden af ham, en på hver side.

Først beskrev Ariel Alfreds død:

»Jeg kan ikke fortælle dig nogen detaljer om denne retssag. Det eneste, jeg kan fortælle dig, er, at hvis du dør i dag, Alfred, vil du ikke opfylde din kontraktlige aftale. Derfor vil du ikke se din familie igen, hverken nu eller nogensinde. Din død vil dog være smuk. For ligesom i livet er en svanes død altid smuk. Majestætisk. For når en svane dør, bliver den til en engel. Din forvandling ville være en ny begyndelse for dig. Dit formål vil være at gøre det bedre for både mennesker og dyr. Du ville få et nyt navn og et nyt formål. Du ville blive virkelig værdsat på alle måder. Og din sjæl ville vende tilbage til sit evige hvilested.«

Tårerne løb ned ad Alfreds trompetersvane-kinder. Ariel trøstede ham ved at lægge sine vinger om hans vinger.

For det andet fortalte Haniel om Lias død:

»Barn, der snart bliver en kvinde ligesom Ariel, jeg kan ikke fortælle dig noget om den opgave, du står over for. Alt, hvad jeg kan sige til dig, kære Cecelia, også kendt som Lia, er, at hvis du døde i dag, så ville du ikke længere være til. I nogen form. Din død vil være netop det, en død. Endelig. Det vil være, som det ville have været, da pæren eksploderede, du ville være død. Dit stakkels liv ville have været slut dengang. Og alligevel er du her nu, og du har meget at tilbyde verden. Du har ikke engang kradset i overfladen af de kræfter, du har til rådighed. Men hvis du døde i dag, ville de kræfter forblive ubrugte. Du ville gå i jorden, fra støv til støv. Blot et minde for dem, der har kendt og elsket dig. Men din sjæl ville også vende tilbage til sit evige hvilested.«

Lia lukkede sine hænder for at holde tårerne tilbage. De faldt også fra øjnene. Hendes gamle øjne. Hendes krop rystede, når hun hulkede. Hun var for overvældet af følelser til at tale.

Lille Dorrit rykkede ind og puffede den lille pige på skulderen. Haniel forsøgte også at trøste hende ved at kysse hende på panden.

Og så begyndte Eriel at fortælle E-Z's historie:

»E-Z, du har opnået mange ting, siden dine forældre døde. Du er blevet udsat for prøvelser. Nogle gange, ofte uoverkommelige opgaver for et menneske. Alligevel har du haft succes med at overvinde dem. Du har reddet liv. Du har ikke skuffet mig. Men vi føler...« Hun tøvede og kiggede fra side til side. »Jeg føler især, at du har modarbejdet dine kræfter. Nogle gange har du endda fornægtet dem. Du har taget den tid, vi har givet dig til at gøre verden til et bedre sted, og spildt den.«

E-Z åbnede munden for at tale.

»Stille!« Eriel skreg. »Du skal ikke prøve at retfærdiggøre dig selv. Vi har set dig spille baseball og spilde tiden med vennerne, som om du havde alverdens tid til at udføre dine opgaver. Men tiden er gået. Hvis du dør i dag, vil dine prøvelser være ufuldstændige.«

E-Z havde en god idé om, hvad der nu skulle ske, men han måtte vente på, at Eriel sagde det. At sige ordene, så det kunne blive sandt.

Som han formodede, var Eriel ikke færdig endnu. »At efterlade os med ufuldstændige prøvelser, hvor dit liv blev reddet. Det ville være utilgiveligt. Hvis du døde i dag, ville du miste dine vinger. Det er en begyndelse. De prøvelser, som du ikke havde fået endnu - ville aldrig blive det. For du var den eneste, der kunne fuldføre opgaverne. Vores eneste håb.

»Derfor vil de, som du ville have reddet, ikke blive reddet af nogen, på noget tidspunkt. De vil dø på grund af dig. Alle, du nogensinde har reddet under dine prøvelser, vil dø.

»Det ville være, som om du aldrig havde eksisteret. Deres død ville være endelig. Fuldstændig. Ingen mulighed for et liv efter døden for nogen af dem. Selv at sende dem til det mellemliggende ville ikke være en mulighed. Din død ville skabe ravage og bringe kaos til verden. Ligesom den dag, du og jeg duellerede. Kan du huske, hvordan verden var den dag? Sådan ville jorden være - hver eneste dag.« Eriel vendte ryggen til. De så ham brede sine vinger ud, som om han gjorde sig klar til at gå.

Alle var tavse. Overvejede deres skæbne.

Efter nogen tid brød Eriel tavsheden. »Ariel, Haniel og jeg forlader jer nu. I kan tale sammen og beslutte jer. Men gør det hurtigt. Vi har ikke hele dagen.«

Trioen af ærkeengle forsvandt gennem loftet.

KAPITEL 16

D aærkeenglene var gået, var De Tre for lamslåede til
at sige noget. Indtil E-Z brød tavsheden.

»Det giver ingen mening for mig, at de har bragt os alle sammen her. At de torturerer Alfred. Få os herhen. Og så fortælle os, at en af os skal dø. Og vi skal vælge, hvem det skal være. Det er barbarisk - selv for Eriel.«

Lia gik rundt med knyttede næver. Hun var for vred til at tale, og hun var ligeglad med, om hun stødte ind i noget. Når hun gjorde det, sparkede hun til det.

Alfred stemte i. »Jeg synes, at hvis nogen skal dø, så skal det være mig. Mine kræfter er ekstremt begrænsede. Jeg ville højst sandsynligt blive forvandlet til svanesuppe på grund af prøvernes kompleksitet. Ligesom den sidste prøve. Jeg ved, du hjalp mig, E-Z. Det var venligt af dig, men jeg vidste, at jeg var en belastning.«

E-Z forsøgte at afbryde, men Alfred fortsatte bare. »For ikke at nævne, at jeg kunne komme i vejen. Sætte en af jer i fare. Jeg har levet et trist og ensomt liv, siden min familie blev taget fra mig. En dag er ensomheden overvældende. At være medlem af De Tre har hjulpet, men...

»Selv som svane kunne jeg tænke på dem. Huske dem, elske dem. Bare det at vide, at de døde sammen og er et sted sammen, giver mig fred. Selv om jeg ikke er sammen med dem, men det vil jeg være i dag, hvis det er mig, der dør. Jeg er villig til at tage den risiko. Desuden vil ingen på jorden savne mig, når jeg dør.«

»Vi vil savne dig!« sagde Lia.

»Selvfølgelig vil vi savne dig!« E-Z var enig, mens han krydsede gulvet og fik øje på et bord, som før var gået i et med væggen. Han gik tættere på det og opdagede en stak papirer, som han bladrede igennem.

»Jeg sætter pris på følelsen,« sagde Alfred. »Hey, hvad laver du, E-Z? Hvor kommer det bord fra?«

Lia holdt begge hænder ud foran sig, så hun kunne se både E-Z og Alfred på samme tid.

E-Z fortsatte med at bladre. Snart fløj de rundt i hele rummet. De snurrede rundt i luften, som om de var blevet fanget i øjet på en tornado.

De tre grupperede sig og betragtede strømmen af papir. Så faldt de på én gang ned på fortovet.

Lia tog et af dem og læste det, mens E-Z og Alfred kiggede på.

»Hvad er det her?« udbrød hun. »Der står vores navne. Den fortæller historierne. Vores historier. Om vores død.«

»Der står, at vi allerede er døde!« sagde E-Z og læste et af de papirer, han havde snuppet.

»Åh,« sagde Lia, mens en tåre løb ned ad hendes kind. »Der står også, at min mor er død, ligesom din onkel Sam.«

E-Z rystede på hovedet. »Det kan ikke være sandt. Det er ikke sandt. De holder os for nar.« Han kiggede sig omkring. Noget i rummet havde ændret sig. Væggene. De var nu røde. »Er vi kommet ind i en anden dimension eller noget? Se på væggene? Er vi et andet sted, hvor fremtiden allerede er fortid?«

Alfred samlede endnu en af de nedfaldne sider op. Den fortalte om hans kones og børns død og om hans egen død. Og alligevel, når han så på sig selv, følte sig selv, var han i live, med fjer: en trompetersvane. »Jeg vil ud,« sagde han.

Lia smilede. »Mener du ud af dette rum eller ud af dette liv? Jeg vil også gerne ud, jeg mener ud af denne uhyggelige metalbeholder, men jeg vil ikke dø. At se verden gennem mine håndflader er underligt og fedt på samme tid. At kunne læse tanker, det er også fedt. Men da jeg stoppede tiden, var det fantastisk. Forestil dig at kunne tilkalde den kraft, hvis nogen var i fare, eller hvis der skete en katastrofe. Forestil dig, hvor mange liv der kunne reddes. Og nu er jeg ti, og hvem ved, hvilke andre kræfter der er i vente for mig.«

»Gudelignende,« sagde E-Z. »Jeg ved, hvordan du havde det, Lia. Sådan havde jeg det også, da jeg reddede den første lille pige, da jeg reddede de andre, og da jeg reddede dig.«

De tre dannede en cirkel og holdt hinanden i hænderne, mens de reciterede ordene: »Vi har magten. Ingen dør i dag. Uanset hvad de siger.« De drejede rundt og rundt, mens de messede deres nye mantra. Indtil de var klar til at kalde ærkeenglene tilbage igen.

KAPITEL 17

Eriel ankom først med løftede øjenbryn og læben snoet til en hån. Dernæst kom Ariel og Haniel. De to blev stående bag ham i skyggen af hans enorme vinger. Eriel lagde armene over kors, mens de to andre ærkeengle rykkede op. De svævede på hver sin side af hans skuldre.

»Vi har besluttet os,« sagde E-Z. »Ingen vil dø i dag.«

Eriels latter tordnede rundt i metalkabinettet. Han rejste sig op i luften og lagde armene over kors. Ariel og Haniel forblev tavse, mens Eriels latter steg i tonehøjde, så det gjorde ondt i Alfreds ører.

Alfred besvimede, men kom sig hurtigt. Lia og E-Z hjalp ham op. De holdt ham oppe, indtil Lille Dorrit fløj over. Et øjeblik senere sad Alfred højt over dem på enhjørningen. Han stod ansigt til ansigt med Eriel.

»Tak, makker,« sagde Alfred.

»Jeg er glad for at kunne hjælpe,« sagde Lille Dorrit.

»Så er det nok!« Eriel råbte og bevægede sig højere op over dem. Han skræmte dem med sin størrelse, sin sygelighed og sin tordnende stemme. »Tror I, at I kan ændre, hvad der skal ske? Jeg har fortalt jer, hvad der skal ske, og I har intet andet valg end at adlyde mig. Det var ikke en undersøgelse. Heller ikke et demokrati. Det var en sikkerhed. For det står skrevet...«

Så lagde han mærke til, at gulvet var dækket af papirer. Han fløj ned og samlede et op. Så rejste han sig op, så han stod ansigt til ansigt med Alfred. I sin hånd holdt han Alfreds historie.

»Jeg kan se, at du har læst fremtiden. Nu kender du sandheden, at du lever i et parallelt univers. Det, der sker her, smitter af på de andre universer. På steder, hvor både fremtiden og fortiden findes.«

Lia slap sin højre hånd og holdt sin venstre op. Hendes arme var ikke stærke, for de var stadig ved at vænne sig til, at hun skulle holde dem oppe.

Eriel fløj gennem rummet til en rød sofa, som han satte sig på. De andre engle sluttede sig til ham, en på hver af armene. Eriel sad behageligt med vingerne hverken helt inde eller ude.

Da han havde sat sig til rette, fortsatte han. »I en af verdenerne er I alle tre allerede døde. Du har læst sandheden. I denne verden er der stadig håb. Håbet eksisterer på grund af os, det vil sige mig, Ariel, Haniel og Ophaniel. Vi har valgt jer tre mennesker til at samarbejde med os. Vi har givet jer mål, og vi har hjulpet jer, hvor og når vi kunne. Mens vi er sammen med jer, er det kun os, der tillader jeres eksistens at fortsætte. Det er kun os, der giver jeres liv et formål. Hvis du nægter at følge den vej, vi har valgt for dig, skal du heller ikke længere eksistere her i verden. Du vil blive slettet, som du aldrig har været og aldrig vil blive.«

E-Z knyttede næverne, og hans stol vippede fremad. »I dokumentet, dokumentet om mit andet liv, stod der, at onkel Sam også var død. Han var ikke med i ulykken med mine forældre. Han er ikke en del af denne handel. Dræbte du ham, Eriel, for at holde mig her?«

Uden at vente på svar bryder Lia ind. »I mit dokument står der, at min mor er død. Hvordan kan det være sandt? Fortæl mig, at det ikke er sandt!«

Alfred havde fået det bedre og hoppede af Lille Dorrits ryg. Han vraltede tættere på sofaen og kom igen til at stå ansigt til ansigt med Eriel.

E-Z kiggede stolt på sin ven Alfred, den frygtløse trompetersvane.

»Og i dokumenterne er mine bønner blevet besvaret. Jeg er allerede død. Jeg døde sammen med min familie, som det burde have været. Jeg ville hellere have været død. At være død sammen med dem i stedet for at blive reinkarneret som trompetersvane. Det var efter, at Haniel reddede mig fra mellemrummet.«

Eriel skubbede Alfred væk. »Ah, ja, mellemrummet. Jeg havde glemt, at du blev sendt derhen. Du var ikke så glad for det, var du?«

Alfred bevægede halsen og skar en grimasse med næbbet. Han blottede sine små, spidse tænder, som om han ville bide Eriel.

»Træd tilbage,« sagde E-Z, mens han rullede op til sofaen.

Alfred lukkede sit næb. Lia rykkede tættere på. Nu stod de tre sammen foran Eriel. De ventede på, at ærkeenglen skulle sige noget, hvad som helst. For en gangs skyld var de målløse.

E-Z benyttede lejligheden til at få styr på situationen.

»I aviserne stod der, at onkel Sam var død i ulykken med min mor, min far og mig. Han var ikke i bilen sammen med os, for at det skulle være sket, skulle han have været plantet i bilen sammen med os. Med hvilket formål? Forklar os det, I såkaldte ærkeengle. Hvorfor vil I ændre historien, så den passer til jeres egne formål? Hvor er Gud forresten i alt dette? Jeg vil gerne tale med ham.«

»Det vil jeg også!« udbrød Lia.

»Det vil jeg også!« Alfred stemte i.

Eriel krydsede sine ben og spredte sine vinger. Han lagde hånden på hagen og svarede: »Gud har ikke noget med os eller dig at gøre - ikke længere.« Han gabte, som om denne opgave kedede ham.

»Hvad nu, hvis jeg fortalte dig, at dit hus brænder lige nu? Hvad hvis jeg fortalte dig, at hverken onkel Sam eller din mor Samantha, Lia, ville overleve?«

»Din b-b-bastard!« udbrød E-Z.

»Ditto!« sagde Lia.

»Kom nu,« skældte Eriel ud. »Vi er alle venner her. Venner, er vi ikke? Dit hus kan brænde, hvad som helst kan ske, mens vi er her på dette sted, suspenderet i tiden. Jo længere du venter med at vælge, jo mere kaos skaber du i verden.« Han rejste sig, og hans vinger foldede sig ud, hvilket fik trioen til at træde et par skridt tilbage.

Han fortsatte: »E-Z, du ville risikere dit liv for din onkel Sam, ikke?« Han nikkede. »Selvfølgelig ville du det. Og Lia, du ville risikere dit liv for at redde din mors liv, ikke?« Lia nikkede.

»Og Alfred, min kære lille trompetersvane. Min fjerlette, fjerklædte ven. Hvem af de to ville du redde? Hvis du kun kunne redde én af dem?« Eriel smilede og var stolt af de rim, han havde lavet.

»Jeg ville redde dem begge,« sagde Alfred. »Jeg ville risikere mit liv eller dø i forsøget.«

»Du har et mærkeligt dødsønske, min fjerede ven.«

Alfred drønede hen mod Eriel.

»J-o-u a-r-e n-o-t m-y f-r-i-e-n-d! Hold op med at lege med os. Du bragte os sammen. Hvorfor det? For at håne os. For at få en lille pige til at græde. Du er ikke andet end en stor bølle.«

»Ja,« sagde Lia. »Hold op med at mobbe os.«

»Det var det, de sagde,« tilføjede E-Z.

Eriel var nu rasende og forvandlede sig fra sort til rød til sort til rød. Han fløj gennem lokalet og slog sine næver i bordet.

»Vil du have sandheden? Du kan ikke håndtere sandheden!« Han grinede. »En lille sidebemærkning: Jeg elsker Jack Nicholsons præstation i A Few Good Men.«

Det var en ting, som både Eriel og E-Z var enige om. Nicholsons præstation i den film var fejlfri.

»Stop melodramatikken, og fortæl os, hvad du vil have fra os.«

»Det har vi allerede gjort,« sagde Eriel. »Jeg sagde, at en af jer skal dø i dag. Jeg sagde, at I skulle vælge hvem. Det står skrevet, at en af jer skal dø. I skal vælge. Nu.«

Alfred trådte frem med udstrakt svanehals. »Så bliver det mig.«

Alfred knælede, og hans krop rystede. Han sænkede hovedet, som om han forventede, at ærkeenglen ville hugge det af.

I stedet klappede alle tre ærkeengle. De tumlede rundt i lokalet. Skreg, som var de lejede klovne, der optrådte til en børnefødselsdag.

Efter et par minutters fuldstændig vanvid stoppede ærkeenglene.

»Det er gjort,« sagde Eriel.

Og så var de væk.

KAPITEL 18

Med E-Z i sin kørestol, Lia på Lille Dorritogsvanen Alfred svævede De Tre stadig hen over himlen. De fortsatte nogle kilometer, indtil de under sig fik øje på en stor metalbro.

En ung mand stod og vippede på kanten, og alt tydede på, at han ville springe.

E-Z tog sin telefon frem og var klar til at ringe 112, mens Alfred uden tøven fløj ned til manden. Han lagde sin telefon væk, og han og Lia fulgte efter.

Alfred svævede tæt på manden, ude af stand til at tale og blive forstået af ham, alt hvad han kunne sige var: »Hoo-hoo!«

»Gå væk fra mig!« råbte manden og vinkede stakkels Alfred væk, som kun forsøgte at hjælpe.

Manden bevægede sig tættere på kanten, sparkede sine sko af og så dem falde ned i floden under ham. Han så, hvordan vandet indhentede dem og trak skoene ind under sig med sin sultne mund. Han ville se mere og tog sin t-shirt af - hvor der ironisk nok stod »The End« på forsiden.

Den unge mand så til, mens hans yndlingsskjorte svajede og dansede på vej ned. Da vandet opslugte den, begyndte manden at synge:

»Her går jeg rundt om morbærbusken.

Morbærbusken, morbærbusken.

Her går jeg rundt om morbærbusken,

Alt sammen på en, på en solrig, morgen.«

Alfred hørte ham synge. Han var bekendt med rimet. Han ventede på, at manden skulle synge endnu et vers. Faktisk ønskede han, at han skulle synge mere. Men han var bange for at forstyrre ham. Manden ville ikke forstå det, selv om han prøvede at tale med ham.

På dette tidspunkt ventede E-Z på et tegn fra Alfred. Endelig fik han et - Alfred bad ham og Lia om ikke at komme tættere på.

Alfred ønskede, at den unge mand kunne forstå ham. Hvis han kom tættere på, kunne han så fange ham? Han bevægede sig tættere på og foldede sine vinger helt ud.

Den unge mand så ham. »Svane,« sagde han. Så sprang han.

Trompetersvanen var større end den gennemsnitlige svane. Men ikke stor nok til at fange en fuldvoksen mand. Han forsøgte dog at bremse sit fald. Han satte sit liv på spil for at redde ham. Men uanset hvad han gjorde, faldt manden stadig som en blyballon. Ned i flodens sultne munding.

Alfred dykkede ned efter ham uden at tænke på sig selv. Ingen vidste, hvordan han havde tænkt sig at bære manden op. Nogle siger, at det er tanken, der tæller. I dette tilfælde blev Alfred trukket under af mandens rene vægt.

På dette tidspunkt svævede E-Z over vandet og ledte efter enten manden eller Alfred, som ville komme op til overfladen, så han kunne hjælpe dem. Hverken Lia eller Lille Dorrit kunne svømme. Og E-Z kunne ikke gå i vandet efter dem, hverken med eller uden sin stol.

Forarget fløj han mod kysten og ledte efter tegn på liv. Endelig så han det, noget der boblede på den anden side. Han skyndte sig over og bar manden hen, hvor Lia ventede, og da han havde hostet, gik han hen for at se efter tegn på svanen Alfred.

Så fik han øje på ham. Halvt i og halvt ude af vandet. Boblende sammen med tidevandet.

»Alfred!« råbte han, da han løftede svanens hoved og straks opdagede, at hans nakke var brækket. Trompetersvanen Alfred, hans ven, var ikke mere. Eriels gerning var udført.

Lia, som havde holdt øje med alle E-Z's bevægelser, så Alfreds hals og skreg: »Neeeeeeeeeeeeeeeeej!«

E-Z løftede svanens livløse krop op på sin kørestol og holdt om den. Han begyndte også at græde.

Bag dem råbte den mand, som Alfred havde reddet,

»Jeg er ikke død! Det er mig, Alfred.«

KAPITEL 19

J ORDEN PAUSE.

Fugle stoppede midt i flyvningen. Det samme gjorde fly. Og andre flyvende objekter som balloner og droner. Kugler holdt op med at skyde, efter at de havde forladt kammeret. Vandet holdt op med at flyde over Niagara Falls. Insekter summede ikke længere. Luften stod stille.

Ophaniel dukkede op sammen med Eriel, Ariel og Haniel. Med hænderne på hofterne og hagen skudt frem var det mere end tydeligt, at hun var irriteret.

I stedet for at tale vendte hun sig mod E-Z.

Han var stivnet med åben mund. Hans sidste ord havde været: »NOOOOOOOOOOOOOO!«

Nu betragtede hun Lia. Pigen havde en tåre frosset fast på kinden. Den var løbet fra hendes gamle øje.

Nu tilbage til E-Z. Han bar på et lig. Liget af en død svane.

Nu til Alfred, som ikke længere var en svane. Han havde taget form som en mand. En druknet mand.

Den selvsamme mand, som skulle erstatte ham i De Tre.

»Hvad er der galt med dette billede?« spurgte Ophaniel, herskeren over stjernernes måne.

Ingen turde sige noget.

»Eriel, du har ansvaret her. Først ødelægger du bindingstesten med E-Z og Sam ved at få dig selv, undskyld udtrykket - slået ud af parken.

»Nu har svanen Alfred på grund af din dumhed overtaget en menneskekrop. Kroppen af den person, som jeg fortalte dig, burde være medlem af De Tre.

»Du ved, hvad vi er oppe imod. Du forstår, hvad fremtiden bringer, hvis vi ikke får styr på tingene. Du ved det!«

Eriel bukkede for Ophaniels fødder og løftede sig derefter fra jorden, før han talte. »Jeg sagde ordene, det er gjort.«

»Ja, du sagde ordene, og så sørgede du ikke for, at opgaven blev fuldført, din idiot!«

Hun svævede tæt på den nye Alfred. »Jeg er ked af det, men det komplicerer tingene, selv for os. Selv med vores kræfter bliver det ikke så let at få ham ud af denne menneskekrop og tilbage i sin svaneform. Vi bliver måske nødt til at sende ham tilbage til mellemrummet! Og det fortjener han ikke. Faktisk...«

Ariel fløj hen til Ophaniels side og spurgte: »Må jeg tale?«

»Det må du gerne, hvis du har nogen indsigt i Alfred, som kan hjælpe os ud af dette rod.«

»Jeg kender Alfred bedre end nogen anden her. Han gik med til at være den ene, til at ofre sig selv. Han ville gøre det igen uden et øjebliks tøven - også selv om han ikke fik noget ud af det. Det er et stort offer for ethvert levende væsen at give sit liv for at redde et andet. Det bør også tages i betragtning, hvor meget Alfred har måttet lide, både i sin menneskelige eksistens og som svane. Han er en usædvanlig sjæl, og han bør have en ny chance, og en tredje, og mere til!«

Eriel hånede: »Han burde være væk, tilbage i mellemrummet i al evighed. Han er ikke værdig til ...«

»Jeg har ikke givet dig lov til at afbryde!« skreg Ophaniel. For at forhindre ham i at afbryde i fremtiden kneb hun hans læber sammen.

»Det er sandt, hvad du siger, Ariel,« sagde Ophaniel. »Alfred samarbejder godt med både Lia og E-Z. Vi bør give ham en ny chance i denne nye krop. Det var ikke meningen, at han skulle være i mellemrummet. Det var Hadz' og Reikis skyld. Vi ville have forvist dem til minerne med det samme efter det. I stedet gav vi dem en ny chance med E-Z.

»Alligevel sendte Eriel dem til minerne. Så alt er godt, når det ender godt. Måske fortjener Alfred en ny chance. Lad os se, hvad der sker, som mennesker siger, tag det som det kommer. Hvis det går godt, er det fint. Hvis ikke, kan denne krop genbruges, da ånden allerede har forladt bygningen.«

»Tak,« sagde Ariel og bukkede dybt for Ophaniel. »Tusind tak skal du have. Jeg holder øje med situationen. Jeg vil ikke lade Alfred svigte dig.«

Ophaniel nikkede, løftede sig og sagde ordene:

JORDEN FORTSÆTTER.

Tiden begyndte at tikke, og verden gik tilbage til, hvordan den var før.

Ophaniel forsvandt først, de andre tre ventede et par sekunder, før de fulgte efter.

KAPITEL 20

» Aldrigi livet!« udbrød E-Z og rullede sig tættere på den nye Alfred. »Alfred, er det dig? Kan det virkelig være dig?«

Lia behøvede ikke at spørge, for hun vidste det allerede. Hun løb hen til Alfred og kastede armene om ham.

Alfred sagde med sin engelske accent: »Eriel må have lavet en switch-a-roo.«

Alfred, som kun var iført et par jeans, rystede. »Selv om jeg er iskold, føles det godt at være tilbage i en krop igen.« Han spændte musklerne og løb på stedet for at varme sig op. Så slog han et par kolbøtter hen over plænen, mens E-Z og Lia stod og kiggede på med åben mund.

»Sikke en blærerøv!« sagde Lille Dorrit.

Alfred, som lige havde fået øje på hende, gik hen og kørte sin hånd hen over hendes pels. Hun føltes så blød og varm, at han kælede for hende.

»Det er en ret mærkelig begivenhed,« sagde E-Z og kom nærmere. »Jeg ved ikke helt, hvad jeg skal mene om det.«

»Det ved jeg heller ikke,« sagde Alfred, «men kan vi ikke diskutere det, mens vi spiser? Jeg er hundesulten, og en cheeseburger med masser af ketchup og løg og en kæmpe portion pommes frites ville være et hit.«

»Vent lidt,« sagde E-Z. »Hvis du er den her fyr, hvis navn vi ikke engang kender - hvad så, hvis nogen genkender dig?«

Alfred bøjede sig ned og rørte ved sine tæer. Han mærkede huden i sit ansigt. Hans hår. »Vi krydser den bro, når vi kommer til den.« Han smilede, løftede hovedet i retning af himlen og sagde: »Tak Eriel, hvor du end er.«

Et fly over deres hoveder skrev ordene på himlen:

Endnu engang til bruddet, kære venner.

»Det er et ret mærkeligt udtryk for skywriting,« bemærkede Lia. »Er der nogen af jer, der ved, hvad det betyder?«

E-Z rystede på hovedet: »Jeg kan google det.« Han trak sin telefon frem.

»Det er ikke nødvendigt,« sagde Alfred. »Det er fra Shakespeare, tilskrevet kong Henrik. Bogstaveligt talt betyder det: 'Lad os prøve en gang til'. Jeg tror, det blev sagt under et slag. Så jeg går ud fra, at det er en besked fra min Ariel, som fortæller mig, at jeg har fået en ny chance.« Han fik tårer i øjnene.

E-Z var mistænksom over for denne ændring i begivenhederne. Han var glad for, at Alfred stadig var hos dem, men han undrede sig over prisen. »Jeg er bekymret,« indrømmede E-Z.

Lia sagde, at det var hun også.

»Ah, bare rolig. Hvis Ariel sender mig denne besked, så er hun på vores side. Desuden ville den mand, hvis krop jeg er i, ikke have den længere. Jeg prøvede at redde ham, men han sprang alligevel. Måske er det skæbnen, at jeg skal hjælpe dig med dine prøvelser E-Z. Hvad det end er, så tager jeg det. Jeg vil give alt, hvad jeg har. Når jeg har fået en skjorte og nogle sko på.«

»Jeg spekulerer på, hvad dine kræfter er nu, Alfred. Jeg mener, om du stadig har dem, eller om du har andre kræfter. Eller ingen. Siden du er blevet menneske igen,« spurgte Lia.

Alfred kløede sig på sit lyshårede hoved. »Øh, det ved jeg ikke. Det eneste, der har brug for en kur her, er min tidligere svanekrop. Jeg vil ikke risikere, at jeg ender tilbage i den, hvis jeg kurerer den.«

»Fair nok,« sagde Lia. »Men vi kan ikke efterlade din gamle svanekrop der, vel? Vi er nødt til at begrave den.«

Da de kiggede på den livløse krop, forsvandt den ud i den blå luft.

»Nå, men det løser problemet,« sagde E-Z.

»Jeg føler, at jeg bør sige nogle ord, når min gamle krop går bort. Er der nogen, der har noget imod det?«

Både E-Z og Lia bøjede hovedet.

Alfred reciterede et uddrag af Lord Alfred Tennysons digt med titlen:

Den døende svane:

Sletten var græsklædt, vild og bar,

Bred, vild og åben for luften,

Som havde bygget sig op overalt

Et undertag af dyster gråhed.

Floden løb med en indre stemme,

Ned ad den flød en døende svane,

Og højlydt klagede den.

Her hujede og hujede Alfred, indtil tårerne fyldte alle deres øjne, mens digtet fortsatte:

Det var midt på dagen.

Altid gik den trætte vind videre,

Og tog rørtoppene, mens den gik.

De stod sammen i et øjebliks stilhed.

Så sagde Lia: »Lad os nu få noget frisk og tørt tøj på dig, og så går vi alle sammen hen på en burgerbar. Jeg er også sulten og tørstig.«

E-Z rystede på hovedet. »Lidt mad ville være godt, men jeg er stadig mistænksom over for Eriel. Der er noget, der ikke stemmer.«

»Vi finder ud af det - når vi har spist! Før mig til cheeseburger-himlen.«

De begyndte at bevæge sig langs havnepromenaden. De fortsatte med at gå i nogen tid. Før de indså, at de var faret vild.

»Jeg er en fremragende navigatør,« sagde enhjørningen Little Dorrit, da hun fløj ned for at hilse på dem. »Stig om bord, Alfred og Lia. E-Z, du kan følge mig.«

Alfred stak hånden ned i sin bukselomme og trak en pung frem. I den fandt han et par sedler og en identifikation af den krop, han nu befandt sig i. Den unge mands navn var David, James Parker, fireogtyve år gammel. Han holdt et kørekort op.

»Flot foto,« sagde Lia.

»Ja, jeg er ret flot.«

»Åh, bror,« sagde E-Z og skubbede videre.

Op, op i luften fløj Little Dorrits passagerer. E-Z fulgte efter, indtil han vidste, hvor han var. Han besluttede sig for at bede om at få en GPS til sin kørestol. Ærgerligt, at de ikke havde tænkt på det, da de modificerede den.

Nedstigningen blev efterfulgt af en hurtig tur ind i en genbrugsbutik. Alfred havde nu en ny t-shirt, jeans, løbesko og sokker på. Efterfulgt af en kort kø, før bestillingen af mad begyndte.

Lille Dorrit gjorde sig ikke bemærket, mens trioen satte tænderne i deres mad. De var alle meget sultne.

Alfred lavede kurrelyde, for mange til at beskrive i detaljer. Da de var færdige med at spise, lagde de affaldet i deres respektive skraldespande. Og begav sig på vej hjem.

Da de næsten var fremme, råbte Alfred til E-Z: »Vi må tale sammen!«

»Kan det ikke vente, til I lander?« spurgte Lille Dorrit. »Når jeg er færdig her, har jeg steder, jeg skal hen, folk, jeg skal se.«

»Hvor uhøfligt,« sagde E-Z. »Værsgo, Alfred eller David, eller hvad du nu hedder.«

»Det var det, jeg ville tale med dig om,« sagde Alfred. »Hvordan vil du forklare min forvandling til onkel Sam og Samantha? Onkel Sam og Samantha, jeg vil gerne præsentere jer for trompetersvanen Alfred. Hans navn er nu David James Parker. Takket være den krop, han kom ind i og nu bor i. Siden den unge mand, som var den tidligere ejer af kroppen, begik selvmord. På Jones Street Bridge.«

»Åh gud,« sagde E-Z. »Det er hundrede procent sandheden, som vi kender den, men vi kan ikke fortælle dem sandheden.«

»Min mor ville besvime, hvis vi sagde det. Hvorfor fortæller vi dem ikke, at svanen Alfred fløj sydpå? Til mere solrigt vejr. Eller at han har mødt en mage? Så kan vi præsentere Alfred som D.J., hvilket lyder meget mere venligt end David James.«

»Du er et geni,« sagde E-Z. «Men eftersom min ven hedder PJ, kan det godt blive lidt forvirrende med en DJ og PJ. Hvad synes du, Alfred? Har du en præference?«

»Jeg kan ikke lide DJ. Det lyder alt for almindeligt. Jeg vil hellere hedde Parker. Butleren Parker var en af mine yndlingsfigurer i Thunderbirds.«

»Så bliver det Parker,« sluttede E-Z med at sige, da Lia udstødte et skrig, og Alfred besvimede - deres hjem var væk. Brændt ned til grunden.

KAPITEL 21

»Åhnej!« råbte E-Z, mens han løb mod de brændende rester. »Jeg er nødt til at finde onkel Sam og Samantha. Det er jeg nødt til.«

Hans stol svævede over resterne; det hele var forkullet sort. Et uidentificerbart rod af ødelæggelse uden tegn på menneskeliv. Enkelte genstande var gennemblødte af vand. Sporadiske røgsignaler steg op her og der fra de slukkede gløder.

E-Z løftede sine næver i luften. »Kom her, Eriel, din gigantiske...«

»Flyvende idiot!« Parker afsluttede fornærmelsen.

Lia forsøgte at berolige alle.

»Hvorfor var du nødt til at gøre det? Hvorfor skulle du gøre det? Hvorfor?« E-Z råbte.

Lia faldt til jorden. Hun lagde sit hoved på E-Z's knæ, og Parker krammede hende, netop som en bil hvinende standsede bag dem.

To døre fløj op: Sam og Samantha.

De løb og klamrede sig til hinanden, som om de aldrig havde forventet at se hinanden igen. Alle fældede en tåre eller to, før de gik fra hinanden. Da det gik op for dem, at gruppekrammet omfattede en mand, de ikke kendte.

Den fremmede var en høj mand, som ikke ville have noget problem med at få en plads i Raptors. Han var klædt fra top til tå i et mørkt sort nålestribet jakkesæt med matchende sko.

Da han åbnede jakkens knapper, afslørede det et sort jakkesæt med skinnende stof, muligvis silke. Hans kulsorte øjne og vindblæste lokker stod i kontrast til hans vedbendfarvede hud. Han lignede en krydsning mellem en bedemand og en tryllekunstner.

Han rakte hånden frem: »Hej, jeg er Sams forsikringsmand.«

Onkel Sam forklarede, at han og Samantha var gået ud for at få noget at spise. Da han så E-Z's ansigtsudtryk, begrundede han det: »Hun havde ikke kunnet sove på grund af jetlag.« Samantha og Sam udvekslede blikke og nikkede. »Samantha og jeg...«

»Åh, mor!«

E-Z sagde: »Samantha og onkel Sam sidder i et træ - k-i-s-s-i-n-g.«

»Stop,« sagde Parker. »Du gør dem forlegne.«

Alle øjne var rettet mod forsikringsmanden. Hans navn var Reginald Oxworthy. Han talte i telefon. Han råbte. »Hvad mener du med, at han ikke er kvalificeret?«

»Åh nej!« sagde Sam.

»Han har været kunde hos os i årevis, først da han boede i en anden stat, og siden da er han flyttet hertil. Han er dækket, det er jeg sikker på.« Der opstod en pause. »Jamen, KIG IGEN!« Han smækkede røret på. »Jeg er ked af alt det her.«

Sam gik tættere på, og alle andre fulgte efter. »Hvad er problemet helt præcist?«

»Åh, ikke noget problem, så at sige.«

»Jeg synes, det lød som et problem,« sagde Samantha. De andre nikkede.

Oxworthy rømmede sig. »Jeg bad dem tjekke din police igen. Giv mig et...« Hans telefon ringede. »Et øjeblik,« sagde han og gik væk fra dem. De fulgte ham som en gruppe fodboldspillere i en klynge og lyttede til hvert et ord, han sagde. »Øh, ja. Okay. Så har de bekræftet det. Intet problem, det sker.«

Han sendte et smil i Sams retning og vendte tommelfingeren op. Han bevægede sig væk fra følget og fortsatte sin samtale.

De stod i en klump og kiggede på resterne af deres hjem. Et hjem, som E-Z havde boet i hele sit liv. Hvad ville der ske nu? Ville de være nødt til at bygge op igen på dette sted? Et nyt hus uden historie eller betydning. Et nyt hus, som aldrig ville blive et hjem for ham. Det ville aldrig blive et sted, hvor hans forældres spøgelser, hvis de fandtes, kunne komme på besøg.

Oxworthy bevægede sig hen mod dem. »Nå, men... Jeg undskylder for forsinkelsen. Men jeres hotelreservationer er blevet bekræftet. Vi kan komme af sted. I kan finde jer til rette, når I er klar.«

»Tak,« sagde Sam. »Har du nogen idé om, hvad der var årsagen til branden?«

»Efter en foreløbig undersøgelse er de 90 procent sikre på, at eksplosionen skyldtes en gaslækage. Men det skal du ikke bekymre dig om nu. Din forsikring dækker alle omkostninger til hotelopholdet. Jeg har reserveret tre værelser til dig. Det burde være nok, ikke sandt?«

»Det burde være fint,« sagde Sam. »Tak, Reg.«

»Din forsikring dækker også udgifter til genstande, fornødenheder og mad. Du skal ikke betale en øre på hotellet. Hvis du køber noget, så send mig kvitteringer. Lav kopier, du beholder originalerne. Jeg skal nok sørge for, at du får pengene tilbage.«

Sam og Oxworthy giver hinanden hånden.

»Er der nogen, der skal have et lift til hotellet?« spurgte Oxworthy, og Lia og Samantha kravlede ind på bagsædet af hans sorte Mercedes.

E-Z og Parker satte sig ind i onkel Sams bil.

»Jeg tror ikke, vi er blevet præsenteret for hinanden,« sagde Uncle Sam og rakte hånden frem mod Parker, som sad på bagsædet.

»Rart at møde dig,« sagde Parker.

»Nå, du er også britisk,« sagde onkel Sam. »Apropos, hvor er Alfred?«

E-Z rystede på hovedet. »Det forklarer jeg i morgen tidlig. Og du kan fortsætte med det, du havde tænkt dig at fortælle os om dig og Samantha.«

»Fair nok,« sagde Sam og kiggede i bakspejlet for at se, at Parker sov tungt. Han tændte bilen og kørte væk.

»Vi har alle haft en begivenhedsrig dag,« sagde E-Z.

»Det siger du ikke.«

Undskyld, Eriel, at jeg giver dig skylden for det her, tænkte E-Z. Selvom en fornemmelse i hans baghoved antydede, at juryen stadig var ude i sagen.

KAPITEL 22

Da alle ankom til hotellet, tjekkede de ind på deres værelser med en plan om at mødes senere til middag kl. 18.

Onkel Sam havde et værelse for sig selv, men der var en dør mellem hans og nevøens værelser. Parker lå også på E-Z's værelse, mens Lia og hendes mor delte et værelse et par døre længere nede.

Efter at have fundet sig til rette besluttede Lia og Samantha at købe ind. Førsteprioritet var nyt tøj, da alt, hvad de havde medbragt, var gået tabt i branden.

»Hvad med vores pas?« spurgte Lia.

»Det er godt, at jeg altid har dem med mig i min taske.«

»Puha!« De to gik ind i en designerbutik og gik straks i gang med at prøve den nyeste nordamerikanske mode.

»Det bliver ekstra sjovt, når forsikringsselskabet betaler for det hele!« råbte Samantha gennem væggen til sin datter i det tilstødende omklædningsrum.

»Der er ikke noget, vi elsker mere end en shoppingtur!« sagde Lia. »Jeg skal helt sikkert have det her og det her og det her.«

✳✳✳

Tilbage på hotelletlåParker og snorkede i sengen. E-Z kørte op og ned på værelset og tænkte på sin tabte computer. Det var godt, at han ikke var kommet for langt med sin roman tatoveringsengel , men det, der fyldte mest i hans tanker, var hans forældres ting. Han kunne ikke tro, at de alle var - VÆK. Det hjalp ikke, at han ikke havde set på dem i meget lang tid. Men hvorfor bebrejdede han sig selv? Forsikringsfolkene sagde, at årsagen var en gaslækage. De sagde, at de var 90 procent sikre. Hvorfor blev han ved med at føle, at det hele var hans skyld, fordi han kunne have stoppet det, stoppet Eriel, da han havde chancen?

Sam stak hovedet ind i rummet. »Er I to anstændige?«

Parker strakte sig.

»Ja, vi er i orden. Kom bare ind.«

»Jeg går ned og køber ind. Vil I to give mig en liste over, hvad I har brug for, eller vil I med?«

»Hvis det involverer mad - så er jeg med!« sagde Alfred.

»Du er altid sulten!«

»Hvad kan jeg sige, jeg har kun spist græs i et godt stykke tid nu.«

E-Z fangede Sams blik og lod, som om han røg en imaginær cigaret.

Onkel Sam spottede og undrede sig over, hvordan hans nevø som trettenårig kunne vide sådan noget. For at skifte emne låste de deres værelser og gik ned ad gangen.

»Hvor skal vi egentlig hen?« spurgte E-Z.

»Det er rigtigt, vi tager ikke så tit ind til byen for at shoppe. Der er et fantastisk indkøbscenter, som jeg har haft lyst til at besøge, siden jeg flyttede hertil. Der er ikke langt, så jeg tænkte, at vi kunne sludre undervejs.«

»Kan du fortælle os, hvad der skete?« Spurgte Parker.

»Ja, hvordan fandt du og Samantha sammen så hurtigt?« Spurgte E-Z.

»Hmmm,« sagde Sam.

»Jeg mente branden,« sagde Parker og sendte E-Z et skævt blik over skulderen.

De ankom til butikken. Parker og Sam gik ind gennem svingdørene, mens E-Z brugte døråbnerknappen til at komme ind.

Indenfor bøjede Parker sig ned for at rette på sine sko. E-Z trak en smart denimjakke ned fra bøjlen og prøvede den på. Han kørte sig selv hen foran et spejl for at tjekke pasformen. »Det ser ret godt ud.«

Sam kom over for at vurdere situationen: »Enig, det er en præcis pasform. Det ser ud, som om den er lavet til dig.«

»Hvad synes du, Alfred?«

Sam tog en dobbeltgænger. Parker sagde: »Hold nu op med at kalde mig Alfred! Hvem var ham Alfred egentlig?«

»Øh, undskyld, det er den britiske accent. Han havde også en. Alfred var, ja, en af vores venner.«

Sam gik tilbage til at kigge på tøj. Han var ved at fylde en kurv med undertøj og toiletsager.

»Hvad synes du, Parker?«

Han krydsede gulvet for at se nærmere på det. »Den passer godt. Jeg synes, du skal købe det. Men det vil være en skam, når dine vinger bryder ud, og den bliver ødelagt.«

Sam gik forbi, og E-Z smed jakken ned i sin kurv. »Jeg synes også, I skal købe nogle fornødenheder som undertøj. Medmindre I har tænkt jer at gå kommando.«

»Adr!« Udbrød E-Z.

»Åh, den sætning kender jeg godt. Jeg er ret sikker på, at det stammer fra Storbritannien.«

»Jeg kan godt se, hvorfor min nevø bliver ved med at kalde dig Alfred. Det er sådan noget, han ville have sagt.«

E-Z stirrede på Parker et øjeblik. Så fulgte han sin onkel på vej til kassen, hvor han stoppede, prøvede en hat og smed den i kurven.

»Hvor blev Parker af?« spurgte han. Sam fortsatte med at kigge på slipsenåle, mens E-Z scannede butikken efter sin forsvundne ven.

Parker stod helt stille midt i gang fire med højre arm oppe og venstre arm nede. Hans ansigtsudtryk var umiskendeligt zombie-agtigt.

»Åh nej!« sagde E-Z, da han rullede hen til ham. »Øh, Parker,« hviskede han. »Hvad er der galt? Du må hellere passe på, ellers er der nogen, der forveksler dig med en mannequin.«

Parker stod helt stille.

»Tag dig sammen,« sagde E-Z og bankede ind i Parker med sin stol. Parkers krop vippede og væltede omkuld. E-Z greb ham lige i tide og holdt ham oppe ved ryggen af hans skjorte. Han forsøgte at rette sin ven op, så han ikke så så stiv og mannequinagtig ud, men det var ikke nogen nem opgave.

Onkel Sam skyndte sig over for at hjælpe. »Hvad er der med Parker?«

»Det ved jeg ikke. Vi er nødt til at få ham ud herfra.«

»Tager han stoffer? Han har et underligt ansigtsudtryk, som om han har set et spøgelse eller noget.«

»Nej, ingen stoffer, bortset fra lidt hash i ny og næ. Og spøgelser findes ikke - for ikke at tale om, at det er dagtimerne. Måske kan jeg transportere ham på min stol? Vi er nødt til at få ham ud herfra, før nogen opdager det og ringer til politiet.

»Enig. Jeg ved ikke, hvilken grund de ville give politiet, hvis de ringede til dem. Der er en fyr i vores butik, som imiterer en mannequin! Kom hurtigt.«

»Sjovt,« sagde E-Z. »Du går ud og tjekker, og jeg bliver her. Lad os finde ud af, hvordan vi kan få ham ud herfra uden at tiltrække for meget opmærksomhed.«

Uncle Sam gik hen for at betale, mens E-Z blev hos Parker. Kunder, der kom op ad gangen, havde problemer med at komme ind og rundt om dem. E-Z kørte sin stol til venstre og så til højre for at få plads til kunderne.

Til sidst, da der var flere kunder på én gang, skubbede han Parker op mod en væg. Så var han i det mindste af vejen. Så sad han og ventede på Sam.

»Vi er herovre!« råbte E-Z, da han fik øje på ham.

»Hvorfor står han med front mod væggen? Og hvad laver I helt herovre?«

»Der var masser af kunder, og vi var i vejen. Har du tænkt på, hvordan vi kan få ham ud herfra?«

»Ja, jeg henter en af de der fladvogne,« sagde Sam.

»Hvorfor ikke en vogn?« spurgte E-Z. »Det er mindre iøjnefaldende.«

»Vi ville aldrig kunne få ham op i en vogn. Ikke medmindre du vil tage dine vinger frem, løfte ham op og smide ham ned i den.«

»Jeg er nødt til at tænke mig om.« Efter et par minutter indså han, at det var den bedste idé at få fat i et lad. »Ja, få fat i et lad, så kan jeg hjælpe dig med at sætte ham ind i det. Når vi er ude af butikken, kan jeg flyve ham tilbage til hotellet. Det eneste problem er, hvad jeg så skal gøre med ham, når jeg kommer frem.«

»Det finder vi ud af, når vi er ude af butikken.« Sam gik ud for at hente en vogn. I stedet kom han tilbage med et lad. Det viste sig at være en bedre løsning. De fik nemt Parker op på den og kørte tilbage til hotellet.

»Lad os gå tilbage, stille og roligt,« sagde E-Z. »Jeg behøver ikke at flyve alligevel. Vi tager det stille og roligt, går op på vores værelse og lægger ham i hans seng.«

»Så afleverer jeg ladet, jeg måtte love, at jeg selv ville aflevere det.«

»Det lyder som en god plan. Ups.«

En gruppe handlende fyldte det meste af fortovet. De stoppede for at lade dem komme forbi, men fortsatte så deres vej igen og var snart tilbage ved hotellet.

Indenfor var der ikke plads til ladet i den normale elevator, så de var nødt til at bruge serviceelevatoren. Det krævede en del overtalelse, dvs. bestikkelse af conciergen. Da de havde fået pengene, hjalp han dem endda med at få ladet ud af elevatoren. Han tilbød også at levere den tilbage til butikken, når de var færdige. Et tilbud, som Sam høfligt afslog.

Uden for E-Z og Parkers værelse blev elevatoren åbnet, og ud trådte Lia og hendes mor. De bar hver især på mange tasker, da de fik øje på fyrene og ladet.

»Åh, nej! Hvad er der sket? spurgte Lia.

»Det ved jeg ikke,« sagde E-Z. »Han tog en sjov drejning.«

»Lad os få ham indenfor,« sagde Sam.

Da de havde sat deres tasker fra sig, hjalp pigerne E-Z og Sam med at få Parker op på sengen.

»Måske er han forhekset?« foreslog Lia.

»Det er et ret mærkeligt spring for dig at komme med,« sagde Samantha. »Du har set alt for mange genudsendelser af Charmed.«

Lia grinede. »Ja, det var en af mine favoritter. Jeg mener den tidligere version, den med pigen fra Who's the Boss.«

»Godt at vide, at du også ser oldies-kanalen i Holland,« sagde E-Z. Så rykkede han tættere på Parker. »Vent lige et øjeblik. Trækker han stadig vejret?«

De holdt øje med, om Parkers brystkasse hævede og sænkede sig. Det skete ikke.

»Tjek, om der er et hjerteslag - eller en puls,« foreslog Samantha.

»Der er et hjerteslag,« sagde Sam. »Og han trækker vejret, men det er sporadisk.«

Samantha lænede sig frem og mærkede på Parkers pande. »Åh nej, han har feber!«

»Hent noget is!« råbte Sam, og så fulgte han sin egen ordre og løb ud på gangen med isspanden på slæb.

»Skal vi ikke tilkalde en læge?« spurgte Samantha.

KAPITEL 23

» Jeg er enig med mor. Vi må ringe efter en ambulance, eller måske har hotellet en læge, der bor her,« sagde Lia.

E-Z skar en grimasse og sendte beskeden til Lia - vi skal af med onkel Sam og din mor.

Sam kom tilbage med en spandfuld is. »Vi er nødt til at få ham i badekarret.« Han og Samantha begyndte at løfte Parker.

»Vent!« sagde Lia. sagde Lia. »Øh, Sam og mor, hvorfor går I to ikke ud og henter en masse is? Vi skal jo fylde badekarret, før vi lægger ham i, ikke?«

»Øh, jeg tror, de prøver at slippe af med os,« sagde Sam.

»Undskyld,« sagde E-Z. »Kan du give os et par minutter til at prøve at finde ud af den her Parker-situation?«

Samantha og Sam nikkede og forlod rummet.

E-Z fremsagde de magiske ord, som tilkaldte Eriel: Roch-Ah-Or, A, Ra-Du, EE, El.

Ærkeenglen dukkede stadig ikke op. At han blev ignoreret irriterede E-Z grænseløst, nu hvor han vidste, at han konstant blev overvåget af Eriel.

Lia prøvede Haniel, men fik ikke noget svar.

E-Z og Lia vidste ikke, hvad de skulle gøre, da Parkers hjerte begyndte at slå langsommere og næsten gik helt i stå.

Uden at blive tilkaldt eller med fanfare ankom Ariel. Hun fløj direkte over til Parker. Hun lagde sine hænder på hans pande. De så, hvordan tårerne faldt fra hendes øjne og landede på hans kinder. Hun messede, sang en blød sang og ventede. Da han ikke bevægede sig eller kom til bevidsthed, vendte hun sig om for at gå. Men inden hun gik, klagede hun: »Han er væk.« Og få sekunder senere var hun det også.

Selv om de befandt sig på 45. etage, og selv om Alfred/Parker var død. Og igen. E-Z løftede ham op fra sengen og bar ham hen til vinduet. Han kiggede tilbage på Lia over skulderen.

Hun græd, mens han og Parker faldt.

Faldt, faldt. Indtil E-Z's kørestolsvinger kom ud. De fløj af sted, han og Alfred, han og Parker. De var begge ens. To for prisen af én.

Han var ved at få delirium, mens han steg højere og højere. Metaldelene på hans stol blev stadig varmere.

Han frygtede, at de ville selvantænde.

Han var nødt til at gøre det godt igen. Det var han simpelthen nødt til. Han måtte finde Eriel.

Kørestolen begyndte at krampe, så E-Z og Alfred/Parker faldt.

De landede uden stol i siloen, hvor E-Z klamrede sig til sin vens livløse krop.

Det varede ikke længe, før Eriel ankom og svævende i luften foran dem råbte: »Jeg sagde jo, at det ville ske. Jeg sagde det, og han gik med til det. Aftalen var indgået.«

E-Z vidste, at det var sandt, og alligevel. »Hvorfor gav du ham så håb, og hvorfor Shakespeare-citatet om at give ham en ny chance?«

Eriel kiggede på den slappe krop, som E-Z holdt. »Det var ikke mig, der gjorde det.«

»Hvem skal jeg så tale med?« Spurgte E-Z. »Bring ham til mig. Gud, eller hvem der nu har ansvaret. Jeg forlanger at se ham!«

KAPITEL 24

E riel hvæsede og forsvandt.

E-Z og Alfred/Parker blev tilbage. Navnet Parker betød intet og ingen for ham. Alfred var hans ven, og nu hvor han var væk, ville han huske ham som Alfred og kun Alfred.

At vente på noget og ingenting på samme tid. E-Z vuggede sin døde vens skikkelse og ønskede ham tilbage til livet igen.

»Vil du have noget at drikke?« spurgte stemmen i væggen.

»Jeg vil gerne have, at min ven er i live igen. Kan du bringe ham tilbage til livet igen? Kan du hjælpe mig med at redde ham?«

»Bliv venligst siddende.«

PFFT.

Den beroligende duft af lavendel fyldte luften. Han faldt i søvn i en drømmeagtig tilstand, hvor han genlevede et minde, et minde, som havde ændret sig, så det passede til hans nuværende situation.

Der var de, E-Z's mor og far, i live og i god behold, men yngre. De var på vej hjem fra hospitalet i en bil, han aldrig havde set før. Hans far, Martin, skyndte sig ud af førersædet for at hjælpe sin mor, Laurel, ud af bilen.

Og sammen rakte de ind på bagsædet og løftede et barnesæde ud. De kiggede kærligt på babyen, som lå og sov.

»Han er ligesom sin storebror,« sagde Martin.

»Ja, E-Z faldt altid i søvn i bilen,« sagde Laurel.

»Kom indenfor,« kælede Martin.

»Og mød din storebror,« sagde Laurel, da spædbarnet åbnede øjnene kortvarigt og faldt i søvn igen.

E-Z, som havde kigget ud af vinduet med sin onkel Sam ved siden af sig. Han ville gerne ud og hilse på sin nye lillebror eller lillesøster.

»Vent på, at de kommer ind,« sagde onkel Sam.

»Okay,« sagde syv-årige E-Z med ansigtet presset mod vinduet, som han holdt i sine to hænder.

Hoveddøren gik op. »Vi er hjemme!« råbte hans mor Laurel.

E-Z løb hen til hoveddøren, hvor hans mor og far krammede ham. De satte sig på hug for at præsentere det nyeste medlem af familien Dickens.

»Den er så lille,« sagde E-Z.

»Han er en han,« sagde hans far.

»Åh.«

»Vil du gerne holde ham?« spurgte hans mor.

»Okay,« sagde E-Z og holdt sine arme, så hans mor kunne placere hans lillebror i dem. »Men jeg vil ikke vække ham. Ville han have noget imod det?«

»Nej, han vågner ikke,« sagde Laurel.

»Hvis han gør, er det, fordi han gerne vil møde sin storebror.«

»Har han et navn?« spurgte E-Z og tog den nyfødte i sine arme og vuggede hans hoved.

»Ikke endnu, vil du give ham et navn?« spurgte hans mor. »Godt, hold om hans hals, bare sådan ... meget godt. Hvordan vidste du, at du skulle gøre det? Du er sådan en god storebror.«

»Godt gået, kammerat,« sagde hans far.

E-Z kiggede ned i cygnetens ansigt og sagde: »Han ligner en Alfred for mig.«

Tårerne trillede ned ad E-Z's kinder, da de to verdener kolliderede. I den ene vuggede han sin lillebror ved navn Alfred. I den anden vuggede han Alfreds døde krop i siloen.

»Ventetiden er nu syv minutter,« sagde stemmen i væggen.

»Syv minutter,« gentog E-Z.

Han tænkte på Alfred, på sine kræfter. Om hvordan han kunne helbrede andre livsformer, herunder mennesker. Han spekulerede på, om Alfred havde helbredt den unge mand. Havde lavet skiftet selv? Ville det have været muligt?

»Alfred,« sagde E-Z. »Alfred, kan du høre mig?« Han rystede sin vens krop. »Alfred!« sagde han igen og igen i håb om, at hans ven på en eller anden måde kunne høre ham.

Da uret på væggen talte ned, dukkede Ariel op. »Du må ikke behandle kroppen på den måde. Det er en skændsel.« Hun bredte sine vinger ud og gik hen for at løfte Alfreds slappe krop ud af E-Z's arme med den hensigt at tage den med sig.

»Nej!« sagde E-Z. »Du skal ikke have ham.«

Ariel rystede sine vinger og pegede derefter på E-Z med sin pegefinger.

»Alfred har forladt bygningen, du holder huden, dragten, som holdt ham. Alfred er, hvor det er meningen, han skal være nu. Lad hans krop gå.«

E-Z satte sig op. Hvis Alfred var sammen med sin familie et eller andet sted, hvis det var sandt, så ja, så kunne han lade ham gå. Indtil da holdt han fast.

»Hvor er han helt præcist? Er han sammen med sin familie?«

Ariel fløj tæt på, bemærkelsesværdigt tæt, og satte sig næsten på E-Z's næse. »Det kan jeg ikke sige.«

»Så lader jeg ham ikke gå.«

»Fint,« sagde Ariel. Hun puffede og forsvandt.

Over ham i siloen dukkede to skikkelser op - en mand og en kvinde. De bevægede sig mod ham og svævede ned. Nærmere og nærmere.

Han gned sig i øjnene. Drømte han igen? Det var hans mor og far. Martin og Laurel. Engle, der kom for at hilse på ham. Han rystede på hovedet. Det kunne ikke være dem. Det kunne det ikke være. Han havde drømt om dem - at de kom hjem med en lillebror. Nu var de her, sammen med ham i siloen. Så klart som dagen - men sov han stadig? Drømte han?

»E-Z,« sagde hans mor. »Denne person, din ven Alfred, er død. Du må lade ham gå og fortsætte med dit arbejde. Du skal gennemføre forsøgene, og uret tikker. Du er ved at løbe tør for tid.«

E-Z's far Martin sagde: »Det er den eneste måde, vi alle kan være sammen på igen.«

»Men de løj for ham,« sagde E-Z. »De fortalte ham, at han ville være sammen med sin familie. Han kan ikke være sammen med sin familie nu, ikke på denne måde. Hvordan ved jeg, at de ikke lyver for mig om at være sammen med dig? Hvordan kan jeg vide, at du ikke er en manipulation fra Eriels side for at få mig til at gøre, som han siger?«

»Hvem er Eriel?« spurgte hans mor.

»Vi kender ikke Eriel,« sagde hans far.

Det gav ingen mening. Dette var Eriels sted. Om de kendte ham eller ej, var ligegyldigt, han var ansvarlig for, at de var der. Han vidste, hvordan han skulle få fat i E-Z's hjerte. Han vidste, hvordan han kunne få ham til at gøre, hvad han ville have ham til.

Men hvad var det egentlig, han ville? Og hvorfor brugte han sine forældre til at få det? Det var skamløst. I luften over ham svævede hans forældre og tændte og slukkede for deres smil, som var de marionetter. Da vidste han med sikkerhed, at de to spøgelser, eller hvad de nu var, slet ikke var hans forældre. De var et udslag af hans fantasi, eller måske af Eriels. Hvad han ikke kunne finde ud af, var hvorfor. Hvorfor blev han manipuleret så grusomt og skamløst?

»Vågn op, E-Z!«

Han var tilbage i sin seng. I sit hus.

Han vendte sig om og faldt i søvn igen ... og landede tilbage i siloen - igen.

KAPITEL 25

T re silolignende ting svævede rundt i rummet, som
om de spilledeetspil Follow the Leader.

Det var ikke siloer. De var autentiske evige hvilesteder
kaldet Soul Catchers.

Hver gang et levende væsen gik til grunde, var det
under forudsætning af, at den krop, det levede i, var født
med en sjæl, som en dag ville leve videre. Sjælefangerne
var mange, for mange til at tælle. Deres antal var langt
større, end vi mennesker kan begribe. Mere end et
googolplex, som er det største kendte tal.

Da E-Z ankom, blev han som tidligere anbragt i sin
ventende sjælefanger.

Alfred ankom som den næste, stadig død, og hans
krop blev anbragt i hans sjælefanger.

Lia ankom sidst, stadig sovende, til sin sjælefanger.

Det tog ikke lang tid, før E-Z begyndte at føle sig
klaustrofobisk.

»Vil du have noget at drikke?« spurgte stemmen i
væggen.

»Nej tak,« sagde han og trommede med fingrene på armen af sin kørestol, da en engel dukkede op. En ny engel, som han ikke havde set før.

Denne engel var en kvinde. Hun var klædt i en flagrende sort kjole og kasket - som om hun deltog i en dimissionsceremoni. På hendes strenge ansigt sad et par briller. De lignede dem, Marilyn Monroe bar på plakaten på Caféen. Forskellen var, at disse stel pulserede med rød væske, som lignede blod.

»E-Z,« sagde hun med en skælvende høj stemme. Hendes stemme gav genlyd. »Velkommen tilbage til din Soul Catcher.«

»Sjælefanger?« sagde han. »Er det, hvad den her tingest hedder? For mig ligner den mere en silo. Hvad er en sjælefanger egentlig?«

»Det er et evigt hvilested for sjæle,« sagde hun, som om hun havde svaret på det samme spørgsmål en million gange før.

»Men er det ikke til, når folk er døde? Jeg er ikke død.« Han håbede virkelig, at han ikke var død!

»Vent!« råbte hun.

Igen rystede hun væggene, når hun talte. Og hans tænder vibrerede også. Så meget, at han hellere ville være ude i sneen end at skulle høre hende sige et ord mere.

»Jeg sagde ikke, at det var tid til spørgsmål og svar. Som jeg ser det, har du gennemført de fleste af dine forsøg med succes. Selv om Alfred assisterede i prøve nummer to. Som du ved, er usanktioneret assistance ikke tilladt.«

E-Z åbnede munden for at forsvare Alfred, men lukkede den igen. Han ville ikke risikere, at hun hævede stemmen igen. Han ville ønske, at de skruede op for varmen derinde.

Men det var jo et sted for sjæle. Måske foretrak sjæle kold opbevaring.

TICK-TOCK.

Et tæppe var nu lagt omkring hans skuldre.

»Tak skal du have.«

»Du har ret, når du dør, vil din sjæl hvile her. Eller ville have hvilet her, hvis vi havde ladet dig dø. Men vi holdt dig i live. Det havde vi god grund til. Men tingene har ændret sig. Det har ikke fungeret. Derfor vil vi gerne ophæve vores oprindelige aftale.«

»Hvad mener du med at ophæve den? Du er godt nok fræk! At prøve at annullere en aftale, bare fordi jeg er et barn? Der er love mod børnearbejde. Desuden har jeg gjort alt, hvad jeg er blevet bedt om. Ja, jeg har måttet lære det hele i farten. Men jeg har gjort det i tykt og tyndt. Jeg har holdt min del af aftalen, og du bør holde din!«

»Ja, du har gjort, hvad der er blevet bedt dig om. Det er problemet - du mangler initiativ.«

»Mangler initiativ!« udbrød E-Z, mens han slog næverne ned i armene på sin kørestol. »Aftalen var, at du skulle sende mig prøvelser, og jeg skulle finde ud af, hvordan jeg overvandt dem. Jeg har reddet liv. Du kan ikke ændre reglerne halvvejs inde i spillet.«

»Ja, det var den oprindelige aftale. Men så gik det galt med Hadz og Reiki - de glemte blandt andet at slette hjernerne - og Eriel blev nødt til at blande sig.«

»Han sendte mig prøver, og jeg gennemførte dem. Jeg slog ham endda i en duel.«

»Ja, det gjorde du. Jeg havde bedt ham om at vurdere båndene mellem dig og din onkel Sam.«

»For at evaluere os?«

»Ja. Det er ikke meningen, at en ærkeengel skal SKABE prøvelser for en engel under uddannelse. På grund af din, ja, mangel på initiativ måtte Eriel involvere sig mere, end han burde have gjort.«

»Vent lige et øjeblik! Så du siger, at det var meningen, at jeg skulle gå ud og finde mine egne prøvelser? Hvorfor er der ingen, der har fortalt mig om kravene?«

»Vi håbede, at du selv ville finde ud af det. Der har været ledetråde. Spor om det store billede. Fællestræk. Vi håbede, at hvis du havde andre at diskutere forsøgene med. De forsøg, du allerede har gennemført. At I ville finde frem til problemet. Komme til samme konklusion.

Hjælpe os. Måske endda overvinde det - uden at vi skulle fodre dig med det. Vi gav dig alle muligheder, men du gjorde det ikke. Så vi går en anden vej.«

»Fællestræk? Jeg ved måske, hvad du mener.«

»Hvis du finder ud af det og tager superheltemuligheden ... Det ville fungere. Så længe alt var krystalklart. Du havde det fulde billede. Kendte risiciene.«

»Så vi vil stadig være et team? Hvorfor siger du det ikke lige ud? Gør det nemt for mig?«

»Selv om dine kammerater tidligere fik kræfter, som du ikke besad, brugte du dem ikke. I stedet sad I tre og spildte tiden og ventede på, at alt skulle ske.

Syntes I ikke, det var mærkeligt, da Eriel dukkede op i forlystelsesparken? Han hævede De Tre's profiler. Det er ikke en ærkeengels job. Det er dit job.«

Han rystede på hovedet. »Jeg var ikke hundrede procent sikker på, at det var Eriel, før han identificerede sig selv til sidst. Før det havde jeg mine mistanker. Hvem ville ellers klæde sig ud som Abraham Lincoln?

»Desuden troede jeg ikke, at det var meningen, at nogen skulle vide det. Indtil da troede jeg, at forsøgene var hemmelige. Jeg var bange for at bryde min aftale med dig. Ophaniel sagde, at hvis jeg fortalte det til nogen, ville jeg miste chancen for at se mine forældre igen. Jeg fulgte de regler, der var udstukket for mig. Jeg tror ikke, du forstår begrebet fair play.«

»Det her er ikke et spil. Ærkeengle kan gøre, hvad vi vil!« udbrød hun og rykkede tættere på, hvor E-Z sad. Hun skød hagen frem. »Vi besluttede, at du var mere egnet til superheltelegen end til engle-legen. Det var dengang, du blev hjulpet i PR-afdelingen. For at opmuntre dig til at finde dine egne folk til at hjælpe. Gud ved, at jorden er fuld af dem. Hvad var det, Shakespeare kaldte dem, dem, der klynker og brækker sig i deres sygeplejerskes arme?«

»Jeg har ikke læst Shakespeare, men jeg er i familie med Charles Dickens. Ikke at det er relevant. Men okay, så du vil have mig til at fortsætte som superhelt med Alfred, hvis han lever, og med Lia ved min side. Vi kan nemt få masser af støtte og omtale i medierne.

»Jeg er stadig forpligtet over for dig. Hvis du giver os frie tøjler, så er der ingen grænser. Vi kender masser af børn i skolen og i sportsbranchen. Vi kan oprette en superhelte-hotline og en hjemmeside. Vi kan bruge de sociale medier til at komme i kontakt med folk fra hele verden. Folk vil stå i kø for at få hjælp af os. Det bliver en helt ny boldgade.«

»Ah, endelig taler han om initiativ ... men min kære dreng, det er alt for lidt og for sent. Som jeg sagde før, vil vi gerne ud af forpligtelsen over for dig. Du er ikke længere bundet til os. Du har ikke længere en gæld at betale.«

»Men...«

»I har alle tre bevist, at I kun er med i det her for jeres egen skyld. Da englene første gang foreslog, at I kunne hjælpe os, repræsentere os her på jorden - havde vi en plan. Med Alfred var det det samme. Så kom Lia til. Siden da har vi haft en vis succes med jer to. Vi inkluderede hende i trioen ... men nu er I blevet overflødige.«

»Vi redder folk, vi hjælper folk.«

»Det skal du ikke bilde mig ind. Hvis jeg tilbød dig chancen for at være sammen med dine forældre i dag, her og nu. Du ville kaste håndklædet i ringen. Du ville tage af sted uden en tanke på de liv, du kunne have reddet, hvis forsøgene var fortsat.

»Det samme med Alfred, forventer jeg - hvis han altså overlever. Han ville være ude på en mark med tusindfryd sammen med sin familie uden at blinke med øjnene. Og apropos øjne, hvis Lia havde fået sit syn tilbage, ville hun også være væk.

»Efter grundige overvejelser har vi indset, at ingen af jer er engageret i noget andet end jer selv, og derfor er vi gået videre til plan B.«

»Vent lige et øjeblik. Lad os definere arbejde.« Han googlede det og blev glad for at se, at han havde fire streger. »Ifølge en online-ordbog: at udføre arbejde eller opfylde pligter regelmæssigt mod løn. Jeg arbejdede for dig uden betaling. Bortset fra et løfte om kompensation. Vi havde en mundtlig aftale.

»Jeg er ikke sikker på detaljerne i Alfreds eller Lias aftale, men jeg vil vædde med, at deres engle tilbød dem lignende incitamenter. Jeg holdt min del af aftalen, og du bør holde din. Jeg er tretten år gammel og,« han googlede det. »Ja, jeg tænkte nok, at ifølge det amerikanske arbejdsministerium er 14 år minimumsalderen for at arbejde.«

Hun grinede og rettede på sine briller. Han bemærkede, at hun havde blod på hænderne. Hun tørrede dem af på sit sorte tøj. »Tidlige love gælder ikke for engle eller ærkeengle. Men det er naivt af dig at tro, at det skulle være tilfældet.« Hun holdt en pause. »Vi er parate til at tilbyde dig to valg. Mulighed nummer et: Du bliver her i din sjælefanger resten af dit liv.«

»Hvad?«

Selve fundamentet i hans Soul Catcher skælvede. Tanken om at blive levende begravet i denne metalbeholder gjorde ham syg.

»Det liv, du kommer til at leve, for dine levende dage vil blive brugt som lovet af de tåbelige ærkeengle. Sammen med dine forældre. Det vil sige, at du vil genopleve dit liv med dine forældre fra den dag, du blev født, og indtil det præcise øjeblik, hvor deres liv udløb. Du vil aldrig sidde i kørestol, og de vil aldrig dø.« Hun holder en pause. »Nu må du gerne tale.«

»Mener du, at jeg vil genopleve mit liv med mine forældre, hver eneste dag, vi havde sammen, i al evighed, igen og igen?«

»Ja.«

»Hvad er mulighed nummer to?«

»Kan du ikke gætte det?« spurgte hun med et tandløst smil.

Hendes smil var så uoprigtigt, at han var nødt til at kigge væk.

Han ventede.

»Mulighed to ville betyde, at du tager tilbage og lever dit liv med din onkel Sam.« Hun tøvede og rykkede tættere på E-Z. Han frøs allerede, og nu gjorde hun ham endnu koldere med hvert eneste vingeslag. Han dækkede sig til med tæppet. Hun fortsatte. »Som du måske allerede har gættet, vil du ikke og vil aldrig blive genforenet med dine forældre med nogen af de to muligheder. Vi ville genskabe fortiden. Det ville være, som om du levede i et teaterstykke eller en tv-serie.«

»Hvad! Det var ikke det, jeg sagde ja til!« udbrød E-Z. »Siger du, at Hadz. Reiki, Eriel og Ophaniel løj for mig?«

»Løgn er et stærkt ord, men ja. Se på dine omgivelser. Sjæle deponeres i individuelle rum. Et rum er forberedt på forhånd til hver sjæl.«

»Så du siger, at mine forældre hver især er i en af disse ting?«

»Ja, det er deres sjæle.«

»Og hvad sker der så med dem?«

»Jamen, de svæver rundt i himlen.«

»Det er trist. Jeg har altid troet, at mine forældre ville være sammen et eller andet sted. Jeg ved, at det var det eneste, der gav Alfred en form for trøst. At hans kone og børn var sammen et eller andet sted. Ingen kan lide tanken om, at deres kære skal dø alene. For slet ikke at tale om at tilbringe evigheden i en metalcontainer, der driver rundt fra sted til sted.«

»Menneskelig sentimentalitet. Sjæle eksisterer blot. De lever ikke og trækker ikke vejret, de spiser ikke og føler sig ikke for varme eller for kolde. Mennesker forstår ikke det koncept.«

Han hånede.

»Jeg vil ikke fornærme jeres art. Men når en krop uddør, er det, der er tilbage, sjælen, et svært begreb at forstå. Menneskehjerner er bare for små til at forstå universets kompleksitet. Derfor skabes der religiøse doktriner. Skrevet i lægmandssprog. Nemme at lære og følge uden nogen form for bevis.«

»Eftersom sjæle er mere værdifulde end mennesker som mig, hvordan kan jeg så leve resten af mit liv i en af disse beholdere?«

»Vi har foretaget justeringer, ligesom nu og før. Du havde ingen problemer med at eksistere herinde, da vi bragte dig ind, havde du?«

»Bortset fra klaustrofobi,« sagde han. »Og de gange, hvor de havde brug for at berolige mig med den der lavendelspray.«

»Ah, ja. Den tilbagevendende klaustrofobi vil selvfølgelig afhænge af, hvilken mulighed du vælger. Hvis du vælger mulighed nummer et, vil miljøet støtte dig på alle måder, indtil din sjæl er klar. Så kan du skille dig af med din jordiske form. Mennesker tilpasser sig, og du vil vænne dig til det. Desuden vil du være sammen med dine forældre og genopleve minder. Det vil få tiden til at gå. Nu skal du sige, hvad du vil!«

»Vent, hvad med mine vinger og min stols vinger? Hvad vil der ske med dem?« Han tøvede: »Hvad med Alfreds og Lias kræfter? Hvis vi vælger mulighed nummer et, vil vi så vende tilbage til den måde, vi ville have været på? Jeg mener, før du og de andre ærkeengle blev involveret i vores liv?«

»Selvfølgelig vil vi ikke rive jeres vinger af, min kære dreng, eller fjerne nogen af de kræfter, I allerede har fået. Vi er ærkeengle, ikke sadister.«

»Det er godt at vide, så vi kan fortsætte med at være superhelte.«

»Det kan I, men I bliver nødt til at skabe jeres egen offentlighed - for når vi er ude, er vi ude for altid.«

»Bliv venligst siddende,« sagde stemmen i væggen, selv om E-Z ikke havde meget valg i den sag.

Ærkeenglen sagde ikke noget. I stedet distraherede hun sig selv ved at pudse sine briller og derefter tage dem på igen.

»En ting mere,« spurgte E-Z, «angående Alfred.«

»Fortsæt, men skynd dig. Et andet begreb, som mennesker ikke forstår, er, at tiden eksisterer i hele universet. Jeg har andre steder at være og andre ærkeengle at se.«

»Okay, jeg kommer til det. Alfred er nu i en anden menneskekrop. Hvis sjælen forbliver i kroppen, er der så to sjæle derinde? Venter sjælefangeren på to sjæle?«

Englen vendte ryggen til ham. Hun rømmede sig, før hun talte: »Jeg, vi, håbede, at du ikke ville stille det spørgsmål. Du er klogere, end vi forventede.« Hun lukkede øjnene og nikkede: »Mhmmm.« Hendes øjne forblev lukkede. E-Z kiggede efter, om hun havde ørepropper på, for det så ud til, at hun lyttede til nogen. Eller måske forestillede han sig det. Hun nikkede. »Enig,« sagde hun.

»Er der andre herinde sammen med os?« spurgte han.

En ny stemme drønede fra alle sider af ham. Hvorfor havde alle ærkeengle så høje stemmer?

»Jeg er Raziel, hemmelighedernes vogter. E-Z Dickens, du må lytte til mine ord. For når de først er blevet sagt, vil du ikke kunne huske dem. Heller ikke, at jeg var her. Sjælefangere og deres formål er ikke dit anliggende. Du har overskredet dine grænser, og det vil vi ikke tolerere! Vi har generøst givet dig to muligheder. Beslut dig NU, eller min lærde ven vil træffe beslutningen for dig.«

E-Z begyndte at tale, men så blev hans sind tomt. Hvad var det, de talte om?

Ærkeenglen lukkede øjnene igen, mumlede ordene »Tak«, og Raziels stemme sagde ikke mere.

$$* * *$$

Det var, som om tiden var sprunget baglæns. »Forventer du, at jeg beslutter mig på stedet uden at give mig tid til at tænke over det? Uden at tale med min onkel Sam eller mine venner? Apropos, hvad med Alfred, han fik at vide, at han ville blive genforenet med sin familie? Og Lia, hun fik at vide, at hun ville få sit syn tilbage.«

»Eftersom Alfred er væk, vil din beslutning - om han overlever på jorden eller ej - være hans beslutning. Hans første valgmulighed vil være den samme som din. Ville han ønske at genopleve sit liv med sin familie flere gange? Når han er væk, har han måske allerede behagelige drømme om dem. På den anden side ved man aldrig, hvilke tricks sindet kan spille. Måske befinder han sig i et loop af mareridt, og kun du kan redde ham og hans familie ved at træffe det rigtige valg for ham.«

»Siger du, at han aldrig vil komme ud af det? Helt sikkert?«

»Det kan jeg ikke sige. Det eneste, jeg ved, er, at sjælefangeren ikke er klar til at hente hans sjæl ... endnu.«

»Og Lia?«

»Hendes menneskeøjne er væk i dette liv, ligesom dine ben er. Hun kan genopleve sine dage som seende, men hun vil måske foretrække, at du også vælger for hende. Hun har trods alt ikke haft tid til at vokse op og modnes som et normalt barn. Hun har allerede mistet tre år af sit liv, og denne aldringsepisode er vi ikke sikre på, om det er en engangsforeteelse, eller om det vil ske igen.«

»Du mener, at I heller ikke ved, hvad der kommer til at ske med hende?«

»Nej, det gør vi ikke. Desuden sover hun stadig.«

»Jeg kan ikke beslutte det her for os alle tre inden for en tidsgrænse. Det er en stor beslutning, og jeg har brug for tid.«

»Så skal du få det.« Et ur dukkede op og talte ned fra 60 minutter. »Din tid starter nu. Giv mig dit svar, før det rammer nul. Ellers vil alt, hvad vi har diskuteret, være ugyldigt. Og I vil finde jer selv tilbage på hotellet med jeres vens døde krop.« Hendes vinger baskede, og hun steg højere og højere.

»Vent, før du går,« råbte han.

»Hvad er der nu?«

»Er der andre, jeg mener andre børn som os?«

»Det har været rart at kende dig,« sagde hun.

»Følelsen er bestemt ikke gensidig,« svarede han.

KAPITEL 26

M ens minutterne tikkedeafsted, gennemgik E-Z alt det, han lige havde fået at vide. Han ville ønske, at siloen var bred nok, så han kunne bevæge sig mere rundt. I det mindste sad han behageligt i sin kørestol. Sammen var de som en dynamisk duo.

»Vil du have noget at spise?« spurgte stemmen fra væggen.

»Ja, selvfølgelig,« sagde han. »Et æble, nogle popcorn - med ostesmag ville være godt, og en flaske vand.«

»Kommer straks,« sagde stemmen, mens et metalbord skubbede sig gennem en sprække i væggen, som han ikke havde lagt mærke til før. Det lagde sig til hvile foran ham. Ud af sprækken kom en krog, som først bar en flaske vand. Så en anden krog med et glas. En tredje krog fulgte efter med et æble. Inden krogen satte det ned, polerede den det med et håndklæde. Så dukkede en fjerde krog op med en skål popcorn.

»Tak,« sagde han, da de fire kroge vinkede og forsvandt ind i væggen igen.

»Det var så lidt.«

»Øh, er der nogen chance for, at jeg kan få min computer? Den blev ødelagt i branden. Jeg kunne godt tænke mig at lave en liste over de ting, jeg skal tage stilling til.«

»Selvfølgelig. Bare giv mig et minut eller to.«

Da han var færdig med æblet og overvejede popcornene, dukkede hans bærbare computer op fra en anden åbning på den modsatte væg. Krogen holdt den oppe og ventede på, at E-Z skulle flytte de andre genstande for at få plads til den. Da han ikke gjorde det, dukkede der kroge op fra den anden side. En samlede æblet op og forsvandt ind i væggen igen. En anden hældte det resterende vand i glasset. Så tog han den tomme flaske tilbage gennem åbningen i væggen. Da han gerne ville beholde popcornene og vandglasset, fjernede han dem fra bordet. Krogen satte hans bærbare computer ned og gik tilbage gennem åbningen i væggen.

E-Z syntes, at krogene var sejt tilbehør. Han kunne sagtens sælge dem til en stor svensk kæde.

Nu, hvor alle krogene var væk, løftede han låget på sin bærbare computer og klikkede den på. Først tjekkede han sin Tattoo Angel-fil, og alt var der stadig! Han var så glad, at han ville have grædt, hvis ikke uret havde tikket.

»Tusind tak,« sagde han og proppede en håndfuld osteagtige popcorn i munden. Og så begyndte han at skrive. Han besluttede sig for at tænke på sig selv i tredje omgang. Først skulle han skrive fordele og ulemper ved Alfred ned. Med det samme vidste han, at Alfred ikke ville have noget imod at genopleve sin fortid med sin familie gentagne gange. Den mulighed ville han have valgt med det samme.

»Alligevel forekom det E-Z, at det ikke var en mulighed, som hans familie ville have ønsket, at han skulle tage. For så ville han genopleve det, der allerede var, og ikke komme videre. I livet er det meningen, at man skal bevæge sig fremad. At fortsætte med at lære og vokse.

Jo mere han tænkte over det, jo mere gik det op for ham, at det ville være som at se sin egen livshistorie i et binge-watch. Forestil dig dit liv 24 timer i døgnet i et permanent loop. Uden at vide, hvornår det ville slutte. Eller om det nogensinde ville slutte. Det kunne blive et helt andet helvede. Et, som han ikke kunne holde ud at tænke på.

Bortset fra, hvis han med sikkerhed vidste, at Alfred altid ville være i koma. Hvilket ærkeenglen havde hentydet til. Hvis han traf valget, ville han slippe for onde drømme og mareridt. Alfred ville være sammen med sin familie for evigt. Selv om det ikke var den ægte vare ... kunne det være nok. Ville han vælge det?

Han kiggede på tiden, der var halvtreds minutter tilbage. Han begyndte at tænke på Lias sag. Hendes drøm om at blive en berømt ballerina var blevet afbrudt. Ville hun have lyst til at genopleve barndommen, vel vidende at den drøm aldrig ville blive opfyldt? For hende ville det være værd at tage en chance for fremtiden. Øjnene i hendes håndflader gjorde hende speciel, unik ... og hun var sympatisk. Hun kunne måske endda være den nyeste version af en wonder woman, hvis hun var i stand til at udnytte alle kræfterne.

»E-Z?« sagde Lia. »Jeg kan høre dig tænke, men hvor er du?«

Åh nej! Nu hvor hun var vågen, skulle han forklare hende det hele, og det ville tage tid, og tiden var ved at løbe ud.

Han var nødt til at gøre det hurtigt. »Hør her Lia,« begyndte han, «jeg har en lang historie at fortælle dig, du må ikke stoppe mig, før historien er færdig. Vi er ved at løbe tør for tid.« Han forklarede det hele, det tog ham ti minutter. Endnu ti minutter var gået. Der var fyrre minutter tilbage.

»Okay, E-Z, du tænker på dig, og jeg tænker på mig. Lad os tage fem minutter, så taler vi igen. Tiden starter nu.«

»God plan.«

Fem minutter senere viste uret, at der var 35 minutter tilbage. E-Z spurgte Lia, om hun havde besluttet sig.

»Det har jeg,« sagde hun. »Hvad med dig?«

»Også mig,« sagde han. »Du først, på fem minutter eller mindre, hvis du kan.«

»Det er en ret nem beslutning for mig, E-Z. Jeg vil ikke blive i den her tingest og leve mit liv her. Når Sjælefangeren bringer mig hertil, når jeg er død. Så er det fint. Men jeg vil ikke tvinges til at være begrænset til dette rum. Ikke når jeg kunne være derude og mærke solens varme, lytte til fuglene og have vinden i håret. For ikke at tale om at tilbringe tid sammen med min mor og med onkel Sam og forhåbentlig dig. Livet er for kort til at spilde, og jeg kan godt lide mine nye øjne det meste af tiden.« Hun grinede.

»Jeg er enig, og hvis jeg var dig, ville jeg gøre det samme.«

»Tak, E-Z. Hvor lang tid er der tilbage nu?«

»Femogtyve minutter mere,« bekræftede han. »Her er mine tanker om forhåbentlig mindre end fem minutter. Jeg har ikke noget imod at være herinde, det er ikke meget anderledes end at være derude. Jeg har lært, at det ikke er verdens undergang at sidde i kørestol. Faktisk har jeg vænnet mig til det. Jeg kan gøre ting, jeg plejede at gøre før, som at spille baseball, og jeg er ikke helt dårlig til det. De vil endda spille det ved De Paralympiske Lege.

»Mine forældre ville ikke have, at jeg skulle spilde mit liv på at leve i fortiden. Det ville onkel Sam heller ikke. Jeg er ikke villig til at opgive alt, bare fordi de åndssvage ærkeengle gav et par upassende løfter. Så jeg er enig med dig. Vi skrider fra de her Soul Catcher-ting. Vi lever vores liv, indtil vi er færdige med at leve. Og så kan den godt komme og fange os. År senere, når vi forhåbentlig har bidraget til menneskeheden og levet et godt liv. Vi kunne finde andre som os. Vi kunne oprette en superhelte-hotline og arbejde sammen over hele verden. Vi kunne bruge vores kræfter til at gøre verden til et bedre sted. Vi kunne leve vores liv fuldt ud; skabe inspirerende liv, som vi ville være stolte af, og som vores familier også ville være stolte af.«

»Bravo!« udbrød Lia. »Men er der andre som os?«

»Jeg spurgte den engel, der forklarede mig det hele, men hun svarede ikke. Det får mig til at tro, at der er.« Han kiggede på uret. »Der er kun enogtyve minutter tilbage.«

»Hvad med Alfred? Vil han nogensinde vågne op?«

»Englen sagde, at hun ikke vidste det, kun sjælefangeren ved det ... men hun sagde, at han måske har mareridt. Hvis der er en chance for, at han er i et levende helvede, så må vi hellere lade ham gå. Mulighed nummer et, at han genoplever livet med sin familie i loop, er den rigtige for ham?«

»Det er jeg ikke enig i. Ingen af os ved med sikkerhed, hvornår sjælefangeren kommer efter os. Alfred vil ikke gå til spilde herinde, fordi onde drømme måske finder ham. Ikke hvor der er en chance for, at han kan hjælpe nogen eller inspirere nogen. Vi kom herind sammen, og vi bør forlade stedet sammen. Sådan er det efter min mening.«

Fjorten minutter og tikkende.

Hun havde grebet Alfreds problem an på en unik måde. Havde hun ret? Ville Alfred virkelig ønske at opgive sin familie i dette scenarie til fordel for en ukendt fremtid? Eksisterer vi ikke alle i en ukendt verden? Ændrer kurs, dukker os og dykker. Åbner vinduer og lukker døre. Lader vores følelser føre os på afveje og tilbage igen. Det handler alt sammen om at leve. Ja, Lia havde ret. Det var en færdig aftale.

Otte minutter tilbage på uret.

»Jeg tror, du har ret, Lia. Det er alle for én og én for alle,« sagde E-Z. »Ærkeenglen sagde til mig, at jeg skulle sige ordene, før uret løb ud. Så ville vi alle være tilbage på hotellet ... som om dette Soul Catcher-intermezzo aldrig havde fundet sted.«

»Men tror du, at vi stadig vil kunne huske det med sjælefangerne? Det er en vigtig ting for os at lære af denne oplevelse. Også selv om vi ikke delte den. Husk på, at det rokker ved alt, hvad vi ved om himlen og livet efter døden.«

Fem minutter tilbage.

»Det gør det, men lad os diskutere det på den anden side.« Han knyttede næverne, mens uret tikkede ned til fire minutter. »Vi har besluttet os!« råbte han. »Få os tre ud af de her sjælefangere - NU!«

Væggene i E-Z's silo begyndte at ryste. »Er du okay, Lia?« råbte han. Hun svarede ikke. Jorden under hans fødder syntes at ryste og buldre. Så begyndte den at dreje, først med uret, så mod uret og så med uret.

Indeni vred hans mave sig. Han spyttede ostepopcorn ud og tyggede røde æblestykker ud over det hele.

Det var de eneste minder, Sjælefangeren ville have om ham. Forhåbentlig i meget lang tid.

TAK!

Kære læsere,

Tak, fordi du har læst den første og anden bog i E-Z Dickens-serien. Jeg håber, at I kan lide de nye karakterer og er ivrige efter at finde ud af, hvad der nu sker.

De næste to bøger i serien vil snart være tilgængelige!

Endnu en gang tak til mine beta-læsere, korrekturlæsere og redaktører. Jeres råd og opmuntring har holdt mig på sporet med dette projekt, og jeres input var/er altid værdsat.

Også tak til familie og venner for altid at være der for mig.

Og som altid: God læselyst!

Cathy

OM FORFATTEREN

Cathy McGough bor og skriver i Ontario, Canada
med sin mand, søn, kat og hund.

KOMMER SNART!

FIKTION
UNG VOKSEN
E-Z DICKENS SUPERHELT BOG TRE: RØDT VÆRELSE
E-Z DICKENS SUPERHELT BOG FIRE: PÅ IS
FAKTABOGER
103 Fundraising Ideas For Parent Volunteers With
Schools and Teams (3RD PLACE BEST REFERENCE 2016
METAMORPH PUBLISHING)